非公然工作員

イリーガル

竹内 明

講談社+α《プラスアルファ》文庫

〈登場人物紹介〉

筒見《つつみ》慶太郎《けいたろう》……在ニューヨーク日本国総領事館警備対策官（元警視庁公安部外事二課係長）

島本《しまもと》絢音《あやね》……警視庁公安部外事二課・巡査部長

朝倉《あさくら》富士夫《ふじお》……警視庁公安部外事二課・警部補

虎松《とらまつ》健介《けんすけ》……漂流していた男（元内閣情報調査室国際第一部）

虎松《とらまつ》竜馬《りょうま》……健介の息子、小学生

フジサキミヨコ……救助された虎松が呟いた謎の名前

能島《のじま》歌織《かおり》……能島光一郎《こういちろう》総理夫人、通称「エビータ」

白元弘《ペクウォンホン》……北朝鮮国連代表部次席大使

張《チャン》　哲《チョル》……メキシコ・ティファナで死んだ男、コードネーム「スズラン」

飯島《いいじま》久雄《ひさお》……外務省外務政務審議官

辰巳《たつみ》仁《じん》……外務省事務官、飯島の秘書

モハメド・エル・アトリス……エジプト人、伝説の偽造屋

田中《たなか》益男《ますお》……内閣情報調査室国際第一部

西川《にしかわ》春風《はるかぜ》……警視庁公安部外事二課長・警視

吉良《きら》龍之介《りゅうのすけ》……警視庁公安部外事二課管理官・警視

平田《ひらた》実《みのる》……警視庁公安部外事二課・警部補

小俣《おまた》薫《かおる》……警視庁公安部外事二課・巡査部長

関根《せきね》岳《がく》……警視庁公安部外事二課・巡査

河野《こうの》昇《のぼる》……内閣官房副長官（前警察庁長官、元内閣情報官）

片桐《かたぎり》治夫《はるお》……元中学教師

片桐《かたぎり》千夏《ちなつ》……治夫の娘

片桐浩二《かたぎりこうじ》……治夫の弟、片桐建設社長

朴尚美《パクサンミ》……在日朝鮮人、『焼肉・大同江《テドンガン》』経営

朴正植《パクジョンシク》……尚美の息子

朴正龍《パクジョンヨン》……尚美の孫

筒見拓海《つつみたくみ》……筒見の長男、九年前に死亡

筒見七海《つつみななみ》……筒見の長女、拓海とは双子

島本直幸《しまもとなおゆき》……絢音の父、漁師、十七年前に死亡

警視庁公安部外事二課
―ソトニ―

非公然工作員 イリーガル

序章

雲間を割った初夏の日差しが運動場に照り付ける。

小学一年生の徒競走が始まった。スピーカーからカバレフスキーの『道化師』が流れる。

スタートラインでそれぞれの構えを作った生徒たちが、紙火薬の破裂音とともに勢いよく走り出した。懸命な表情の子供たちが目の前を駆け抜けてゆく。

黄色い声援、教師のアナウンス、カメラのシャッター……。

様々なノイズが渦巻いて、ちくちくと鼓膜を刺激した。

最前列でカメラを構える初老の紳士の背後に立つ。

撫で付けた白髪に臙脂《えんじ》色の半袖シャツ。隣には髪を栗色に染めた妻らしき女がいる。

周囲をゆっくりと見回した。みな競技に夢中で、私に注意を払うものはない。訓練通りにやるだけだ。

徒競走の二組目。教師がピストルを天に向けた。

よし、今だ――。

パン！

「わっ」と声援が高くなった。

その瞬間、目の前の臙脂シャツの男が前のめりに崩れた。隣の妻が腕をとって支える。

もう一発――。

今度は、はっきり聞こえた。「ぼん」と空気の抜けるような音。

腰のあたりから血の飛沫《しぶき》があがったが、シャツの色に溶け込んだ。

「お父さん！　どうしたの。お父さん……」妻の叫び声。

これが最後だ――。

体が飛び跳ね、のたうった。まるで断末魔の魚だ。

運動場に小さな悲鳴がじわりと広がっていく。

私は子供たちの競技を見ながらゆっくりと現場を離れた。

音楽が『地獄のオルフェ』に変わった。胸の奥にへばりついたヘドロが流れ落ち、体が軽くなった。

第一章

アメリカ西海岸沿いを縦断する州間高速道路《インターステイト》五号線は、メキシコに向けてまっすぐに伸びていた。右手に見える凪《な》いだ紺青《こんじょう》の太平洋は、夏の日差しを浴びて煌《きら》めいている。

グレイハウンドバスの窓は開かない。潮風の代わりに、天井からのエアコンの冷たい風が、頰の不精髭《ぶしょうひげ》を撫でるだけだった。

在ニューヨーク日本国総領事館の筒見慶太郎《つつみけいたろう》は窓際の席で、後ろに流れていく黄色い道路標識を眼で追っていた。〈CAUTION（注意）〉という文字と人形《ひとがた》の影絵。父親を先頭に、母親、一番後ろで女の子が引きずられるように手を引かれている。不法入国者の横断に注意を呼びかける標識だ。豊かな生活を夢見て国境を渡った直後に命を落とす不法入国者はあとを絶たない。

サンディエゴ国際空港の売店で買ったばかりの新聞を古びた鞄から取り出し、もう一度あの記事を読み返した。

〈狙撃された日本政府高官、危篤続く　犯人は依然逃走中〉

河野《こうの》昇《のぼる》・内閣官房副長官が銃撃されたことを伝える記事だ。

事件は三週間前の六月十三日、世田谷区内の私立小学校で起きた。内閣官房副長官の河野は、孫の運動会を見学中、三発の銃弾を背中に浴びた。三度にわたる手術が行われたが、依然、重篤な状態が続いている。側近が狙われた重大テロに、能島《のじま》総理は改めて徹底的な捜査を指示した。

記事は、そう伝えていた。

筒見は新聞を丸めて座席のネットに突っ込むと、再び大海原を眺めた。

十年前、「カミソリ」と畏《おそ》れられた警視庁公安部長は、その後、警察庁長官、官房副長官と、あっという間に官僚の頂点に上り詰めていた。総理大臣の側近を務める超大物を衆人環視の中で狙撃したテロリストを逃すとは、日本警察も堕ちたものである。

筒見は終点のサンイシドロでバスを降り、米墨国境の鉄格子の回転扉をくぐった。

盛り場のような喧噪と猥雑。そこはメキシコ合衆国バハ・カリフォルニア州ティファナだ。まとわりつく土産物屋の売り子たちをかき分けながら進むと、タクシーに混じって、濃緑色の古いセダンが止まっていた。アンテナに目印の赤いバンダナを括り付けている。

「オラ」筒見は窓をノックした。

「オラ、アミーゴ」運転手が陽気に返す。

「レボルシオン通りの一番旨いタコス屋台《ベンダー》に連れていってくれ」

運転手は万事了解とばかりに、太い親指を立て、車を発進させた。開け放たれた窓から乾いた風が車内に流れ込む。筒見は燦々《さんさん》と降り注ぐ陽光に目を細め、後部座席に深く沈んだ。

麻薬戦争の舞台になったティファナの治安は、メキシコ国内でも最悪だ。街中での銃撃戦や切り刻まれた遺体は珍しくない。この町と米国をつなぐ麻薬密輸用のトンネルは幾つもあるといわれている。

殺人、誘拐、強盗、人身売買……まさに犯罪都市だ。この治安の悪さのおかげで、観光客はまばらだ。シマウマ柄に染められた客寄せロバの出番はなく、街角で草を食《は》んでいる。

目当てのタコス屋台はレボルシオン通りのはずれ、小さな公園の芝の上にあった。五、六人の地元客が列を作っているのだから、人気店であることは間違いなさそうだ。

「カルネアサダをひとつ頼む」筒見は牛肉入りタコスを注文した。

口髭の店主は白い歯を見せ、トルティーヤを手に取った。

「トッピングは入れるかい？」

「レタスとタマネギ、アボカド……ライムをたっぷりかけてくれ」

「ドリンクは？」

「テカテだ」

タコスとビールの赤い缶を受け取って、黄色いテントの下の椅子に座った。プルトップを開けてライムを搾る。缶の縁にのった塩を舐《な》めながら飲むビールが空腹の体に染み渡る。

十五分ほどかけてたいらげたあと、筒見はタコスの包み紙に目をやった。

〈7:00PM CASA《カサ》 DEL《デル》 MIGRANTE《ミグランテ》 Calle Galileo ××Col. Postal Tijuana〉

マジックで殴り書きがしてあった。

横目で見やると、店主は黙々とタコスを作り続けているだけだった。

午後七時ちょうどに指定場所の「カサ・デル・ミグランテ（移民の家）」に到着した。ティファナ市中心部から車で二十分ほど走った坂の途中に、その建物はあった。高い鉄格子の向こうで、若い男がラジオの音楽を聴きながら、体を小刻みに揺らしている。

「ウーゴ・カスティーリョの友人だ。ハチドリを捕まえにきた」

あらかじめ決められた「符牒」を告げると、門番の若い男は奥に入っていき、三分ほどで戻ってきた。

「入れ、アミーゴ。噴水前のベンチで待ってろ」

重い鉄の門扉が開いた。

金属探知機に続く廊下の先は、明るい吹き抜けになっており、真ん中に小さな噴水があった。指示通り、ベンチに座った。

見上げると三層式の回廊を若者たちが行き来している。

「久しぶりだな、ミスター・ツツミ」

口髭を蓄えた大男が背後に立っていた。小さなサングラスの向こうの大きな目でぐるりと周囲を覗《うかが》いながら、手を差し出した。

握ったその掌《てのひら》は石のように固く、熊のように毛深い太い腕には、金無垢のロレックスが巻かれていた。

「モハメド、相変わらず用心深いな。会うまでに手間がかかるが、退屈しのぎにはちょうどいい」

筒見が言うと、男は目尻に皺を作った。

男の名はモハメド・エル・アトリス。エジプト人だ。筒見がニューヨークに赴任して八年半住んでいるイーストハーレムのアパートのオーナーである。写真スタジオの経営者という表の顔と、身分証明書の偽造という裏稼業を持っている。米国各州の運転免許証の偽造を得意とし、非合法活動を目的とする裏社会の人々はモハメドのもとで、第二の身分と移動の自由を獲得する。顧客の中心はアラブ系だ。マンハッタンのタイムズスクエアでの爆破テロを計画したイスラム過激派の男たちも、モハメドが偽造した免許証を持っていた。

「伝説の偽造屋がなぜティファナにいる?」

筒見がからかうと、モハメドは髭面に不敵な笑みを浮かべた。

「ティファナはアメリカへの物流の拠点だ。麻薬《ドラッグ》、武器《アームズ》、なんでもここを通る。俺を頼りにする犯罪者どもも集ってくる。おかげでビジネスは世界規模に広がっているんだ」

「この施設は君が建てたのか？」筒見は頭上の回廊を見上げた。

「ああ、不法入国志願者のための一時滞在シェルターだ。アメリカンドリームを摑《つか》もうとする貧しいガキどもは、ここでタダ飯を食って、越境の方法やアメリカでのサバイバルについて学ぶ。小銭と食料をもらって塀を越えていくんだ。俺はガキどもに夢を提供しているのさ」

「信じられないな。どんな見返りを求めるんだ？」

「彼らがアメリカの地下社会で成功したときには、俺の強力なネットワークとして働いてもらう。俺は慈善事業家じゃないからな」

モハメドは通りかかった若者を呼び止め、「シャツを脱げ」と命じた。左の腕に「CAMARADA」と刻まれている。

「この家の出身者は恩義を忘れてはならない。『カマラダ』、スペイン語で『同志』だ。国家は国民を裏切るが、秘密結社に裏切りはない」

「刺青《タトウー》はイスラムでは禁忌《ハラム》だろう」

「俺がやらせているわけじゃない。知らんうちにここの伝統になっちまった。それに、こいつらはムスリムじゃないから問題ないさ」

モハメドは両手を大きく広げ、豪快に笑ってみせた。

「ところで、今日はなぜ俺をここに呼んだ?」

「君に会いたがっている男がいる。懐かしい戦友だそうだ。一緒にディナーでもしようじゃないか」

モハメドは思わせぶりに言って、「ついてこい」と手招きした。


メルセデスの車内はまるで金庫の中にいるように外界から遮断されていた。

「これは防弾仕様か?」

筒見は厚さが五センチはあるサイドガラスを叩いた。

「ああ、コロンビアのボゴタの工場で特注した車だ。AK47だろうが、MP5だろうが、完璧に弾き返す完全防弾車だ」

「そいつはすごい。大統領専用車並みだ」

「重量のおかげでガソリン食ってしょうがない。地雷を踏んでも走れるが、すぐにガス欠になっちまう。一番大事なところに設計者は気づかなかったようだ」

やがて、国境の壁が見え始めた。高さ四メートル、鉄製の粗末な塀の向こうはアメリカだ。草むらの中に時折、焚火《たきび》の炎が浮かぶ。壁を乗り越える者たちは、ここでトルティーヤを焼き、腹ごしらえをする。そして深夜二時ちょうど、アメリカ側の国境警備隊の交替時間になると、一斉に塀を乗り越えていく。あとは夜陰に乗じて全力で走り続けるだけだ。

「すまないが、ここからは目隠しをしてくれ」

モハメドが助手席の筒見にアイマスクを投げた。

「まだフィデルと二人暮らしか？　恋人がいないのなら、メキシコ美人を紹介するぜ」

目隠ししていても、モハメドがニヤついているのが分かる。

「女は裏切るが、犬は裏切らない。それに、四十八になった男を相手にする美女はいないさ」

「枯れるのはまだ早い。メキシカンの男は、八十になっても激しい恋をするぜ」

モハメドの軽口の相手をしながら、現在地を推測する。頭に叩き込んだ地図上を、メルセデスは西へ進んでいる。

二十分後、タイヤが砂利を撥ね始めた。土漠《どばく》のような未舗装路を走っている。周囲に車はない。

やがてメルセデスが停止した。

「目隠しをとっていいぞ」

「ここは……？」

街灯のない暗闇が広がっていた。

「ティファナ最大のスラムだ。ここから先は歩く」

モハメドはダッシュボードから自動式拳銃《オートマチック》を二つ取り出すと、片方を筒見に差し出した。オーストリア製の名機「グロック17」が鈍い光を放っている。

「俺には必要ない。警官時代から銃は持たない主義だ」

「ここは東京とは違う。五歳のガキだって銃を持っているぜ」

「いや、結構だ。平和ボケは治らないものさ」

モハメドはやれやれといった様子で、二つの拳銃をジーパンの腰に差し込んだ。

車を降りると、生ごみと糞尿のおぞましい臭気が鼻を突いた。月明かりに粗末なバラックが浮かんでいる。暗がりから住民たちの眼が飢えた獣のように光っている。

バラックの隙間を抜けたあと、赤土の細い坂道を登った。山肌にもバラックが密集している。追いかけてきた五、六歳の男の子が筒見のシャツの裾を引っ張り、手を差し出した。十ドル紙幣を出すと、目にも留まらぬ速さで奪い取り、小屋の隙間に消えていった。

「やめろ。際限なく集まってくるぞ」

モハメドの言うとおり、次の辻で子供たちに取り囲まれた。すがり付くように細い腕が伸びてくる。

「あっちに行け！　来るな！」

モハメドが銃口を向けると、子供たちは声も出さずに散った。

「……ひどいもんだ」

「この街では一時しのぎの優しさのほうが残酷だ」

拳銃をしまいながら、モハメドは笑う。

十分ほどかけて丘の頂上付近まで歩き、水色のトタンで造られた小屋の前で立ち止まった。

「君の友人がお待ちかねだ。食事をしながら商談をしようじゃないか……ん？」

モハメドがノックしようとすると、ドアが夜風に揺れた。

「待て」筒見はモハメドの腕を摑んだ。「……血の臭いだ」

モハメドは二、三度鼻を鳴らすと、両手で二つの拳銃を抜いた。

「ドアを開けてくれ」

筒見はドアを引いて、壁の陰に身を隠した。建物内には暗闇が広がっている。

両手に銃を構えたモハメドに続いて中に入った。ペンライトで照らす。小さなキッチン、四人掛けのダイニングテーブルが見えた。ピザとジュースのボトルが載っているが、人の気配はない。

「電源が落ちている」

モハメドは電灯のトグルスイッチを上下させた。

「バスルームはどこだ」筒見は暗闇に眼を凝らす。

「そこだ」

モハメドが指したドアが、わずかにあいていた。モハメドに銃を構えさせ、ペンライトをかざした筒見がドアをひいた。木のドアは軋《きし》みながらゆっくりと開いた。

便器に男が腰かけている。

「ミスター・チャン……。脅かさないでくれよ」

モハメドは拳銃をおろして、男の肩を軽く叩いた。

「触るな……。死んでいる」

筒見が床にライトを当てると、血だまりが光った。男は不自然に上体を前に傾けており、顔から鮮血が滴《したた》っている。その首のあたりから一本の糸が窓に向かって伸びていた。

「モハメド……」筒見がその太い腕を摑んで引いた。「離れよう。罠《トラップ》だ」

「なんだと？」さしもの伝説の偽造屋も大きな目を見開いた。

「ゆっくり下がれ」

死体に光を当てたまま玄関のほうへゆっくりと下がった。そのとき、男の体がぐらりと揺れた。

「伏せろ！」

モハメドのシャツの襟を摑んで建物から飛び出し、転がるように地面に伏せた。

耳を劈《つんざ》く大音響が地面を揺らした。

空から降ってくる瓦礫《がれき》を、頭を押さえてやり過ごし、三十数えた。第二の爆発はない。単発の仕掛け爆弾《ブービートラップ》だ。

薄く眼を開けると、あたりに土煙が立ち込めている。

「なんてこった！　くそったれ！」

モハメドが頭から血を流したまま叫んだ。

建物の半分が吹き飛んでなくなっている。その向こうに、絶望的な国境の景色が広がっていた。

「ヤツの所有物を回収しよう。厄介なことになる」

モハメドが瓦礫の山からトランクを引きずりだした。

筒見が見つけた背広の上着には、男の旅券が入っていた。ペンライトの光を当てると黒い表紙に金色のハングルが輝いた。その下の英語の国名を読み取った時、筒見の胸元がざわついた。

〈DEMOCRATIC PEOPLE'S REPUBLIC OF KOREA〈朝鮮民主主義人民共和国〉〉

それは外交旅券だった。

名前は〈CHAN CHOL〈張 哲《チャンチョル》〉〉。禿《は》げ上がった額、鉛筆で線を引いたように細い眼、四角い顎。

「ス、ス、スズランだったのか……」

その中年男の顔を見て、筒見の頭の中に垂れ込めていた薄雲が晴れていった。

「行こう。警察が来る」

モハメドがトランクを引きずりながら山を下り始めた。彼方、国境沿いに赤色灯の隊列が見えた。

モハメドの説明によるとこうだ。

張哲との出会いは、顧客のパキスタン人からの紹介だった。モハメドは二年前、張哲に請われて、ティファナで最も悪名高い麻薬密売組織の幹部に引き合わせた。

張哲は北朝鮮製の一二二ミリの自走式ロケット砲やRPG7対戦車ロケット砲を密輸し、麻薬密売組織に提供するようになった。張哲は外交旅券を持つ「武器商人」だったのだ。北朝鮮製の武器はマレーシアでフランスの船会社の貨物船に積み替えられ、メキシコの太平洋側、ラサロカルデナス港に、「ブルドーザーの部品」と偽って荷揚げされたという。

そんな張哲が新たなビジネスをモハメドに持ちかけてきたのは、半年前のことだった。

「イエローケーキ五十トンをシリアに売却したい」張哲はこう言ったそうだ。

「イエローケーキ」とは、八酸化三ウラン、つまり精製されたウラン鉱石のことだ。コミッションは一〇パーセントと、悪い商売ではなかったが、濃縮すれば核兵器の原料になる。

「大量破壊兵器に使われるのは、イスラム教徒として許せなかった。だから商談に乗らなかった」

モハメドは言い訳がましく説明するが、本当のところは不明だ。ともかくウラン売却計画は実現しなかった。

そして先月、張哲は再び姿を現したのだという。

「ヤツが持ってきたのがこの石だ……」

モハメドは張哲のトランクに入っていた紙包みを差し出した。

中には拳《こぶし》くらいの大きさの茶色い石。表面はごつごつしており、大きさの割にはずっしりと重い。

「この石は？」

「よく分からんが、北朝鮮で採掘できる貴重品だそうだ。ヤツはこう言った。『もう兵器の密輸はこりごりだ。日本とまっとうなビジネスをしたい。古い友人のミスター・ツツミと会いたい』とね……」

「俺に？ それは見当違いだな」

「ミスター・チャンは君のことをよく知っていた。警察を追放された一匹狼であることも……。でもチャンは君に賭けていた。日本政府の高官に、石のサンプルを見せれば、北朝鮮はまっとうな国家に生まれ変わることができるそうだ。……まあ、ヤツが死んじまったから、すべてがパーだけどな」

またとない商談を潰してしまったモハメドは、握りしめた石をサイドガラスに叩きつけた。鈍い音がして、防弾ガラスに引っ掻き傷をつけただけだった。

「俺のことを覚えていたのか……驚いたぜ……」

筒見は北朝鮮旅券の写真に呟《つぶや》いた。

十七年前の新月の夜、日本海の波濤に消えた男の姿を思い出した。


福岡県芦屋《あしや》町の柏原《かしばら》漁港近くの波打ち際に、その漁船は引き揚げられていた。木製の船体は、ひどく黒ずんでおり、あちこちが腐食している。浮いていたのが不思議なほどの廃船だ。

警視庁公安部の島本絢音《しまもとあやね》巡査部長は、ハンカチで口許を押さえた。慣れているはずの魚の腐敗臭が耐え難《がた》い。ガラスの破片のような記憶が、胸の奥をちくちくと突き刺している。

潮風にそよぐ長い黒髪を、ゴムでひとつに結ぶと、絢音は覚悟を決めたようにその船に乗り込んだ。

足元が不快な音を立てて軋《きし》んだ。

「イカ釣り漁船……ですね」絢音は呟いた。

船首から操舵室にわたされたワイヤーに七つの集魚灯がぶら下がっている。

「ふーん、分かるんだね」

朝倉富士夫《あさくらふじお》警部補は、短い芋虫のような指で電球をつついた。

「新潟の父が漁師でした……」絢音は黒くうねる玄界灘《げんかいなだ》を見つめた。

「へえ……」朝倉は関心なさそうな相槌を打ち、デッキに落ちていた釣り針を白手袋で摘《つま》み上げた。

朝倉は春の異動で、公安部外事二課にやってきたばかり。それまでは刑事だったらしいのだが、まともに話をするのはこの出張が初めてだ。まだ三十代半ばだというのにぽっこりと突き出たお腹。重そうな瞼《まぶた》の下に、長い睫《まつげ》と優しげな瞳がある。着ぐるみのような愛嬌はあるが、首にひっかけたタオルで、しきりに汗を拭《ふ》く姿からは刑事らしい観察眼は見当たらない。

なんともペースが合わない人だ。

絢音は新入りの異分子に内心苛立《いらだ》ちを覚えながら、分厚いシステム手帳を広げた。

船体の後部には、ハングルで「金策《キムチェク》」と書かれている。北朝鮮の日本海側にある製鉄と水産の港湾都市だ。

操舵室の後ろ、デッキのふたを開けると、油で汚れたエンジンが三基、ヘッドには

「VOLVO PENTA《ボルボペンタ》」とある。三翼固定ピッチプロペラ式の推進器だ。

絢音は腕を組んで、首を傾げた。

「ん？　どうしたの？」朝倉が振り向く。

「古い漁船にしては馬力があるな、と……。エンジンはスウェーデンのメーカーの旧式ですが、三基も積んでいます」

「ふーん。詳しいんだね。さすがに朝鮮語上級だ」

朝倉はさほど関心がなさそうだった。生命や財産への犯罪を捜査する刑事にとって、防諜活動《カウンターインテリジェンス》など実体の伴わぬ絵空事に違いない。

外事警察の関心事は、「北朝鮮の工作船かどうか」、その一点だけだ。しかし判別は簡単ではない。工作船は、漁船を偽装して活動するからだ。

ところが、福岡県警警備部外事課と第七管区海上保安本部は、絢音たち警視庁組が到着する前に、「漁船」との結論を出していた。確かに旧式の巻き上げ機や、魚群探知機、活魚槽などの漁具を備えているし、燃料タンクも巨大なものではない。漁船であることを否定する材料はない。

絢音は再び沖合を見つめた。この玄界灘を渡れば対馬《つしま》。その先は朝鮮半島だ。梅雨明けの日差しを浴びて、青々しく輝いているはずの海は、絢音には黒くぬめっているように見えた。

福岡県警と海保は近くの警察署で、会議を終えたところだった。

「遠いところ、お疲れさんでしたな」

絢音たちが訪ねると、福岡県警外事課の梶原健太《かじわらけんた》課長補佐がコーヒー牛乳の瓶を二つ机に置いた。

「いただきます」絢音は瓶を取り、一つを朝倉に渡した。

「早速だが」梶原は手帳をテーブルに開いて、老眼鏡をかけた。

「……発見は今日午前五時だ。漁師から通報を受けた七管《ナナカン》のヘリが漂流中の当該船を発見。その後、巡視艇が接舷して生存者を救助。生存者は男一名。年齢は五十歳前後、脱水症状により衰弱して意識を失っていたので、遠賀《おんが》総合病院に搬送した……。全身傷だらけだが、いずれも古傷で、遭難中に受傷したものではない。服装は白シャツ、紺色の作業着のズボン。所持品は朝鮮民主主義人民共和国中央銀行発行の千ウォン紙幣が三枚だけだ。ビスケットの袋がデッキにあった。水はすべて消費していた。漂流の原因は燃料切れ。タンクの軽油は空だった。以上が概要だよ」

「乗員は一名ですか？」

「それがね……正確に言えば二名だ。生存者は人間の頭蓋骨を抱いてデッキに寝そべっていた」

「へー、頭蓋骨？」メモも取らずにコーヒー牛乳を飲んでいた朝倉が初めて口を開いた。

「まったく奇妙な話だよ。下にあるから見るかい？」

署の地下にある霊安室に、その頭蓋骨はぽつんと置かれていた。全体は赤茶色。下顎はなく、子供ほど小さな頭蓋骨だ。

絢音は手を合わせた。

朝倉は腰を曲げて頭蓋骨に顔を寄せ、細い眼を見開いて上下左右から観察し始めた。ぶつぶつと独り言を言っている。

「女ですね。死後五、六年くらいか……。特に損傷はない」

「ほう。一目で分かるのですか？」梶原が驚きの声を上げた。

「この前頭部の額部の傾斜や眉毛《まゆげ》付近……眉弓《びきゅう》の隆起が小さい。女性であることは間違いありません。残った上の歯の摩耗具合からするとかなりお年寄り、八十代後半の女性です」

朝倉の解説に、梶原は感心したように何度も頷《うなず》いた。

「よくお分かりですな。まあ、あの国ですから歯の治療も満足に受けられなかっただろうし、入れ歯もなかったでしょう」

朝倉はいつの間にか白手袋をつけ、指先で、頭蓋骨のこめかみのあたりに触れた。

「ん？　わずかに赤土が付着していますね。土の中にしばらく埋められていたようです。いったん埋葬したものを掘り起こしたのでしょうかね」

赤茶色に汚れた指先を見ながら、朝倉は呟いた。

そのとき、霊安室に捜査員が入ってきた。小声で報告を受けた梶原の表情がさっと紅潮したのが分かった。

「ちょうどいい。お二人とも病院に行きましょう。生存者が、日本語を喋《しゃべ》っとるそうだ」

まるでホームレスだった。

ベッドに寝間着姿で座る男の顔は白いものが混じった髭に覆われ、灼熱の太陽に晒《さら》された肌は赤黒く焼けている。竹箒《たけぼうき》のような髪の隙間から覗《のぞ》く目玉は虚空《こくう》を見つめ、焦点が飛んでいた。

「あんた、トラマツさんか」

梶原が声をかけたが、男に反応はない。

虎松健介《とらまつけんすけ》――。

北朝鮮情報を担当していれば誰もが知る名前だ。元内閣情報調査室の辣腕調査官。国際第一部特命一班を率いていた男だ。一身上の都合で退職したあとは、都内の小さな商社に就職していたが、五年前に失踪。ある日突然、北朝鮮国営の朝鮮中央テレビに出演して、「自ら希望して北朝鮮入りを果たした」と宣言した。以来、安否は不明。スパイの疑いをかけられ、強制収容所で死亡したとの説もまことしやかに囁《ささや》かれていた。

「医師のほうから、簡単な事情聴取をしてもいいと許可をもらった。私は福岡県警警備部の梶原だ。まず確認のために指紋を採取させてください」

「帰ってくれ……」獣が呻《うめ》くような低い声だった。

意志も感情もない二つの硝子玉《ガラスだま》が病室の壁を見つめている。

「あんたは日本に不法に入国した。説明責任はあるだろう」

梶原がむっとしたように言うと、壁に寄りかかっていた朝倉が二人の間にするりと割り込んだ。

「警視庁公安部の朝倉です」

変わらぬ眠そうな目、頬のあたりに微笑《ほほえ》みを含んでいる。

「奥さんはあなたが留守中にお亡くなりになりましたよ」

その無情な言いぶりに、絢音はどきっとした。朝倉は言葉を継《つ》がず、虎松の反応を観察している。

「幸恵《ゆきえ》が……」

虎松は口を動かしたが、朝倉は遮《さえぎ》った。

「あなたが北朝鮮に行った四ヵ月後、ご自宅が火事になったのです。それまで奥様がどういう思いで、竜馬《りょうま》君と暮らしていたかお分かりですか？」

責めるような言いぶりだった。

虎松は沈黙したが、両手の指先は震えていた。

意識が回復した直後に、妻の死を伝える必要などあるのか。

絢音は怒りすら覚えて朝倉を睨《にら》んだが、そんな視線など意に介さぬように朝倉は話し続けた。

「先ほど、我々の同僚が、息子さん、竜馬君の所在を確認しました。東京狛江《こまえ》市の児童養護施設にいました。元気に小学校に通っているそうです」

「……竜馬」虎松の視線は宙を彷徨《さまよ》い、すぐに床に落ちた。

短い腕を組んだ朝倉はぴくりと眉を動かした。

「早く回復して、会いに行ってあげてください。だが、その前に、あなたが虎松健介であることの確認をさせてください」

朝倉が言うと、虎松は両掌を上にして差し出した。

梶原の部下たちが指紋を採取し、口腔内に綿棒を入れてDNAを採取した。

それが終わると、朝倉は虎松の前に椅子を持ってきて座った。

「私たちが聴きたいのは三つだけです。あなたはなぜ、北朝鮮に行ったのか？　どんな生活を送っていたのか？　あなたが抱えていた頭蓋骨は誰なのか？　このすべてを明らかにしてください」

朝倉は笑顔のまま、本題に切り込んだ。結論を急《せ》いているように感じられた。

「俺は……フジサ……」虎松が顔を上げ、口を動かした。

そのとき、何者かが病室のドアを忙しなくノックした。最悪のタイミングだ。絢音は心の中で舌打ちした。

「もう一度おっしゃってください！」

絢音は、朝倉とほぼ同時に身を乗り出した。

「フジサキミヨコ……」

虎松は確かにそういった。一瞬、濁った眼に、光が宿った気がした。

病室のドアが開き、梶原の運転手をしていた巡査が入ってきて小声で言った。

「本部から連絡です。聴取は中止せよ、本件は完全秘匿とする。以上です」

「ちょっと、中止って、どういうことですか？」

絢音は思わず大きな声を上げた。

だが、朝倉は菩薩《ぼさつ》のような優しげな笑顔を浮かべると、「じゃあ、失礼しましょう」と言って、病室を出ていった。


八月の烈日がアスファルトを焼いている。ニューヨーク・マンハッタンの途切れない喧騒が独特の重低音を奏で、けたたましいクラクションが熱気を掻きまわしている。

五番街の最高級ホテル『セントレジス・ニューヨーク』の前で、黒い背広に身を包んだ筒見が北の方角を見つめていた。

「おいでになりました……」

居並ぶ総領事館員に告げると、筒見は列の端に収まった。

予定より大幅に遅れて、黒いキャデラックのストレッチリムジンが、歴史ある重厚な建物の前に、優雅に滑り込んできた。

ドアマンを制し、草場武彦《くさばたけひこ》総領事が恭《うやうや》しくドアを開ける。

大ぶりのサングラス、白いワンピースに身を包んだ女が、颯爽《さっそう》と降り立った。

「歌織《かおり》様。ようこそニューヨークへ」

能島光一郎《こういちろう》内閣総理大臣夫人の歌織は歓迎の言葉に、柔らかな微笑みを返した。

年齢は六十代後半。ステージで歌っていただけあって、その立ち振る舞いはたおやかで、熟練女優のような華《はな》を湛《たた》えている。しかし、空港への出迎えどころか、秘書官やSPの付き添いすら拒否したというから、よほど奔放かつ土性骨《どしょうぼね》のすわった女に違いない。

草場に導かれて、赤絨毯《あかじゅうたん》の階段を昇ろうとした歌織が居並ぶ総領事館員のほうを見て、ふと足を止めた。

「あなた、筒見さんね？」

旧友にでもあったかのような言いぶりだった。

「警備対策官の筒見慶太郎です。このたびは、歌織様のリエゾンを仰せつかりました」

芝居っ気たっぷりに言った。

「噂どおり、なかなか野性的ね。無精髭が上流階級の社交場にお似合いだわ。このネクタイの結び方も……」

しなやかな指が、緩んだ濃藍《こあい》のネクタイに触れた。その隙のない視線に、筒見は荊《いばら》の棘《とげ》を見て取った。

「お褒めに与《あずか》りまして……」

筒見が言いかけたところで、草場が血相を変えて割って入った。

「歌織様、大変失礼いたしました……。筒見君、身だしなみをきちんとしなさい」

「いいのよ。私は本気で言ったの。役人臭い人は嫌いよ」

歌織はこう言い、香水の甘い香りを残して、階段を上っていった。

「官邸のエビータ」。外交官たちは歌織夫人をこう呼ぶ。「エビータ」とはアルゼンチンの伝説の大統領夫人エヴァ・ペロンの愛称だ。

歌織もエビータと同じく父を持たぬ私生児として貧しい家庭に育った。苦学して音大を出たあと、ジャズ歌手になり、「シルクのような歌声」と評された。何曲もヒットを飛ばしながら、小説家としてデビュー、文学賞を受賞するほどの才能の持ち主だ。

若いころから子供の貧困や虐待防止活動に力を入れていたため、政治活動にも熱心だった。その縁で国会議員のジャズ研究会で講師を務めたとき、当時三回生議員の能島総理に口説かれたのだという。数々の議員と浮名を流したうえ、最後は、憲政党のホープと言われた有望株を射止めたところも、エビータの恋愛遍歴と重なる。

国民的な人気を誇るファーストレディになったいま、その権力は絶大だ。文才を生かして総理のスピーチライターを務めるため、官僚たちは歌織のもとに日参する。ご機嫌を取って、総理演説に省益を反映させようという浅薄《せんぱく》な打算があるからだ。いまや、歌織の影響力は各省の幹部人事にまで及ぶのだそうだ。

「筒見君、あなたはご存知ないかもしれないが、エビータ様は夫である能島総理ですら頭の上がらない実力者です。国民の支持も総理を上回っている。くれぐれも失礼のないよう頼みますよ」

眉間《みけん》に皺を寄せた草場が神経質そうな声で言った。失敗は許されない、青白い顔にそう書いてある。

「彼女はエビータより、マクベス夫人と呼ぶほうが相応《ふさわ》しいようだ」

筒見が吐き捨てると、草場が慌てて口に人差し指をあてた。

「官邸は何故《なぜ》よりによって筒見君をリエゾンに指名したのかね……」

草場はぶつぶつ言いながら歌織のあとを追っていった。

半年前に赴任したばかりの新任総領事は、八年以上も居座る警備担当者が気に食わないらしく、ことあるごとに辛く当たる。若い外交官たちも冷ややかな視線を筒見に残して、上司の尻に付き従った。

明日から世界のファーストレディが一堂に会する「世界女性人権会議」が国連で開催される。歌織は日本政府代表としてニューヨーク入りした。

日本から政府代表が来る場合、通常は現地駐在の若手外交官がリエゾンに任ぜられる。リエゾンとは、外遊中の政治家の移動、買い物、食事までのロジスティクスを組む、いわば御用聞き。もてなす相手によって、大変な気苦労を強《し》いられる。一方で気の利いた立ち回りができれば、政治家とのパイプができる。若手外交官にとって貴重な仕事だ。

だが、今回、首相官邸はどういうわけか、警察出身の警備対策官で、末端の領事に過ぎない筒見をリエゾンに指名してきた。縄張りを侵《おか》された外交官たちの嫉妬が渦巻くのも無理はない。

ホテル内のロジ担部屋に入ると、早速、草場から電話があった。

「今晩の食事会はタイムワーナーセンターの『デパール』を五人で予約してください」

半年前の予約必須の高級フレンチレストランだった。

「総領事のご指示通り、今晩はブルックリンの『ピータールーガー』を予約してあります」

「予定は変更です。エビータ様は肉を控えているそうです。『デパール』をご希望なので、なんとかしてください」

筒見は何も言わずに舌打ちだけして電話を切った。朝令暮改はこの新任総領事の特徴だ。しかも、世界中の美食家が集結したこの都市での競争率を理解していない。

草場から電話があったのは、二時間後だった。

「レストランの件はどうなったのですか」

早くもささくれだった口調だった。こんなことで神経をすり減らしていて、歌織が滞在する四日間、精神が持つのだろうか。

「予約しました。一人五百二十ドルのコースです」

「よかった……。いったいどうやって……」草場の溜息《ためいき》が聞こえた。

「エビータ様の予約ですから、店も配慮したのでしょう」

皮肉が通じた様子はなかった。

その後も筒見は歌織の心変わりに振り回された。あらかじめ組まれていたスケジュールを次々と覆《くつがえ》し、挙句《あげく》の果てには宿泊先を、アメリカ大統領の常宿『ウォルドルフ＝アストリア』に変更せよ、との指示まで降ってきた。

公務が順調なのが救いだった。国連の女性人権会議では、並み居る世界のファーストレディの前で議長を務め、綺麗な英語で采配を振るった。二日目の会議では女性や子供、宗教的・民族的少数派の地位向上のため行動計画を取りまとめ、世界のメディア相手に記者発表を行った。

「三日間、ご苦労様。最後の案内、お願いね」

帰国前日の朝、歌織は上機嫌だった。

国連日本人職員との面会などをこなしたあと、夕方の日程は、国連本部のギャラリーで開かれている「世界平和の絵画展」の見学だった。世界のアーティストが描いた、平和をテーマにした絵が並び、作者たちが、来賓を出迎えている。

歌織が一枚の絵に見とれていると、体格のよいアジア系男性が隣に立った。

「我が国の作品です。お気に召しましたか？」

撫で付けた銀髪、薄い色のついた眼鏡をかけている。

「ええ、素敵な絵ですわ。心が温まります」

男は深く頷いてから言った。

「描いたのは若い画家です。七十年前、日本の侵略から、祖国が解放された日を描いたものだそうです。幸せに満ちた人民の内面が表現されている」

淡い黄色い光の中に、女が一人、赤ん坊を抱いて立っている抽象画だった。

筒見は二人の背後から絵の下のプレートを確認する。

DPRK――。

朝鮮民主主義人民共和国の出展作品だ。北朝鮮の絵といえば指導者や兵器を描く、先軍政治のプロパガンダ絵画が多いが、この画風は珍しい。

「絵はお好きなの？」歌織が男に尋ねた。

「はい。描くのはからきしですが、見るのは大好きです。この絵を描いたのは、女性の画家です。私も挨拶に来たのだが、今は席をはずしているようだ」

男は薄い唇の隙間から尖《とが》った白い歯を見せた。

筒見は二人の間にさりげなく割り込み、歌織に英語で言った。

「アメリカ大統領夫人主催の晩餐会のお時間です。我々奴隷《スレイブ》は遅れてはなりません。

参りましょう」

「ではまた、ご婦人」

二人は名刺を交換した。

「またお会いしましょうね」

去り際に歌織が微笑みを送ると、男は軽く頭を下げた。

国連ビルの玄関で車を待つ間、筒見は小声で言った。

「北朝鮮の国連次席大使と名刺交換をした日本のファーストレディは初めてでしょう」

「意外と紳士じゃない」歌織は平然と言った。

「猛毒を持つ紳士です。彼は先月の国連演説で、能島総理のことを、『米国の尻を拭く狡猾な奴隷』と罵りました。彼は日本批判の急先鋒です」

「だからあなたはさっき、『奴隷』ってわざわざ言ったのね。変なこと言うなあと思っていたのよ」

歌織は腑に落ちたとばかりに微笑んだ。

その夜、開かれた晩餐会で、歌織はアメリカ大統領夫人に呼ばれてステージに上がった。リクエストにこたえる形で、歌織はピアノを弾きながら美声を披露し、数百人の喝采を浴びた。会場では常に、歌織の周囲に人の輪があった。

ホテルの部屋にもどるエレベーターの中で、歌織が小声で囁いた。

「筒見さん、このあとお時間は？」

「帰って犬の散歩です」

「ニューヨークの本当の姿が見たいの。案内してくださらない？」

「本当の姿？」

「華やかなマンハッタンはもう見飽きたわ。最後にこの国の実態を知りたいの」

「役人を困らせないでください」筒見は首を振った。

「あなたが責められるようなことはしないわ」

歌織は小さく手を合わせた。

午後十時、歌織はジーパンと帽子で変装してホテルのロビーに降りてきた。鼻歌混じりで筒見のSUVに乗り込んだ途端、悲鳴を上げた。後部座席に真っ白い大きな犬がいたからだ。

「私の相棒です」

「シェパード？　しかも純白の……」

「虐待動物保護センターで引き取りました。フィデルといいます」

「美しいわ……」歌織が手を差し伸べた。

しかしフィデルは香水の匂いが気になるのか、二回、大きなくしゃみをしたあと、そっぽを向いて丸くなり、無関心を決め込んだ。フィデルは子犬の頃、十日間も餌を与えられず、地面から首だけ出した状態で地中に埋められているところを保護された。人間不信は生涯癒えぬ心の傷だ。

筒見が運転する車はマンハッタンを北上した。ハーレムの麻薬密売地帯を回ったのち、サウスブロンクスの工場街をゆっくりと走った。

「彼女たちは？」

歌織が中央分離帯に点々と立つ人影に目を凝らした。

「売春婦です。ほとんどが貧しい家庭のヒスパニックやアフリカンアメリカンの子供。平均年齢は十代前半です」

車を止めると黒人の少女がガラスを叩いた。タンクトップに、ミニスカート。筒見が首を振ると、少女は両手を広げて立ち去った。

「一晩いくらなの？」

「車の中で済ませるので三千円から五千円です」

「そんなお金のために……」

「手元に残るのは半分です。ほら、あそこの車……。いま、車を降りた男がピンプです」

「ピンプ？」

「ＰＩＭＰ。売春を斡旋するストリートギャングです。まあ、ギャングの中でも最も下等な連中ですがね。あいつらが少女たちから半分巻き上げます」

「まったく気分が悪いわ……。早く車を出して頂戴」

「体を売る女を軽蔑しますか？」

筒見が聞くと、歌織は首を振った。

「私も地方のドヤ街で私生児として生まれたの。父の顔なんて知らないわ。でも、自由があったから、あの世界を抜け出すことができた。体を売る女の子たちも、この腐ったストリートを抜け出して、上を目指すことができる。そうでしょ？」

「もちろんです。あとは本人の意思と、運しだいです」

筒見が言うと、歌織は納得したように満足げな笑顔を見せた。

「私たちが国連で議論した女性の人権問題なんて絵空事よね。今日は勉強になった。飯島《いいじま》外務審議官がなぜあなたをリエゾンに推薦したのか理解できたわ」

やはりあの男の差し金か。スキンヘッドと相撲取りのような巨軀《きょく》が頭に浮かんだ。

「二度と指名しないよう、彼に言っておいてください」

「飯島さんはジャズ仲間なの。プロの私よりもジャズ文化に造詣《ぞうけい》が深いわ」

「彼は音楽が仕事で、外交は趣味に過ぎません」

筒見は本気で言ったのだが、歌織は噴《ふ》き出した。

「あなた、変な人ね。人に媚《こ》びず、欲望がない。そして無神経なくらい正直者よ。霞が関の官僚とは違う人種だわ」

「権力への執着はもっとも醜悪です」筒見は吐き捨てた。

「ところで筒見さん……」夜空の月光を見つめながら、歌織は話題を切り替えた。

「あなたはアメリカ社会の奥深くに食い込んでいるわね。それも、外交官には真似できない、かなりの人脈よ。初日、予約してくれたレストランのオーナーシェフはユダヤ系。一般客は半年前の予約が必要だけど、ユダヤ系の富豪のために、常にテーブルを二つあけてある。あなたはそれを見事におさえてみせた。それから変更して頂いたホテルの部屋もホワイトハウスの大統領警護官が予約した特別室でしょう。裏社会だけじゃない。あなたはユダヤの有力者やホワイトハウスにも太いコネクションを持っている。さすが、中国の工作員たちを震え上がらせたスパイハンターだわ」

歌織の眼が妖《あや》しい光を帯びていた。鋭い分析だ。総理公邸に呼び出される官僚たちは、これを畏れているのだろう。

「私を試していたのですか。いったい何のために？」

筒見の質問に歌織は不敵な微笑みを浮かべるだけだった。

ミッドタウンのホテルに戻る車は、ハドソン川沿いのハイウエイを降りて、五十七番ストリートに入った。十番街の交差点に差しかかるとき、信号が赤に変わり、ブレーキを踏んだ。

午前一時。十番街をイエローキャブが走り抜けていくだけで、静まり返っている。

そのとき、ライトを消した車が背後から近づき、右側に並んだ。距離が近い。黒いジープ・チェロキー、九〇年代の古い型のものだ。ガラスに黒いフィルムが貼られていて、運転席を見通すことは出来ない。

この車は——。

筒見の頭の中で、半鐘《はんしょう》が激しく打ち鳴らされた。

ほぼ同時に後部座席のフィデルが起き上がり、ジープを睨んで唸り声を上げた。

「どうしたの？　フィデル……」

助手席の歌織が振り返ったその時、ジープの運転席側の窓が僅《わず》かに開いた。その隙間から細い金属の筒が覗いた。

「銃だ、伏せて!」

歌織の頭を右手で押さえつけながら、アクセルを踏み込んだ。

乾いた火薬音とともに、ガラスが割れ、車内に降り注いだ。

タイヤを鳴らしながら、左にハンドルを切り、赤信号の十番街に飛び込む。走ってきたイエローキャブが右に迫っている。急ブレーキの音とともに、横っ腹に強い衝撃を受け、車体が大きく傾く。筒見は構わずアクセルを踏み続けた。

車間を縫うように十番街を北上し、バックミラーを確認した。ジープ・チェロキーの角形ライトは見えない。

「怪我はありませんか?」

「大丈夫よ……」頭をもたげた歌織の声はわずかに震えている。

フィデルが後部座席から筒見の頬を舐めた。

「ありがとう、フィデル。おかげで助かったぜ」

東へ進路を変え、走りながら破損個所を確認した。後部座席の右のサイドガラスは粉々に割れ、リヤガラスにも穴が開いていた。三発は食った。わずかに判断が遅れていれば、歌織は銃弾を浴びていただろう。

「あの車はサウスブロンクスの工場街でも、横に並んだ車です」

「つけられていたの？」

背もたれに体を預けた歌織が胸を押さえて大きく息を吐いた。

「そのようです。車で乗り付けて狙撃するドライブ・バイ・シューティング。ギャングの抗争で使われる手口です」

「敵対組織と間違えられたのね、きっと……。いい経験だわ。これがニューヨークの夜の顔ね」

歌織は割れたガラスを見ながら言った。

「市警に連絡を入れておきます」

筒見が携帯電話を取ると、歌織はその手を押さえた。

「やめてちょうだい。夫はいま大事な時よ。噂一つが命取りになる。この事件はなかったことにして。これは内閣総理大臣からの命令だと思いなさい」

その口調には、他言は絶対に許さないという強い響きがあった。

第二章

左手に朝食とコーヒーが入った紙袋を抱えたまま、筒見は総領事館の鍵を開けた。午前七時四十五分。定時より早く出勤するのは警察官時代からの習慣だ。郊外の豪邸に暮らす外交官たちが出勤するまで一時間以上ある。

ドアの前に置かれた新聞の束を拾おうとして手が止まった。

〈漂流北朝鮮漁船、乗っていたのは日本人　五年前から北朝鮮に〉

日本の新聞の一面に大きな見出しが躍る。カラー写真に暗い眼をした面長《おもなが》の男が写っていた。

デスクで熱いコーヒーを啜《すす》りながら、パソコンを立ち上げた。奇妙なタイトルのメールが一番上に表示されている。

〈I need your help（助けて欲しい）〉

差出人は「PEK」、受信時刻は午前三時二十二分。本文もタイトルと同じだった。

画面を睨みながら、ベーグルサンドの包みを手に取ったとき、現地雇用警備員のジェイムズの巨体が部屋に入ってきた。

「ケイさん。客《ゲスト》が来た」

「この時間に客が？」

「驚くなよ。スペシャルゲストだ」

ジェイムズは濃褐色の肌に、含みのある笑顔を浮かべている。

がらんとした領事受付の待合室に、鼠色《ねずみいろ》の背広を着た大柄な男が座っていた。その横顔を見て、筒見は無意識に息を大きく吸った。

「ミスター・ペク。先日は絵画展でお会いしましたね。何の御用件でしょう」

北朝鮮国連代表部次席大使・白元弘《ペクウォンホン》だった。歴戦の北朝鮮外交官は座ったまま、片方の眉を吊り上げた。薄紫の色付き眼鏡の向うで、両眼が暗く光っている。

「ミスター・ツツミ。君と話がしたくてここに来た」

訛《なま》りの強い英語で言うと、ペクは立ち上がった。

一八三センチの筒見と視線の高さはほぼ同じ。わずかにアルコール臭がする。酒に酔っての奇行か。しかし、足元はしっかりしており、視線や喋り方に酩酊《めいてい》時の特徴はない。

「なぜ私と？」

筒見の眉間《みけん》に視線をすえたまま、白は答えない。

これは罠か――。

迂闊《うかつ》な言葉は禁物だ。

「念のため、パスポートを見せてください」

差し出された北朝鮮の外交旅券を開いた。写真と名前を確認する。白元弘に間違いない。

「ミスター・ペク。私は警備対策官だ。外交上の話なら草場総領事が来てから話すといい」

「待ってくれ……」白が筒見の右腕を強く摑んだ。

「日本に亡命を申請する。力になってくれ」

白は押し殺すような低い声で言った。日焼けした太い指が震えているように見えた。

大至急・極秘・限定配付
〈北朝鮮国連代表部次席大使の亡命申請について〉

八月二十日午前八時半、白元弘・北朝鮮国連代表部次席大使が、日本への入国査証の申請手続きを装って領事窓口に来訪し、筒見慶太郎警備対策官に対して、身柄の保護と日本への亡命を求めてきた。聴取に対して、近く本国に召還され、粛清等による政治的迫害の恐れがあるとしている。

とりあえずの措置として、館内で同人を保護しているところ。当館としていかに対応すべきか、至急検討の上、ご指示願いたい。

転電：在米大、在中国大、国連代

草場総領事から外務大臣への請訓《せいくん》電報が打電された頃、筒見は「口外無用」と念押しされ、蚊帳《かや》の外に追われた。当たり前だ。これは警備責任者の役回りではない。北朝鮮外交官の亡命を受け入れるかどうかは、内閣総理大臣の決定事項だ。

総領事以下全員が会議室に閉じ籠《こも》った。

優秀な頭脳を停止させ、「天の声」に身を任せよう——。

外務官僚が二時間話しあって出る結論などそんなものだ。

筒見が食べ損なったベーグルの包み紙を開けたところで、卓上の電話が着信を知らせた。

〈もしもし、外審秘書の辰巳《たつみ》です。いま、ご本人と電話を替わります〉

若い男が一方的に言ったあと、電話の保留音が流れた。

〈いやあ、筒見さん。お久しぶり〉

特殊暗号がかかった秘匿回線から猫なで声が聞こえた。

外務政務審議官の飯島久雄《ひさお》。半年前、「上がりポスト」と言われたニューヨーク総領事から外務省本省ナンバー2へと、大方の予想を覆して抜擢されたばかり。日本外交のすべてを取り仕切り、内閣総理大臣の外遊に影のように付き従う老練な外交官。次は外務次官の席を虎視眈々《こしたんたん》と狙う野心家だ。

「エビータの件では大変な苦労をさせて頂きました」筒見は嫌味を返した。

〈エビータ様は大変お喜びでした。あなたにお願いしてよかった〉

「二度と御免こうむりたいですね。ところで何の御用件で？」筒見は無愛想に応じた。

〈亡命《アサイラム》の対応で草場総領事は大騒ぎでしょう。白次席大使はどんな様子ですか〉

「ミーティングルームにいると思いますが、私は関わっていません」

〈日本政府は《受け入れ拒否《リジェクト》》ということで、草場君には伝えます。小心者の草場君に心理的な負担を負わせるわけにはいかない〉

「そうですか……」

〈実は筒見さんに内々にお願いしたいことがあるのです〉

「お願い？」

嫌な予感がした。歌織夫人の世話役の次は、何を押し付けようというのだ。

〈白次席大使の身柄を保護下に置いて、安全を確保していただきたい〉

「亡命受け入れは拒否なのでは？」

〈それは建前です。白次席大使は北朝鮮の瀬戸際外交を知り尽くしている、日本にとって価値の高い外交官です。彼にこう伝えてください。「あなたを信用します」と、ね〉

「……それで？」

〈白の本気度を徹底的に試してください。偽装亡命の可能性は捨てきれません。本当に北朝鮮を裏切る覚悟ができているのか、指導者への忠誠心が消えているのかをテストするのです。手法はその道のプロフェッショナルである筒見さんにお任せします。多少手荒な事をやっても構いません。これは総理のご意向と理解してください。草場君には『筒見さんを自由にするように』とだけ言います〉

飯島はそれだけ言うと、高らかな笑い声を残して電話を切ってしまった。

その十分後、白元弘次席大使は草場総領事以下に囲まれて、丁重に追い返された。筒見が玄関で視線を送ると、硬い表情の白は微かに頷き、通り過ぎざまに筒見の指先に挟まれた紙片を抜き取った。

〈我々はあなたを信用する。来週月曜午後八時、ブロードウエイシアター《007／慰めの報酬》最後列で待つ。携帯電話は持つな〉

劇場の照明が落ち、映画の予告編が流れ始めた。スクリーンを見つめる筒見の隣に、大柄な男が腰掛けた。

「受け入れてくれるのか？」白は雑誌で口元を隠しながら、低い声で言った。

「後ろをつけられてないか？」

「タクシーを三台乗り換えてきた。大丈夫だ」

「携帯は置いてきたか？　ＧＰＳで位置情報を把握される……」

「もちろんだ」

「九時十分、映画のクライマックスになったら、劇場を出ろ。地下鉄一号に乗って九十六丁目に行け。ウエストエンド街を歩いて北上、百六丁目でコロンバス街へ。百十六丁目から地下鉄三号に乗って、百四十五丁目で降りろ」

筒見は早口で指示した。白はメモをとらずに、黙って頷いた。

映画が佳境に差しかかったころ、白は先に劇場を出ていった。そして、指定された複雑な経路を正確に移動した。

筒見は五十メートル背後をつけながら、歩道と車道に絶えず視線を走らせ点検する。白を尾行する人影はない。

電車が百四十五丁目駅に到着する直前、白の背中に囁いた。

「俺の後ろ十五メートルをついてこい」

距離を置いたまま、人通りのない、暗い夜道を進んだ。

たむろする黒人の若者たちの眼は獲物を物色するようにぎらつき、くたびれた老人たちは、二人のアジア人を珍獣でも発見したかのように見つめている。

薄暗い集合住宅の玄関に入った筒見は、壁に寄りかかって煙草を吸っていた黒人の若者に百ドル札を何枚かつかませた。

赤いバンダナを頭に巻いた若者は、煙草を指で弾くと、「こっちだ」といい、薄暗い廊下を先に歩き始めた。

「なんだ、この建物は……」

白は小鼻を動かし、小便とマリファナの入り混じった臭いに顔をしかめた。

「プロジェクツという低所得者用の市営アパートだ」

「ひどい場所だ……やはり米帝の社会は腐りきっている」

「平壌《ピョンヤン》に比べれば電気があるだけマシだろう。ここはストリートギャングの巣窟《そうくつ》だから、よそ者を寄せ付けない。ニューヨークで一番安全な建物だ」

筒見は十階の廊下の突き当たりにあるドアを開けた。

家具を備えた生活感のある部屋だった。リビングとベッドルームがひとつ。テーブルの写真立ての中で、ヒスパニックの老夫婦が微笑んでいる。

「ここは誰の部屋だ？」白が神経質そうに室内を見廻《みまわ》した。

「家主はその写真のバアさんだ。コカイン中毒で先週、あの世に行った。この部屋にある家財道具は自由に使って構わない。ここがあなたの安全家屋《セーフハウス》だ」

「ほう……。私も舐められたものだ」

白は破れたソファに座ると、吊り上がった眼を細めた。

「豪邸で丁重にもてなされると思ったのか？　勘違いしないで欲しい」

「ここで何をやるつもりだ？」

「あなたの安全を確保したうえでテストをする。私の指示に従って頂く」

「テストだと？　どういう意味だ？」

白は眉間に深々と皺を寄せ、顔を紅潮させた。

「西側諸国の在外公館へのウォークインは冷戦時代には珍しいことではない。しかし、各国とも偽装亡命による二重スパイに辛酸をなめてきた。あなたの真実性を担保するものが欲しい。亡命の話はそのあとだ」

筒見は冷徹に言い放った。

「日本政府は何を必要としているのだ？」

「独裁者への忠誠心が完全に消えたかどうかを確認したい」

「そんなものはとうの昔にない。虚構と恐怖で塗り固められた独裁者に未練はない」

　白は鼻で笑った。

「信頼関係を築くには、言葉だけでなく行動も必要だ。それを肝に銘じてくれ。今晩はあなたの経歴を確認する」

　筒見がこう言ってノートを開いた。

　諦《あきら》めたように溜息をついた白は、その半生を語り始めた。

「私は一九六五年七月十日、咸鏡《ハムギョン》北道《プクト》清津《チョンジン》市出身の父と開城《ケソン》出身の母の長男として平壌市大同江《テドンガン》地区東新洞《トンシンドン》で生まれた。父は人民軍戦士として朝鮮戦争で洛東江《ナクトンガン》戦闘に参戦したこともあり、戦後は金日成《キムイルソン》総合大学を出て、大学教授をしていた。私は平壌外国語大学英語学科で英語と米国政治を勉強した。ほかに、中国語、フランス語を喋ることができる。四年の時は学部大隊長を務め、卒業後は外務省に入った。国連代表部勤務は二度目、そのほか、シンガポールとスイスの大使館に勤務して……」

　一時間ほどかけて白元弘の経歴を聞いた。それは国連やアメリカ国務省に提出された経歴と矛盾はなかった。祖父は抗日パルチザン出身。「成分（血統）」は申し分なく、外務省での経歴も順風満帆だ。スイスの北朝鮮大使館は、留学中の北のロイヤルファミリーの接遇と、その秘密資金の管理を担当する最重要拠点だ。そして四十九歳で米国とのチャンネルになる国連次席大使に就任したのだから、出世頭であることは間違いない。

特権階級を捨て、日本に亡命する理由は見当たらなかった。

「家族は？」

「妻と十九歳の息子、十四歳の娘だ。平壌市千里馬《チョルリマ》路東城橋《トンソンギョ》の外務省アパートに住んでいる」

「あなたの亡命は家族にとって災《わざわ》いとなる。分かっているな」

筒見は相手の心を掻き乱す質問をした。

「ああ……発覚すれば家族は収容所送りだ。命を懸けて家族を救うつもりだ」

狙い通り、白の表情は苦し気なものに変わった。

「はっきり言っておくが、家族を見捨てるような男に、俺は協力しない」

筒見が刺々《とげとげ》しく言うと、突然、白が三白眼《さんぱくがん》を突き刺してきた。そして低い声で言った。

「君と一緒にするな」

その瞬間、互いに睨み合ったまま、室内は息詰まる沈黙に包まれた。

筒見は相手の視線を軽くいなして「ふん」と鼻で笑った。

「俺の過去はすべて調べ上げているってことか？」

「少なくとも君の自己紹介は必要としない。だが、君の家族に起きたことには深く同情しているつもりだ」

こう言って、白は情《じょう》の籠った眼差しを作った。

狡猾な外交官だ。周到に準備してこの場に臨み、筒見の心を逆に支配してやろうと、心理戦を挑んできている。

「仕事の話は終わりだ。一杯やろう」

嫌な流れを断ち切るため、筒見は経歴確認を打ち切った。

棚からメーカーズマークのボトルとグラスを出してやると、白は勝手に酒を作り、喉の渇きを癒すかのように飲み始めた。

筒見はグラスに口をつけるふりをしながら、白の変化を確認する。酒癖の悪い男は信頼できない。口が軽くなり、色仕掛けに乗りやすくなる。これが敵に付け込まれ、寝返る原因となる。だが、白はいくら酒を飲んでも、乱れることはなく、時折、筒見の反応を視界の隅で覗《うかが》っている。

「これが私の家族だ……」

頬を赤くした白は、財布の中から一枚の写真を取り出した。平壌で撮影された家族写真だった。金日成総合大学生物学部に入ったばかりという長男は硬い表情。初級中学校二年の長女は母親に寄り添って微笑んでいる。

白は写真を眺めながら、初めて目尻に皺を寄せた。

「この一年間会ってないからたくましくなったはずだ。息子は学級長になったそうだ。柔道も強くて文武両道だ。娘は平壌学生少年宮殿のアコーディオン隊で活躍している」

家族はすでに旅行申請を出しており、許可が出次第、北京に出国し、仲間に匿《かくま》ってもらう手筈が整っている、と白は説明した。

ボトルの三分の二が空いたところで、筒見は本題を切り出した。

「この男を知っているな?」

張哲《チャンチョル》の外交旅券をテーブルに置いた。

白は旅券を手に取り、人差し指で張の写真に触れた。

「張哲同志《トンム》は粛清された……」と深いため息をついた。

「ティファナのスラムで死んでいた。本国に処刑されたのか?」

「そうだ……。我々のシナリオが狂い始めている。だから私は、張哲同志に代わって君を訪ねた」

筒見は、張が持っていた茶色い石をテーブルに置いた。

白は飛びつくように石を両手で包み、愛おしそうに撫でた。

「あなたたちは、その石で何をしようとしているんだ？」

筒見が最大の謎をぶつけると白は小さく息を吐いた。

「いまの指導部は、建国時代のパルチザン精神を忘れ、権力と金の亡者になった。奴隷にされた人民は、寒さに震え、殺戮に怯《おび》え、飢えている。私の責務は人民に幸福をもたらすことだ。権力者が私腹を肥やすための外貨稼ぎではなく、国家国民のための外交だ。そのためには日本の力を借りる必要がある」

白は質問に正面から答えなかった。

その手から、筒見は石を取り上げ、鼻先に突き付けた。

「この石はなんだ。日本とどんな関係があるんだ」

「これは我が国に眠る宝だ。君はその石を持ち帰って、日本外交を動かしてくれ」

「あなたたちの最終目標はどこだ。南北統一を目指すつもりか？」

筒見の問いに首を振った白は、両眼に力を込めた。

「南朝鮮との統一など必要はない。抗日戦争を戦ったわが共和国にこそ国家の正統性はある。我々は集団指導体制のもとで自主独立を維持する。我々は『亡霊《マンリョン》』のもとに参集し、共和国の未来を開くのだ」

「どんなご用件ですか？」

西新宿のホテルのロビー喫茶店の片隅で、痩せた男は周囲を見回しながら言った。

銀縁眼鏡の奥に警戒心の強そうな小さな目がある。

「同じ北朝鮮を担当している者としてご挨拶をしたいと思いまして」

絢音《あやね》は緊張を解《ほぐ》すように、笑顔を作った。

「外事二課のほうが情報はお持ちでしょう。私たちに捜査権はないのですから」

男の表情が少し緩んだところで、名刺を交換する。

〈内閣情報調査室国際第一部上席情報専門官・田中益男《たなかますお》〉

玄界灘で救助された虎松健介の後輩に当たる男だ。半袖シャツから色白の細い腕が伸びている。警察官にはいないタイプだ。

内閣情報調査室とは、その名の通り、内閣総理大臣の重要政策実現のための情報収集を行うインテリジェンス機関だ。しかし、トップの内閣情報官をはじめ、主要ポストは警察からの出向者が占め、田中のような生粋の内調採用者は少数派だ。

店員が来たので、一旦話を打ち切り、絢音はアイスコーヒーを、田中はミルクティーを注文した。二人とも虎松の話には触れず、互いに自分の経歴を紹介しあいながら、出方を探った。

「最近、内調は活発に情報収集されているようですね」

絢音が水を向けると、田中は難しい顔を作った。

「官邸が急に北朝鮮情報を欲しているのです。外交交渉で事が進んでいるときには私たちの情報に見向きもしなかったのですが、最近、拉致交渉が暗礁に乗り上げているでしょう。そうなると急に……」

「総理のお考えに変化があったということですか？」

「分かりません……。実はこちらからも島本さんにお聞きしたいことがあります」

田中はミルクティーに口をつけた。

「どうぞ」

「虎松さんの件です……」田中は声を低くした。

「外事二課が救出直後の虎松さんから聴取を行っていたそうですね。彼は何か喋ったのでしょうか？」

田中のほうからこの話題を切り出した。

あれから三週間、「虎松問題は完全秘匿とする」との指示を上司から受け、絢音は外事二課内でも口外を禁じられた。そして三日前になってようやく、福岡県警が「救助された北朝鮮漁民は虎松健介だったことが確認された」と公表した。報道陣には「DNA鑑定等、確認作業に時間を要した」と説明したようだが、ここまで隠し続けたのは異様ですらあった。

「私の知る限り、外事二課には虎松さんの情報はありません。内調さんのほうで聴取しているのではありませんか？」

絢音は救助当日の出来事は誤魔化《ごまか》した。

「いえ、内調は触っていません。でも、警視庁公安部も内調国際部も知らないとなると、何か変だなあ……」

田中は顎に手をやって首を傾げた。

「何がです？」

「まだ噂レベルなのですが、政府は近々、虎松が北朝鮮に拉致されたという調査結果を発表するそうです」

「拉致された？　つまり、自ら北朝鮮入りしたことを否定するということですか？」

絢音が身を乗り出す。田中は声を低くした。

「ええ。発表はこんな内容だそうです。虎松は中朝国境近くの延吉《えんきつ》を旅行中、豆満江《とまんこう》河岸付近で北朝鮮治安当局に身柄を拘束され、拉致された。能島政権が極秘裏に解放交渉をしたところ、北朝鮮側は虎松を沖合に連れ出し、燃料のない廃船に乗せて流すという残酷な仕打ちをした。虎松は二週間の漂流の末、餓死寸前のところを玄界灘で救助されたと……これが政府の公式見解になるようです」

「まるで不屈の精神の持ち主ですね。身柄取り戻しに成功した能島総理の株も上がります。でも、虎松さん解放のための極秘交渉なんて行われていたのですか？」

田中は「いや」と、首を小さく振った。

「せいぜい日朝の外交官同士の接触で話題が出た程度でしょう。それを誇張すれば秘密交渉と言えなくもない」

「何のためにそんな公式見解を……」

「いま、能島政権内には、北朝鮮への経済制裁を強化して、北朝鮮指導部に圧力をかけよという強硬派の意見が強まっています。虎松が拉致された当時、能島総理は官房長官だったという縁もある。北の人権蹂躙を経験した虎松を何らかのポストで官邸入りさせて、北に強い姿勢を示すという案も出ているようです」

「官邸入り？」

絢音が目を丸くすると、田中は周囲を見回した。

「でも、私はどうかと思うのです。虎松は危ない人ですから……」

「危ない？」

「ええ。虎松は確かに有能な情報マンでした。朝鮮語と中国語が堪能で、南北朝鮮に重要な協力者を持っていました。内閣情報官の直轄で動いていて、同じ特命一班の私たちも虎松が何をやっているか知らなかった。そんなときに、とんでもないスキャンダルが出て……」

「スキャンダルって？」

「六年前、北の工作船が海保と銃撃戦をして奄美《あまみ》沖で沈没した事件があったでしょう。工作員の遺体とともに引き上げられた携帯電話を解析したら、虎松の電話番号が出てきたのです」

田中は苦虫を嚙《か》み潰したような顔をした。虎松への不信感はかなり強いようだ。

「虎松さんは北の工作機関に食い込んでいたのですか……」

「いや、虎松は一線を越えていたのです。日本に潜入した武装工作員と連絡を取っていたのに、上に報告をしていなかったのですよ。北のスパイという疑いをかけられても仕方ない行為です。結局、内部調査を受けた虎松は自ら退職しました。でもね……」

　ここまで言って田中はコップの水を飲んだ。

「でも、どうしたんです？」絢音はその先を待ちきれなかった。

「虎松が北朝鮮に身柄を拘束された直後、奥さんが子供を抱いて、内閣府庁舎の内閣情報官室まで来てしまって……」

「火事で亡くなった奥さんが、ですか？」

「ええ、なんとか助けてくれと……」田中は眉を顰《ひそ》めた。

「情報官は会ったのですか？」

「いえ、会いませんでした。虎松は問題を起こして退職した人でしたからね……。情報官は総理に『過去の言動や問題行動を検討した結果、虎松は北朝鮮に亡命を希望していたと考えられる』と報告をあげ、問題は落着したのです」

「当時の内閣情報官って……？」

　絢音は嫌な予感を確認するために聞いた。

「河野さんですよ。狙撃された河野昇さんです。言っちゃ悪いが、虎松のような怪物を作ったのは河野さんです。虎松に領収書のいらない巨額の活動資金を渡して、出勤しなくても情報さえ上げればいい、という特別待遇をした。その裏では虎松に汚れた仕事をさせていたのでしょう。まあ、河野さんのような、トップに上り詰める官僚にとって、現場のノンキャリ調査官なんて使い捨てなのでしょうがね」

田中は自嘲気味に笑った。

絢音はドリンクホルダーで生温くなった烏龍茶で唇《くちびる》を湿らせた。トイレを我慢して膀胱炎にならぬよう、車で長時間、視察する時には水分摂取を最小限に止《とど》めるのがコツだ。

午後五時のチャイムとともに、視察用ワゴン車の後部座席の窓ガラスを三センチほど開け、二時間ぶりに外気を吸った。三十三歳の女の肌には、あまりに酷だった日差しも、初秋の風と共にようやく緩み始めている。

ＪＲ川崎駅から東に車で十分ほど、大型トラックが行き交う産業道路の西側は、住宅と工場、商店、飲食店が混在する典型的な労働者の町だ。産業道路の向こうは臨海工業地帯だ。

虎松健介はこの町の児童公園の目の前に、小さな一軒家を借りて、息子と住み始めていた。

噴水のある公園の石畳では、近所の老人たちが夕涼みをしている。

虎松は隅のベンチに座り、携帯灰皿を片手に煙草をふかしていた。プレスされていない皺だらけのシャツの背中に寂寥感が漂う。時折、滑り台にいる我が子を見るのだが、その眼はベッドの上にいた時と同じく、無感情で、生気がない。

一人息子の竜馬は、七歳だ。母親が火事で亡くなり、虎松が帰ってくるまでの五年近く、児童養護施設で暮らしていた。その竜馬は先ほどから滑り台の上に座ったままだ。下を向いて画用紙に色鉛筆を走らせている。

虎松は息子を視界の片隅にとらえてはいるが、二人が目で言葉を交わすことはない。親子というにはあまりにぎこちない。それどころか互いに新たな生活に戸惑い、疲れているように見える。

家も、妻も、仕事さえも失った。これが敏腕調査官のなれの果てだ。かつて内閣情報官として、虎松を重用した河野昇は、その後、警察庁長官、さらに総理側近の官房副長官にまで上り詰めた。しかし、何者かに狙撃されて重篤のまま、復帰の見通しすら立っていないのだから、人生とは一寸先は闇である。

やがて竜馬は、虎松の隣に腰掛けて缶ジュースを飲み始めた。二言三言、言葉を交わすと、硬かった親子の表情がようやく緩んだ。

虎松はハンカチで竜馬の額の汗を拭いてやり、連れだって公園前の自宅に戻っていった。

フジサキミヨコ――。

虎松は病院のベッドの上でこう呟いた。あの頭蓋骨のことに違いない。

警察の行方不明者届の全国データベースで検索すると、同姓同名の人物が二人ヒットした。だが、いずれも年齢は二十代と、朝倉の言う頭蓋骨の推定年齢「八十代後半」とはかけ離れている。何よりも歯型が一致しない。

虎松はなぜ、あのとき〈フジサキミヨコ〉の名を呟いたのだろう。お前に謎が解けるのかという挑戦的な目つきだったようにも見えた。

虎松親子が座っていた公園のベンチには、ほっそりとした女がこちらに背を向けて座っていた。長い髪が夕陽を浴びて黄金色に輝いている。

今日は引き上げよう――。

シートの背もたれを調整して、公園に視線を戻したとき、ベンチの女の姿は消えていた。

なんだ、この違和感は……。

陽が落ちるのを待って、絢音は車を降りた。公園内をゆっくりと歩き、あのベンチに腰かけた。

ふと地面に目をやった。煙草の吸殻が一本落ちている。虎松が捨てたのだろうか。いや、虎松は携帯灰皿を持っていたから、ここに捨てていくことはない。だとすると、いまの女が捨てたのだろう。

周囲に視線を走らせたあと、白手袋をつけて手を伸ばした。先端が焦《こ》げているだけで、吸い口は乾いている。まるで火にあてただけで、放り棄《す》てたように見えた。

午後十一時、代々木上原駅前のコンビニの弁当コーナーは空だった。絢音は溜息をつき、カップ焼きそば、缶ビール二本をカゴに放り込んでレジへ向かった。

レジカウンターの店員の後ろの棚に、煙草が並んでいた。

「すみません。その、後ろにある煙草、全種類一つずつください」

「えっ、全部ですか？」

学生アルバイトらしき店員が面食らったようにぽかんとした。

煙草は三十四種類、会計は夕食と合わせると、一万六千七百三十一円だった。

絢音は四年前、城東警察署警備課から警視庁本部の外事二課に異動したとき、代々木上原の築二十五年のワンルームアパートに引っ越した。駅から徒歩十分、六畳の部屋にユニットバス、小さなキッチンがついて家賃は八万六千円。この町は日本の住宅地としては突出して家賃が高い。だが、地下鉄一本で警視庁本部まで十五分程度、ここなら緊急時に同僚より出勤が遅れることはない。

警視庁では人事異動直後に、新しい上司が自宅を訪れる「家庭訪問」という前時代的な制度がある。配偶者との不和はないか、子供の非行はないか、怪しげな人物と同居していないか、といった素行確認をするためだ。当時の上司は、絢音の部屋の家賃と狭さに驚き、警視庁の単身者用官舎に入れと勧めたが、絢音は「遠くに住みたくない」と断った。

部屋の中は、雑然としていた。今朝、脱ぎ捨てたパジャマがそのまま絨毯の上に散乱している。新聞の切り抜きはファイルに貼られぬまま、積み重ねられ、一部は崩れ落ちている。

絢音はヤカンを火にかけると、洗面所で化粧を落とし、洗顔クリームで念入りに顔を洗った。鏡で肌をチェックする。日に焼けて赤くなった頬と鼻に化粧水を与えた。

床に座るとコンビニの袋をテーブルにひっくり返し、煙草のパッケージを開ける作業に取りかかった。

公園で拾った煙草は先端からフィルター部分まで真っ白いものだ。そしてフィルターより中心よりに、「727」という番号だけが金色で印刷されている。

買ってきた煙草の箱から一本ずつ取り出し、三十四本をテーブルに並べた。フィルター部分が茶色いもの、全体が白いもの、ストライプが入ったもの、銘柄が印刷されたもの、など様々なタイプがある。しかし、番号だけが書かれたものはなかった。ヤカンが沸騰し、激しく湯気を噴いていた。カップ焼きそばに湯を注ぎ、ビールの缶を開けた。最初の一口が渇いた体に染みわたる。

そういえば最近、まともな食事をしていない。移動中や視察中にサンドイッチやおにぎりを頬張る程度で、腰を落ち着けて箸《はし》を使うことさえ久しぶりだ。係の飲み会以外、レストランで会食することもなくなった。なぜなら外事二課に異動したときに、交友関係を絶ってしまったからだ。

公安部という組織は、警視庁の中でも極めて特殊な存在だ。捜査対象は左翼や右翼、カルト教団、そして外国のスパイ機関だ。このため犯罪捜査より、敵対組織との情報戦が重視される。公安捜査員は、社会から己の存在を消し去り、敵に籠絡《ろうらく》される隙を与えないことを求められる。万が一、要注意人物との交際や情報漏洩の噂でも立てられれば、即、人事異動だ。

だから、絢音は公安部に異動が決まった時、それまで持っていた携帯電話番号を変え、学生時代の友達どころか、警察学校時代の同期にさえ、引っ越し先の住所を伝えなかった。在任中は、結婚どころか、恋愛もするつもりはない。接近してくる男は対象国の工作員ではないかと身構える習性が身に付いた。

かつての友人からは人が変わったとか、猜疑心《さいぎしん》が強いとか、婚期を逃す、といった陰口を叩かれているのは知っている。でも、それで構わない。外二《ソトニ》で仕事をするために、警視庁に入ったのだから。

パソコンを立ち上げて、メールをチェックする。個人情報を漏らさぬためにネットショッピングすら避けているから、メールなど滅多に来ない。案の定、受信件数は一件だけだ。

差出人は〈島本祐樹《ゆうき》〉。たった一人の肉親の名前だった。

〈姉貴へ：村上の家、どうする？　俺は秋の人事異動で転勤しそうだよ。早く返事してくれよ。姉貴の気持ちは分かるけど、いつまでも放置しておけないぞ。祐樹〉

絢音はメールの画面を閉じ、二本目のビールのプルトップを開けた。

絢音は連日、虎松親子を視察した。

対象を秘匿追尾しながら、一挙手一投足を秘撮し、読唇術や集音機器を駆使して会話内容を秘聴する作業は得意とするところだ。

竜馬はまだ近所の小学校に通っていない。五年間、引き裂かれた親子の絆《きずな》を深めるのを日課にしているようだ。日が経つにつれて、鬼ごっこをしたり、縄跳びを教えたりと、少しずつ父子らしくなっている。

あの女が再び現れたのは、十日後のことだ。

この日も、虎松父子は公園でひとしきり遊んだあと、ベンチで竜馬がジュースを飲んで帰っていった。それから三十分ほど経った午後五時十五分、あの女がやってきたのだ。絢音は連写モードでシャッターボタンを押した。

買い物帰りなのか、布製のトートバッグを肩に下げている。家に戻りたくない事情でもあるのだろうか。女はまた、虎松父子がいたベンチでしばらく腰を下ろしたあと、五分ほどで立ち去った。

やはり、何かが心に引っかかった。デジタル一眼レフで秘撮した画像を再生する。三十枚ほど送ったとき、指が止まった。

虎松が竜馬の手を引いて、自宅に向かって歩いていく後ろ姿。手前のベンチの下には竜馬が飲んでいたジュースの空き缶がある。その缶が、女が立ち去ったあと、消えているではないか。

デッドドロップだ――。

予め決められたポイントに伝言や機密文書のデータを入れた記憶媒体などを置く、スパイ独特の非接触型の連絡手段だ。メールや携帯電話は防諜機関によって傍受されるため、スパイたちはいまでもこうしたアナログな方法で連絡を取り合うのだ。

絢音はカメラを操作して十日前の秘撮画像まで遡《さかのぼ》った。やはり、虎松父子がベンチの下に残した缶は、女とともに消えていた。

虎松が何らかのメッセージを空き缶に残し、女に回収させたのではないか。

決定的瞬間を目の当たりにした絢音は背筋に氷を当てられたかのような身震いを覚えた。この一ヵ月間、虎松に対して抱き続けてきた違和感の断片を捉えた気がした。

「これでいいか……」

白は折りたたんだ黒い布を鞄から取り出した。

筒見は布をテーブルに載せて、引っかかっている一本の髪の毛をピンセットでつまみあげた。

「完璧です」

筒見はその髪の毛を用意してあったビニール袋に入れ、「金昌海《キムチャンヘ》」と書いたシールを貼った。北朝鮮代表部の二等書記官の名前だ。

「もう、これきりにしてくれ……」

屈辱か、それとも恐怖からなのか、白の唇は震えていた。

「八人全員のものが必要です。我慢してください」

目的はＤＮＡの採取だった。北朝鮮代表部の専用車の助手席や後部座席のヘッドレストにマジックテープつきの布カバーをかぶせ、大使館員の毛髪を採取させたのである。

「朴在鳳《パクジェボン》国連大使と鄭基栄《チョンギヨン》一等書記官については、煙草の吸殻をお願いします。一人につき五本、灰皿から回収する際に取り違えないよう頼みます」

「それで最後か……」

「いえ、あとは指紋が必要です。代表部で使っているグラスの写真を撮ってきてください。同じ型のグラスを用意してすり替えます。それから……」

「まだあるのか？」白はうんざりだとばかりに両手で頭を抱えた。

「先日の米朝の極秘接触の内容が知りたい。朴国連大使がベイカー国務副長官と極秘会談をしただろう。その議事録を持ってきて欲しい。無理ならパソコンの画面を写すだけでも構わない」

白は安全家屋《セーフハウス》から北朝鮮代表部に通勤していた。

往復とも筒見が背後で尾行者の有無を点検し、特に夜は、バスやタクシー、地下鉄、徒歩を組み合わせた複雑な経路で安全家屋に戻った。そして、毎晩遅くまで筒見と綿密に打ち合わせしたうえで、「課題」をこなしていった。

北朝鮮代表部の図面や分掌表、本国からの公電のほか、代表部員の住所、携帯電話の電話帳データやメールの通信先のアドレス、会食相手まで、個人情報を収集し、筒見に提供した。やがて、北朝鮮外交官に資金や機材を提供する支援者の存在も浮かび上がってきた。

保護下に置いて一ヵ月、九月中旬の国連総会シーズンに突入する頃には、代表部員八人のＤＮＡサンプルと指紋の採取に成功した。

筒見は詰めの作業に入った。白が破綻をきたさぬよう、ここまで徐々にハードルを上げてきたが、次は大胆な作戦だった。

「次のステップです。新しい業務用プリンターを代表部に設置してください」

新たな指示に、即座に白は首を横に振った。

「無理だ。我が国に予算はない。いま使っているプリンターも十年前のものだ」

「知り合いに中古品を安く取り扱っている者がいます。部下に指示して電話させてください。ＦＡＸやコピー機能のついた最新型複合機が二百ドルで購入できることになっています」

「何を企んでいるのだ？」

白は目尻を吊り上げた。

「あなたは知らなくていい。これが最後のお願いだ」

翌日、指定した業者に北朝鮮代表部の庶務係員から注文が入った。搬入予定は三日後に決まった。

設置するのは特殊な改造が施された業務用複合機だ。印刷、複写されたデータはすべてハードディスクに一時保存され、外部に設置したＬＡＮを通じて、そっくりそのままオンラインストレージに保存される仕組みだ。つまり、この機械を使ったすべてのデータが筒見の手に入ることになる。

「プリンターの設置場所を窓際にして欲しい」

筒見は北朝鮮代表部の間取り図をテーブルに広げた。家具の配置からドアの開き方、床の材質まで精巧に起こした図面だ。

「電波を飛ばすつもりなら、それは無理だ。わが代表部の窓の内側は電磁波盗聴防止《テンペスト》のために、特殊な遮蔽《しゃへい》鋼板で塞《ふさ》がっている。まるで潜水艦だ」

白は狼狽《うろた》えたように首を振った。

「この部屋です……」筒見は鉛筆で図面の一点を指した。

「西側の会議室にある、この窓の遮蔽板に小さな穴をあけて、外側にフィルム式のアンテナを張り付けてほしい。簡単なことですよ」

翌日午後、北朝鮮代表部にプリンターを搬入した。作業用のツナギを着た筒見を、警備担当の代表部員が執拗《しつよう》に身体検査した。機械のふたを開けさせ、中を覗き込んでいるが、最新式の複合機の構造まで分かるはずもない。

「ここに携帯電話を置いていけ」

男は治安当局者独特の猜疑心が漲《みなぎ》った眼で命令した。

指示に従って筒見は携帯電話を渡したが、それは何のデータも入っていない空の機械だった。

代表部内には質素な事務室が並んでいる。白の案内で、計画通り会議室にプリンターを運んだ。

「お前、何をしている！」

背後から鋭い怒鳴り声が聞こえた。先ほどの警備担当者だった。

「何か問題でも？」

「我が国の指導者の下にそんな機械を置くな！」

男はいきり立っている。

確かにプリンターの真上の壁に、金日成主席と金正日《キムジョンイル》総書記の肖像画がかけられていた。指導者への忠誠心を声高に表現することが、彼らの国では評価の対象になるようだ。

機械を窓側に置くことで折り合ったが、この場所こそが、筒見が計画していた最適の設置場所だった。

「間抜けな男だ」

筒見は鼻で笑ったが、白の顔には怯えの色があった。

「ヤツは保衛部の要員だ。我々を監視して、逐一本国に通報している」

国家安全保衛部とは北朝鮮の独裁体制を支える思想警察だ。反乱分子やスパイの摘発、脱北者の暗殺も実行し、まさに北朝鮮の恐怖政治を体現する組織といえる。彼らに目を付けられれば外交官でも粛清される。白が怯えるのも無理はなかった。

三日後の深夜、白はフィルム式のアンテナと小型ドリル、コーキング剤をもって北朝鮮代表部に向かった。

午前一時、戻ってきた白の顔色はすこぶる悪かった。

「もう終わりだ……」部屋に入るなりソファに座って頭を抱え込んだ。

「……ついに来た。大使の机に私宛の召還状があった」

「どんな内容だ？」

「白元弘を一週間以内に帰国させよ、と……。この動きがバレている」

「家族は出国できたのか？」

「まだ旅行許可が出ていない。平壌の自宅に電話したが、妻も息子たちも電話に出ない。近くに住む私の両親も連絡が取れない……」

白は写真を胸に当てて、目を閉じた。

「安心しろ。この作戦は完璧だ」

「おい！」白は突然立ち上がって、筒見に摑みかかった。

「日本政府から情報が漏れているんじゃないのか！」

筒見は襟を摑まれた状態のまま、白の右腕の肘《ひじ》のあたりに手を添えた。その瞬間、白は悲鳴を上げ、筒見から手を放して蹲《うずくま》った。

「狼狽《うろた》えるな。我々は保秘を徹底して……」

こう言いかけた筒見の眼が、テレビに吸い寄せられた。

CNNのニュース番組が速報《ブレイキング》を伝えている。

〈不屈の男、北朝鮮から日本に生還――〉

テロップが画面の下に挿入された。

中継映像では、日焼けした肌、ワイシャツの胸元を第二ボタンまで開けた男がマイクの前に座っている。無数のフラッシュを浴びながら、感情を拒絶するように押し黙り、前を見据えている。

男がゆらりと立ちあがり一礼した時、胸元で銀色に光るチェーンが見えた。

「この男……」白が床に蹲ったまま食い入るように画面を見つめた。

「マンリョンを守ってくれ。破壊工作員が日本でマンリョンの暗殺を狙っている。マンリョンが消されれば、共和国に未来はない」

筒見は白の両肩を摑んだ。

「おい……。マンリョンというのは日本にいるのか！　そいつは何者だ」

白は眼を見開き、テレビを見つめるだけだった。

画面の中の男は軽く咳払《せきばら》いすると、淡々と語り始めた。

〈お集まりの皆さん。今日は、能島総理への感謝の気持ちをお伝えするとともに、北朝鮮によって流布《るふ》された嘘を明らかにしたいと思います。五年前の十一月二十二日、私は中国・延吉へ旅行中、中朝国境の豆満江で、北朝鮮国家安全保衛省に拉致されました。激しい拷問によって、自ら希望して入国したと言うよう強制され、それが事実であるかのように、北朝鮮メディアに報道されました。この五年間政治犯収容所に入れられ、悪夢の日々を過ごしました。収容者たちの多くが暴行され、銃殺され、餓死していきました。私はカエルやネズミを食べながら、命をつなぎました。私が絶望的な日々を過ごす間、能島総理は粘り強い解放交渉を続けてくださいました。そのおかげで、私は収容所を出されました。しかし、北朝鮮は最後まで非情でした。私は燃料もない、沈没寸前の漁船に乗せられて、日本海に流されました。水も食料もなく、雨水だけで三週間近く生き延びました。私は自由と人間らしさを勝ち取るために、愛する家族を胸に抱きしめるために、地獄の漂流生活を耐え……〉

「虎松健介」と名乗るその男は、周囲の疑念を蹴散らすかのような、確信を秘めた表情だった。

第三章

警視庁本部十四階は、いつもひんやりとした空気が漂っている。公安捜査員はすれ違う者を粘ついた視線で観察し、たとえ同僚同士でも反発しあう磁石のような距離を保っている。密告や裏切りへの猜疑心がこの体感気温の低さを作り出しているのだ。

絢音《あやね》は公安部会議室の窓際の席で、皇居の深い緑を眺めながら、疲れた目を癒していた。

「課長がおいでになりました!」

ドアの前に立つ最年少の巡査の大声が、場の雰囲気を引き締めた。

西川春風《にしかわはるかぜ》外事二課長が入室し、ひな壇の中心に立った。

「気を付け! 敬礼!」

全員が立ち上がって黙礼した。課長が直るのを見計らって、一斉に頭を戻す。

西川は苦虫を嚙み潰したような渋い顔をしたまま、どっかり椅子に腰を下ろした。口元を覆った髭、爆弾テロに巻き込まれて負った頰の傷、千切れた耳がこの上ない迫力を醸し出している。かつて日本赤軍を追う「赤軍ハンター」として中東を駆けまわった伝説の公安捜査員、イスラム社会に浸透した国際テロの専門家だ。いまでは部下から「フウさん」という愛称で呼ばれて尊敬を集めている。

「課長より指示！」

号令とともに、捜査員たちは背筋を伸ばす。腕を組んだ西川が、ゆっくりと部下たちを見渡し、軽く咳払いした。

「公安部が成城特捜《せいじょうとくそう》に加わることになった……」

西川の第一声に、ぴりっとした緊張が走った。

「成城特捜」とは、警視庁刑事部長を本部長とする「官房副長官狙撃事件特別捜査本部」のことだ。現場の小学校を管轄する成城警察署に設置されていることからこう呼ばれている。

六月の事件発生から四ヵ月近く経った今頃になって、公安部が投入されるということは、解決の手がかりがまるでないことを示している。

被害者の河野昇は前の警察庁長官だ。警視庁公安部長時代は「カミソリ」と呼ばれるほど切れ味鋭い頭脳を持つ名指揮官だったそうだ。そしていまや、総理側近の内閣官房副長官として、全省庁の幹部人事に絶大な影響力を持つ、いわば「官僚の中の官僚」である。このため捜査の行方は、警察組織のレゾンデートルに関わる問題だ。いよいよ刑事・公安の対立を取り払い、一丸になって解決に乗り出す決断が下されたのだろうか。

だが、続く西川の言葉は、絢音の興奮に冷や水をかけた。

「吉良《きら》管理官の指揮のもと六係ウラの三個班に特命任務に当たってもらう。本件捜査は刑事部捜査一課が担当しているが、事案の性質上、我々の加入は刑事部には知らせていない。公安部別室は明日、三交機《サンコウキ》に完全秘匿で設置する。外二《ソトニ》が秘匿で捜査に加わる理由はそのうち分かるだろう」

ここまで言って、西川は目を閉じた。

続いて、西川の隣に座っていた男が立ち上がった。吉良龍之介《りゅうのすけ》管理官。三十六歳にして階級は警視。もちろん警察庁採用のピカピカのキャリア組だ。

吉良が赤い唇に薄笑いを浮かべ、捜査員たちを睥睨《へいげい》した。

「早速だが、本日、狙撃事件に関連した聴取を行う。立ち会いは島本絢音君にお願いする。情報漏れを防ぐため、その他の具体的な動きは個別に指示する。それでは解散！」

西川と吉良は捜査員たちの視線を振り切るように会議室から出ていった。しらけた空気が流れた。みんなの標的は吉良だ。

「あの兄ちゃん。捜査なんかやったことあるんですかね？」

絢音の三つ上、小俣薫《おまたかおる》巡査部長が腕を組んだまま、口火を切った。

「あるわけないでしょ。張り込みもしたことないし、ワッパかけたこともねえよ。なんだって、フウさんはあんなガキに……」

六係の古参キャップが応じる。

「きっと公安部長の指示ですよ。フウさんも組織の人間です。仕方ありません」

関根岳《せきねがく》巡査が知ったような口をきいて、小俣に「生意気だ」と小突かれた。

あとは皆が堰《せき》を切ったように、言い合った。

「事件捜査をキャリアの実地研修に使われたら現場がたまらんな」

「モトダチの捜一にも秘密にして捜査ができるのかね」

「俺たちが狙撃犯を捕まえたら、また刑事部との間に禍根を残すぞ」

口は悪いが、「六係ウラ作業班」は精鋭揃いだ。捜査となると機械のように緻密に動く。三班総勢十八人、三人の警部補がキャップとして、それぞれ五人の捜査員を率いている。「ウラ」の名の通り、班の存在は秘匿扱いで、全捜査員が身分偽装、変装、秘聴、秘撮の高度な技術を持っている。任務は北朝鮮工作員の摘発だ。

そんな職人集団でも、吉良の横暴ぶりには困り果てていた。

「おい、絢音。あの兄ちゃんが取り調べで暴走したら、ちゃんと止めろよ」

絢音が所属する班のキャップ、平田《ひらた》実《みのる》警部補が笑った。

「絢音はカタブツだから心配しなくても大丈夫ですよ。あの兄ちゃんは少林寺をやっていたのが自慢らしいが、きっと絢音の合気道のほうが強いはずです」

小俣が絢音をからかった。

部屋の隅で、朝倉が微笑んでいたが、相手にするものはなかった。

午後三時、絢音は成城特捜公安部別室が設置された目黒区大橋の「第三方面交通機動隊本部」に向かった。

二階の会議室で、吉良は幹部候補生らしく、足を組んで悠然と構えていた。五十代のベテラン係長らを前に立たせ、丸めた新聞を机に叩きつけながら叱責する姿は「ミスターパワハラ」との異名をとる。この男のおかげで、絢音たちの上司である六係長はうつ病で長期休暇中だ。東京大学少林寺拳法部の主将だったとかで、腕っぷしにも自信があるというから、まったくタチが悪い。

「本当に管理官が取り調べを行うのですか？」

絢音は暗に「できるのか」という思いを込めて吉良に尋ねた。

「そうだ」

当然だろう、という響きがあった。

キャリアは自分が大衆より優れており、ノンキャリアは学問も教養もない、烏合《うごう》の衆だと思い込んでいる。口に出さなくても、顔にそう書いてあるのだ。

「取り調べ対象は誰でしょうか？」

「来てからのお楽しみだ。……ところで島本さん、英文は少しくらいは読めますね？」

「ええ、一応……」心の中で「馬鹿にするな」と付け加えた。

「じゃあ、暇つぶしにこれを読んでおいてください。先ほど配信された通信社の英文記事だが、なかなか面白い内容だ」

吉良は四つに折りたたんだ紙を差し出した。

絢音は入り口に設けられた立ち会い用の席に座って、紙を開いた。

〈ニューヨーク　北朝鮮次席大使が遺体で発見　日本政府関係者の関与か

一日朝、ニューヨーク・マンハッタンの東側を流れるイーストリバーで男性の遺体が浮いているのが発見された。死んでいたのは北朝鮮国連代表部の白《ペク》元弘《ウォンホン》次席大使（50歳）であることが分かった。白次席大使は三日前から行方不明で、国連総会の一般討論演説を欠席、北朝鮮国連代表部はニューヨーク市警に捜索願を出していた。同日、国連本部前で記者団の取材に応じた朴在鳳《パクジェボン》・北朝鮮国連大使は「白同志の死には、日本政府関係者が関与している。我が国は敵対行動と見なして、その者に厳粛な鉄槌を下すであろう」と述べた。なお、在ニューヨーク日本総領事館の草場総領事は「事実に反する。厳正に抗議する」とコメントしている〉

ロイター通信、十月一日付の緊急報《アージェント》だった。

次席大使の死に日本政府関係者が関与――。

北朝鮮大使のこの発言に心が沸き立つ。真偽はともかく、大使のこの発言は、北朝鮮本国の政治的意図を含んでいる。平壌の指示とあれば、国連大使のようなエリートですら、「鉄槌を下す」などという失笑ものの言葉を発しなければならないのだ。ニューヨークを舞台に日朝関係が大きく動き始めていることだけは確かだ。

吉良は背を向けたまま、絢音の反応を覗《うかが》っている。一体なぜ、この記事を読ませたのだろうか。

「島本さん、ひとつお願いがあります」

吉良は振り向きもせずに言った。

「はい……」

「頭をすっきりさせてから取り調べに臨みたい。隣の建物に自動販売機があるので缶コーヒーを買ってきてください。飲みたければあなたの分も……おごりますよ」

掌《てのひら》に百円玉が二枚載せられた。

お茶汲みがわりに指名されたのか──。

絢音は心の中で舌打ちした。

警察のヒエラルキーをこんな形で表現するキャリアも珍しい。いや、女性警察官だから見下しているのか。

屈辱を嚙み殺して自動販売機に小銭を入れた。

なぜ吉良は狙撃事件の取り調べを行うことになったのだろうか。通常、キャリアが事件関係者を取り調べることはない。そんなことをしなくても殿上人《てんじょうびと》への階段を駆け上がっていくことを保証されているのだから。この取り調べはノンキャリアが触れてはならない異常事態を意味しているのではないか。

コーヒーを持った絢音が、二階の会議室に戻ると、ドアの前に平田警部補と関根巡査がサングラス姿で立っていた。

「絢音……空港から引っ張ってきたぜ」平田が言った。

相手に顔を覚えられぬよう、目元を隠して連行してきたのだ。

「誰が座っていいと言った！　立て！」吉良の鋭い叫び声が廊下にまで響いた。

「もう始まったのですか……」

絢音がドアを開けると、長身の男の背中が見えた。吉良が足を組んだまま、立ちつくす男を見上げている。

「名前を言え！」

「つ……つつみ……けいたろう……」低い声だった。

「えっ？」

缶コーヒーが手から落ちた。床をころころと転がって、男のパイプ椅子の脚にぶつかった。

男がゆっくりと振り向いた。浅黒い肌に無精髭、その眼には底深い光を留《とど》めている。

筒見慶太郎——。

十七年間、絢音の記憶の片隅に封印されていた光景が蘇《よみがえ》っていった。

「島本さん、もしかして、お知り合いかな?」

吉良が赤い唇を捻《ね》じ曲げて笑みを浮かべた。

絢音は全身に鳥肌が立った。

警察に入って以来、誰にも語っていない過去を吉良に知られている。

「筒見慶太郎だな。座ってよろしい。これは内部調査だ。あらかじめ言っておくが、君に黙秘する権利はない」

吉良は自信たっぷりな口調で筒見に告げた。

「内部……俺の本籍はまだ警察だったのか……。外務省に報告するために帰国したつもりだったがな」

筒見は机に視線を落としたまま、ぶつぶつとつぶやいた。

「ニューヨークで何があったのか説明しろ!」

筒見は鼻で笑い、

「あんたには想像もできないことだ」

と吐き捨てるように言った。

あのロイター通信の記事に登場する「日本政府関係者」とは、筒見慶太郎のことだったのか。

「今朝、FBIから警察庁に連絡があった。白元弘次席大使殺害事件に絡んで君を聴取してほしいとね」

「ほう……あんたはFBIの下請けか……」

「そうじゃない！」吉良は拳《こぶし》で机をたたいた。

「じゃ、何だ？」

「白元弘の遺体から発見された弾丸の線条痕《せんじょうこん》が、河野官房副長官狙撃事件のものと一致した。口径八ミリの極めて特殊な実包だ」

絢音はその言葉を聴いて手が震えた。

線条痕とは、弾丸に残された銃身の痕跡だ。弾道を安定させるために銃身の内側に螺旋《らせん》状に彫られた溝は、発射された弾頭を傷つける。その傷は銃によって微妙に異なるので、線条痕は「拳銃の指紋」といわれる。線条痕が一致したということは、すなわち、二つの事件で使われたのは同一の拳銃ということだ。

河野副長官狙撃事件に使われた弾頭の線条痕について、警視庁は各国の捜査機関に犯罪使用歴の有無を照会していた。FBIはその画像をデータベースに蓄積していたため、こんなにも早く日本警察に捜査協力を求めたのだ。

「ど素人だな……やはり、公安警察は腐りきっている」

筒見は見下すような冷笑を浮かべ、背もたれに寄りかかった。こんな事実を突きつけられても、驚きの表情すら見せなかった。

「私が素人だと？」

「吉良君とか言ったな。あんた、キャリアか？」

「ああそうだ」

「取り調べの相手に喋りすぎだ。秘密の暴露は取調官がするものじゃない。被疑者から引き出すものだ。もう一度、警察大学校で教科書を読んでこい……。お勉強、得意なんだろ？」

筒見の薄笑いに、吉良の歯軋りが聞こえてきそうだった。

その後も、筒見は徹底的に挑発した。質問をはぐらかし、言葉尻をあげつらい、鼻で笑った。机を殴りつける吉良の手は赤くはれ上がった。二時間ほどたった頃には、叫び続けた吉良の声は掠《かす》れ、疲労の色は隠せなくなっていた。

「十分間の休憩だ。島本さん。二人で思い出話でもしていてくれ」

吉良は粘着質な視線を絢音に残しながら部屋を出ていった。

これが公安部の本質だ。視察対象をあらゆる手段で調べ尽くし、丸裸にするのが、公安捜査員の任務だ。だが、その刃《やいば》は時に身内にも向けられるのだ。絢音はなんとか平常心を保った。

会議室は静まり返っている。筒見は背中を丸めたまま、こちらを振り返ることもない。

「筒見さん、覚えていますか。私のこと……」

沈黙に耐え切れずに、絢音のほうが口を開いた。

「記憶にない」筒見は振り向きもしなかった。

「十七年前の村上の事件の……」絢音は広い背中に声をかけた。

「物忘れが酷《ひど》くてね……」

筒見は少し横を向いて言った。

やつれた横顔からは、感情の動きを読み取ることはできない。乱れた髪、煤《すす》けた肌、口元の不精髭に、荒《すさ》んだ人生観を漂わせている。なぜ、この男は公安警察への憎しみを口にするまでになってしまったのだろうか。

顔を正面から覗《のぞ》き見ようとしたとき、吉良が部屋の入り口に立っているのに気付いた。

「再開しよう」

吉良は意地の悪い冷笑を筒見に投げかけると、ゆっくりと椅子に腰掛けた。そして、ひとつ大きな息を吐いた。

「君の活躍も、失敗も十分承知しているつもりだ。九年前のあの事件もね……」

「………」筒見に反応はない。

「ご長男が亡くなったのは、その数ヵ月後……気の毒でした」

絢音は顔をあげて、吉良を見た。九年前？　長男が死んだ？　何を言っているのだ、この男は。筒見の心をかき乱そうというのだろうか。

言葉とは裏腹に吉良の顔には同情など微塵もない。両肘を机につき、眼を細めて筒見の表情を覗っている。

筒見は腕を組み、視線を机に落としたままだ。

「君は中国のスパイを追っていた。そのさなかに拓海《たくみ》君は近所の池で溺死したそうだね」

「その話は……」筒見が掠れた声で何かを言った。

「心から同情する」

「やめてくれ……」

今度ははっきりと聞こえた。絢音は立ち上がった。そんな古傷を掘り起こして何になるのだ。

「管理官、やめましょう」

吉良は絢音を掌で制すると、筒見の脇に立った。

「あれは事故じゃない。誰かが殺害したと君は思っている。そうだろう？」

「やめろ」筒見が顔をあげた。

「逃げるな！」吉良は歯を剝《む》いて、筒見に鉛筆を突きつけた。

「死んだ息子に恥ずかしくないのか！　父親としての誇りは……」

こう言いかけた瞬間、吉良の身体が宙に浮いた。空中で半回転したかと思ったら、押し潰されたような呻《うめ》き声とともに、背中から床に叩きつけられた。

絢音が立ちあがったときには、吉良は仰向けに組み伏せられていた。覆いかぶさる筒見の左手が、吉良の喉に食い込み、奪い取られた鉛筆の先が目玉に突きつけられている。

吉良の両手は筒見の髪を摑んで抵抗を試みているが、筒見が左手に体重を乗せると、だらしなく開いた口から涎《よだれ》を垂らし始め、両手の力は弱くなっていった。

「筒見さん！　やめてください……」

絢音は大きな体にすがりついた。

髪をふり乱した筒見は目を血走らせ、激しく息をしている。このまま、吉良の目玉に鉛筆を突き刺すか、首を折ってしまうのではないかと、絢音は戦慄した。

「お願いです。もう……」

筒見の全身の筋肉がふっと緩むのが分かった。

「弱すぎる。これじゃ、犯人との格闘は無理だ……」

筒見は鼻で笑いながら立ち上がり、元の椅子に腰かけた。

吉良は寝そべったまま、身体を海老《えび》のように丸めて激しく咳き込んだ。真っ赤な顔は涙と鼻水でぐしゃぐしゃだった。

少林寺の達人か何か知らないが、この男にはしばらく恐怖と屈辱を味わわせておけばいい。絢音はそう思った。

「失礼します。管理官」

平田が入ってきたのは、吉良がなんとか立ち上がり、椅子に座ろうとしたときだった。

「な、なんだ……」

吉良は喉を振り絞ったが、声は震えていた。

「西川課長からの連絡です。取り調べは中止。身柄を解放するようにとのご指示です」

「なぜだ！　誰の命令だ」その声は上擦っていた。

「か、官邸。首相官邸からの命令だ、と。ニューヨークでの事案は外務省が聴取するとのことです……」

筒見は投げ捨ててあったボストンバッグを拾うと、吉良の脇に立ち、耳元でささやいた。

「今度は手加減しないぜ。官僚は捜査の真似事はやめたほうがいい。デスクワークと政治家のご機嫌取りでもやってろ」

無感情な視線を吉良に送ると、取調室を出ていった。

「クソッ！」

吉良が投げつけた缶コーヒーがドアにぶつかり、床に転がった。

「絶対に報復してやる。ヤツを追え」

〈お客さんは尾行のプロだ。間違いなく気付《ヅ》かれている。俺たちの追尾技術を試してくるはずだ〉

無線から平田の声が聞こえてくる。

公安部では、無線通話するとき、尾行対象を「お客さん」と呼ぶ。相手に傍受されることを前提に、営業マン同士の会話を偽装する工夫が随所に凝らされている。

〈第六営業係の平田班がなめられちゃいけませんね〉

関根が軽口を叩いた。「第六営業係」とは無論、外事二課六係を指す。

〈大陸の商売敵に凶神《シオンシエン》と畏れられた男だ。セキちゃんよ、心に隙があると、逆問《ギャクモン》喰らうぞ〉

平田の声には緊張が滲《にじ》んでいる。

筒見慶太郎と公安警察の因縁《いんねん》を知るのは、九年前、外事二課に在籍していた平田だけだ。追尾陣形に散る直前、車内で手短にその人物像の説明を受けた。

筒見は外事二課四係長として、中国スパイを摘発する隠密部隊を率《ひき》いた男だった。当時、在日中国大使館に勤務する中国国家安全部の敏腕機関員《スパイ》を執念深く追い続け、日本外務省の課長との抜き差しならぬ関係を摑んだ。しかし上司から捜査中止を命じられたことに反発、危機を察して緊急帰国しようとした機関員を羽田空港のトイレに監禁して暴行、同じ日に外務省の課長は公務員宿舎から飛び降り自殺した。

ウィーン条約で不可侵が約束されている中国の外交官を暴行したことは、日中の外交問題に発展。さらに日本外務省も、「事実無根の捜査だ」と、警察庁に激しく抗議した。その結果、責任を問われた筒見は公安警察を永久追放されて、ニューヨーク総領事館の警備対策官に異動になったのだという。そもそも「在外公館警備対策官」は、全国の県警から選び抜かれた三十代の若手警部のポストで、筒見のようなベテランの異動先ではない。外交官を自殺に追い込んだ筒見を外務省に出向させるとは、これ以上ない残酷な仕打ちであり、本人にとってまさに針の筵《むしろ》だろう。

絢音は淡島《あわしま》通りを渋谷方面に悠然と歩く筒見の後ろ姿を見つめた。使い古しのボストンバッグを担いだその背中には、いまにも佇立《ちょりつ》反転し、逆問してきそうな切迫したものが漂っている。

そのとき、自転車で先行する小俣薫巡査部長が腰のあたりで、「先に行け」というハンドサインを送ってきた。

〈よし、マタさん以外は車に乗れ。先行分散する〉

平田がうしろから走ってきたワゴン車に飛び乗った。絢音と関根も続いた。

平田の追尾指揮は名人芸だ。後ろを付け回すだけでは「客」に気付かれる。「客」の心を読み、捜査員を先回りさせ、入れ替えていくのが、成功の秘訣《ひけつ》である。

〈お客さん、京王井の頭線神泉《しんせん》駅……渋谷方面のホームだ〉

イヤホンに小俣の囁きが聞こえた。平田の読み通りだった。

北朝鮮工作員を追うときのような興奮は湧いてこない。絢音の頭の中では、記憶の奥底に眠っていた残像が駆け巡っていた。掻き乱された心が落ち着きどころを探している。

「あの人、これからどうなるのでしょうか……」

唐突な質問が口を衝いてでた。

平田は不思議そうな顔で絢音を見た。

「追放先のニューヨークでまた問題を起こしちまったんだ。今度こそ警察上層部は辞めさせにかかるだろう」

「そんな……。まだ、真相は分からないのに……」

「まるで疫病神《やくびょうがみ》扱いだ。命懸けでスパイハンティングをやっても、机の上で決裁書類にハンコついているキャリア連中は守っちゃくれない。こんなことだから、日本は

「スパイ天国になるんだ」
平田は吐き捨てるように言って、唇を噛んだ。

筒見慶太郎――。

絢音の胸元に、苦いものがせり上がってくる。それはこの十七年間、頭から消し去ろうともがき続けた、醜悪な記憶だ。

事件は高校一年生、十六歳のときに起きた。母はその二年前、脳腫瘍で亡くなり、絢音は漁師の父と弟の三人で暮らしていた。

父が死んだ日、この目で見た映像は鮮明だ。

絢音が高校から戻ったとき、珍しく玄関に父の靴が乱雑に脱ぎ捨てられていた。父は朝早く漁に出て、昼間は、母が生前切り盛りしていた隣の民宿で働いていた。人一倍礼儀にうるさいくせに珍しいこともあるものだ。しかもこんなに早く家に戻っているなんて。絢音はそう思いながら、階段を昇り、二階の父の部屋のドアを開けた。

その瞬間、父が飛んでいる、と思った。足が宙に浮いたまま、静止していたからだ。絨毯に滴《しずく》が垂れていた。

なによ、これ。お父さん……。

父の背に声をかけようとして息が止まった。死んでいる。父の首から天井の梁《はり》に向かってロープがぴんと張りつめている。そのうち父の体がゆっくり回転して、飛び出た目玉が絢音を見た。

そこからの記憶はない。きっと、錯乱状態で一一九番に連絡したのだろう。救急隊と警察が来て、葬儀屋を紹介されて、親戚や父の漁師仲間がやってきて……。

そして葬儀が終わると、潮が引くように誰もいなくなった。弟の祐樹と二人の生活が始まった。

父が死んで一週間くらいたった頃だろうか。「吉田《よしだ》」と名乗る男が訪ねてきたのは——。

「お父さんに預けたものがあります。返却して欲しいので、部屋に入れてください」

感情を覗うことのできない細い狐目。言葉には、聞いたことのない訛りがあった。

その日は丁重に断った。

数日後、「吉田」は再び訪ねてきた。しかし父に何を預けたのか言おうとしない。絢音は再び断った。このとき、「吉田」の眼に凶暴な光が宿ったのを覚えている。

事件はしばらくして起きた。学校から帰宅途中、後ろを車でつけられているのに気付いた。白い軽ワゴン。人気《ひとけ》のない暗い林道に差しかかった時、背後のエンジン音が高くなった。

背中に強い衝撃。自転車とともに体が宙を舞い、砂利道に叩きつけられた。星空が見えた。体は動かない。

「吉田」が上から覗き込んでいる。体を担がれ、車に乗せられた。ドアが閉まり、車が発進した直後だった。

タイヤが砂利を蹴散らす音。ガツンと衝撃音がして車体が大きく揺れた。「吉田」がシートの下からバールのようなものを取り出し、車外に飛び出していった。

「ギャッ」という悲鳴が聞こえ、車のスライドドアが開いた。

背の高い男が絢音を見下ろしていた。年齢は三十前後、冷たく光る瞳は、抜身の刃《やいば》のようでもあり、深い悲しみを湛えているようにも見えた。

絢音は恐怖に言葉を失っていた。男はトレンチコートを脱ぐと、絢音の破れたスカートを覆い隠した。

「我々はあなたのことをずっと見ていた。怖い思いをさせて申し訳ない。困ったことがあったら、いつでも連絡してきなさい」

数人の男たちが、路上に伸びている「吉田」を引きずり起こすと、黒いワゴン車に押し込んで立ち去った。

絢音の中で、あの男は英雄として、脳裏に焼き付いている。渡された名刺はいまも持っている。

〈警視庁公安部外事二課　警部補　筒見慶太郎〉

それが名刺に書かれた名前だった。

筒見が現れてから、立ち去るまで、わずか二、三分だったろう。しかし、その鮮烈な印象を思い出すことによって、絢音は救われた。父の死に様を忘れることができたのだ。

あの筒見慶太郎を尾行する日が来るとは夢にも思わなかった。

絢音たちが乗ったワゴン車は渋谷駅前に先回りし、三人は雑踏に溶け込んだ。

〈お客さん、京王井の頭線に乗車。渋谷方面。五時十六分。脱尾《だつび》します〉

小俣はこう呟いて「客」の背後から離れた。

〈了解。セキちゃんは終点の京王線渋谷駅改札、俺はJRの改札に向かう。アヤちゃんは銀座線改札に行け。マタさんは最後尾に回れ。佇立反転に注意しろ〉

平田は無線用のニックネームで指示を飛ばした。絢音は銀座線改札に走った。

「渋谷駅」と一口に言っても、複雑怪奇な三層構造になっている。京王線、地下鉄銀座線は高架式の駅。ＪＲの改札は地上にある。さらに地下では田園都市線、東急東横線などが交差する。

乗り換えのためには、雑踏を掻き分けながら、複雑な動線を歩かねばならない。したがって尾行の条件としては最悪の部類に属する。

〈京王線改札……電車到着……お客さん、捕捉した。先頭を引きます〉

関根の声が聞こえた。六係の最年少、二十六歳。学生時代は箱根駅伝のランナーだった。体力は並外れているうえ、勘もいい。

「客」に気付《ツ》かれないためには、追尾班のうち一人だけを「客」の直近に置き、頻繁に入れ替えていく。これが「先頭引き」という追尾陣形だ。

秘匿追尾は狩猟に似ている。背後につける者は「客」の視線や息遣い、筋肉の緊張から目的地を読みながら追っていく。訓練された諜報員は尾行者を切るための「点検」を行う。電車の「飛び降り」や「飛び乗り」、逃げ場のない路地で百八十度方向転換する「佇立反転」。中には尾行者を捕まえ「逆問（逆尋問）」する猛者《もさ》もいる。

井の頭線を降りた筒見は絢音が待ち構える銀座線改札にやってきた。切符を買って乗車。点検する様子はまるでない。長年のブランクで勘が鈍ったのかと思うほどだった。

その後も、不自然なほど何事もなくことが進んだ。

筒見はJR有楽町駅前の大型書店に立ち寄ったあと、同じビルの地下の喫茶店に入った。

〈この人、たいしたことないですね。全然ヅかれていませんよ〉

相変わらず関根は余裕たっぷりだった。

「お客さんの動きを言いなさい」駅前で待機する絢音は言った。

〈さっきから携帯をいじっています……あれ？〉

関根の声が緊張を帯びた。

「どうしたの？　セキちゃん」

〈店内の別の席に、第四営業係の岩城《いわき》さんがいます〉

「あの岩城剛明《たけあき》さん？」

〈そうです。間違いありません〉

外事二課四係の岩城は中国事件担当のベテランだ。大きな捜査ミスが原因で、何年も所轄回りをしていたが、最近、外二《ソトニ》に復帰したと聞いている。公安部は係が違えば、他人も同然。人間関係は希薄だから、絢音は岩城とは挨拶程度しかしたこともない。

〈おい、待てよ……〉平田が呟いた。〈岩城さんは九年前の不祥事で、連座した人だ。つまり、お客さんの元部下だ〉

〈岩城さんが店を出ます〉

「よく見て」

〈お客さんの前を素通りしました。接触は……ありません。レジに行きました〉

「セキちゃんは、お客さんを見て……」絢音は繰り返した。

〈はい。動きはありません。客は携帯を見ています〉

「お客さんの動きに集中して……」

そのとき、絢音は背中に気配を感じて振り返った。

駅前広場の雑踏の向こう。優しげな笑顔を浮かべた岩城がこちらを見ていた。その容貌にスパイを追う捜査員の片鱗はなく、実直な地方公務員そのものだった。

その岩城が首を横に小さく振り、口を動かした。

や・め・ろ——。

絢音の読唇術ではそう読み取れた。

岩城は眼尻に皺を浮かべたまま、雑踏に消えていった。

やめろ？ どういうこと？

〈……ん、お客さんが床のゴミを拾いました。紙……。紙片です。ポケットに入れて……笑った〉

絢音は関根の実況を聞きながら、胸元に刃先を突きつけられたような戦慄に襲われた。岩城は紙片を落として筒見に何かを伝えたうえで、「尾行をやめろ」と絢音に警告したのだ。その表情に漂っていたのは、恫喝《どうかつ》ではなく、絢音に対する憐憫《れんびん》だったような気がした。

それから一時間後の午後八時すぎ、筒見は喫茶店を出た。数寄屋橋《すきやばし》交差点から再び地下鉄に入っていく。今度は平田が先頭で追う。地下鉄車内は帰宅ラッシュで混雑している。大手町で電車を降りた筒見は東西線に乗り換えた。

〈高田馬場駅で降車。八時三十二分。脱尾する。マタさん、頼む〉

〈了解、引き継いだ〉

直近追尾を平田から小俣に交替。

その後、筒見は徒歩で商店街を抜け、西武新宿線の踏切を渡った。

〈お客さん、公園に入ったよ。セキちゃん交替してくれ〉

〈任せてください〉

木々が生い茂《おしげ》る自然公園に入っていく関根の姿が見えた。その背中は見えない糸に手繰《たぐ》り寄せられていくようだった。

「距離を取りなさい」絢音はマイクに囁いた。

関根は返事の代わりに、無線機のトークボタンを二回押した。

絢音は平田、小俣とともに、月明かりが遮られた公園に入った。

石畳の上を、足音を殺して進む。

どぼん、という水の音が響いた。頭上の木でカラスが鳴き喚《わめ》いた。

「どうしたの？」

関根の返事はない。

八十メートル先、池の前に立つ筒見の大きな背中が水銀灯に浮かんだ。歩き始めた筒見の横顔が一瞬笑ったように見えた。

〈動いた。マタさん、俺たちが行こう。アヤちゃんは待機だ〉

平田の囁きが聞こえた。

「ヒラさん、ヅかれてます」絢音は返した。

〈大丈夫だ〉

平田はこう言い残して、小俣とともに公園の奥に消えた。それきり無線が途絶えた。

絢音は先ほど、筒見がいた池の縁《ふち》に向かった。水面の光の帯が弱々しく揺れている。

誰かがいる――。

「関根君！」

ずぶ濡れになった関根が池の縁の岩にしがみつくように倒れていた。下半身を水につけたまま、意識を失っている。

「ヒラさん……。セキちゃんがやられました。脱尾しま……」

〈ぐっ……〉

不気味な音がイヤホンに入った。

「どうしました？」

それきり反応はない。

「ヒラさん？」

絢音は石段を駆け登った。

公園を抜けた先には、閑静な住宅街が広がっている。平田と小俣の姿はそこにはなかった。

　そのとき、背後から動物のような呻き声が響いた。

　住宅の建築現場の草むらで黒い物体が蠢《うごめ》いた。駆け寄ると、二人の男が亀のように丸まって、うずくまっていた。

「平田さん！　小俣さん！」

　絢音は平田の上半身を引き起こした。口を開けたまま、涎を垂らしている。

「お疲れさん」

　寒気を催《もよお》す低い声がすぐ後ろから聞こえた。

　距離は近い。絢音は振り向きざま、右の手刀《しゅとう》を放った。右手は空を切った。そのまま腰の回転を生かして、左の正拳《せいけん》を打ち込む。

　筒見はそれを掌で軽々と受け止めると、背後に回りこみ、絢音の左腕を捻《ねじ》り上げた。

「話にならん」

　肩の関節が悲鳴を上げた。身動きができない。

　足払いを食って、背中からアスファルトに落ちたとき、辛《かろ》うじて受け身をとった。

　いや、とりやすいよう落とされた気がした。

気付くと筒見は、目の前の住宅の呼び鈴を押していた。

〈はい？〉

インターホンから聞こえた男の声に聞き覚えがあった。

「部下の教育不足だ……。家でくつろいでいる場合じゃないぜ」

筒見はこういい残して、悠然と公園の中に消えていった。

家のドアが開いた。スエット姿の吉良の姿を見た時、絢音はすべてを悟った。

追いかけているつもりが、ここに連れてこられていたのだ。

あのとき岩城が喫茶店でドロップした紙片には、吉良の自宅住所が書かれていたに違いない。

あの男は本物だ。十七年前と何も変わっていない——。

呼吸を整えながら、絢音は何故か救われた気分になっていた。心が落ち着き、安堵の笑みが口許に浮かんだ。

目の前の吉良は、敗北感にうち震えながら、無残に這《は》いつくばる平田たちを見下ろしていた。

午前一時、九段のホテルの地下駐車場に固い靴音が響いた。長身痩軀の男が近づいてくる。男はナンバープレートをちらりと見やると、運転席のガラスを叩いた。

「筒見さんですね？」

「誰だ、君は……」

「飯島外審の秘書の辰巳仁《じん》といいます」

若い男が腰を九十度に折って、頭を下げた。

前に電話で話した男だ。年齢は三十過ぎ、贅肉《ぜいにく》のない体を濃紺の背広で包んでいる。腰の低い好感の持てる男だった。

「飯島さんはどこだ？」

「審議官は車で待機しておられます。ご足労ですが、いらしていただけますか？」

「いや、ここで報告するから来るように伝えてくれ」

「はい。かしこまりました」

しばらくすると、車の陰から、ぬっと小山のような人影が現れた。

スキンヘッドに、百キロを超える巨体が、苦しげな呻き声とともにミニクーパーに潜り込んできた。サスペンションが悲鳴を上げながら沈んだ。

助手席に収まった飯島外務審議官は、持ってきたCDを勝手にプレイヤーに挿入した。

スピーカーからリズミカルなアルトサックスが流れる。

「今宵はチャーリー・パーカーですか……」

「ええ。ジャズ界の革命家です。カンザスシティーからニューヨークに出てきた無名の男が、ジャズの演奏法を大きく変えた。私たちもチャーリーから学び、物事を変えていかねばなりません」

飯島は体でリズムをとりながら目を閉じた。

外務省トップを虎視眈々と狙う野心家でありながら、音楽評論家の顔も持つ趣味人。ニューヨーク総領事だった頃から、筒見に厄介な裏仕事を命じてきた老獪《ろうかい》な外交官だ。

「秘書を先に寄越すとは、ずいぶん用心深いですね」

「最近は周囲に気を付けざるを得ないからね。さっきの辰巳君は、私が十年前、北京の大使館にいた時、派遣員として働いていた男です。中国語も朝鮮語もこなすし、能力も高いので、三種扱いで採用したのです」

「派遣員」とは、海外の日本大使館に勤務し、館員の弁当の手配や車の運転などをこなす雑用係だ。二年の任期が終わった時、上司の推薦があれば、簡単な試験で国家三種待遇の外務省職員に採用される。あの秘書は飯島のお眼鏡に適《かな》って、外務省に職を得たということだ。

飯島は目を開けると、大きなため息をついた。

「例の件で能島総理はご立腹です。まさか、白元弘を死なせてしまうとは……。何があったのか教えてください。私から総理に説明しなくてはなりません」

「白は安全家屋《セーフハウス》でかなり長い間、拷問にかけられたようです。両手を釘《くぎ》でテーブルに固定され、両手の爪を剝がされたうえで、その状態で頭を撃たれていました。私が朝、行った時にはすでに絶命していました」

飯島は眉間に皺を寄せ、聞きたくないとばかりに首を振った。

「遺体はどうやって始末したのですか？　まさかあなたが……」

「あの界隈《かいわい》には遺体の処理を生業《なりわい》にする者がいます」

「犯人は誰ですか？　あなたなら見当はついているでしょう」

「北の暗殺者です。白の説明によると、いま、平壌では改革開放を目指すクーデター勢力の粛清が始まっています。実は七月にも、メキシコのティファナで白と行動を共にした北の工作員が暗殺されました。白も殺害される三日前、本国から召還されていましたが、粛清を恐れて帰国を拒否していました」

「粛清……」飯島は何か思い当たったかのように目を細めた。

「ひとつ気になることがあります」筒見は飯島を正面から見据えた。

「何が、です？」

「私が白元弘を匿っていたことを知っていたのは誰ですか？」

「それは総理と外務大臣と私、三人しか知らない。外務次官の耳にも入れていませ
ん」

「あの安全家屋《セーフハウス》の場所を、暗殺者が突き止めることは不可能だったはずです」

「安全家屋《セーフハウス》の場所は私とあなたしか知りません」

「しかし、情報が漏れたのは間違いない」筒見は執拗に食い下がった。

それを弁明と受け止めたのか、飯島は冷ややかな笑いを浮かべた。

「とんでもない言いがかりだ。今回はあなたの仕事に隙があった。それが失敗の原因
です。もう、このオペレーションは中止です。いままでのことは一切忘れてくださ
い」

飯島は膨《ふく》れた封筒をダッシュボードに放り投げた。

「これは必要経費です。四百万円ありますから、日米の警察当局から身を隠すために

使ってください。草場総領事には筒見さんをしばらく休ませると伝えます。とにかく警察に尋問されるようなことのないよう頼みますよ。今日は官邸から警察庁に圧力をかけて潰しましたが、今後はご自分で切り抜けてください」

手切れ金だと言わんばかりだ。事態が悪化すれば、筒見にすべての責任を押し付けるつもりのようだ。

「ご安心ください。飯島さんの名前は喋りませんよ」

「歌織夫人があなたのことを高く評価しているので、能島総理は責任を問わないとおっしゃっています。歌織夫人を紹介した私への感謝の気持ちを忘れないようにお願いしますよ。それでは……」

恩着せがましく言い放つと、飯島は身を捩《よじ》ってドアを開けた。

「まだ話は終わってない」筒見はその太い腕を強く摑んだ。

「い、痛いですよ……。お金が足りませんか?」

「違います。……北朝鮮の反体制派は、金王朝の崩壊と集団指導体制への移行を目論《もくろ》んでいます。能島政権は反体制派を裏で支える道を模索しているのではありませんか」

「……ノーコメントです」

「今年、北朝鮮は干ばつによる食糧難で、人々の不満は頂点に達しています。平壌の一部のエリートは、行き詰った同族支配と先軍政治を捨て去り、中国式集団指導体制と改革開放路線による新たな経済モデルを導入するしかないと考え始めている」

「まあ、妥当な考えですね」

飯島は関心なさげに相槌を打った。

「こうなると、北の独裁者には三つの選択肢しかない。ソウルとの和解に転じるか、ソウルを攻撃して米韓連合軍に粉砕されるか、クーデターで王朝の瓦解を待つかのいずれかです。能島政権は最後のシナリオに誘導しようとしている。その結末は統一朝鮮ではない。独立した朝鮮民主主義人民共和国と日本の国交正常化だ」

「ふっ、筒見さんはなかなかの空想家だ」

飯島は穏やかに微笑んだが、瞼が震えるのを筒見は見逃していなかった。

「狙いはこれですか……」

筒見が小型のアルミアタッシェケースを開き、拳ほどの茶色い石を取り出した。張《チャン》哲《チョル》が残した謎の石だ。

「ほう、これは?」

飯島の瞼の隙間で目玉がぐるりと動いた。

「モナザイトです。精製すればレアアースどころか、ウランも抽出できる魔法の鉱物です」

「この貴重な石をどこで？」

飯島の小さな眼が僅かに吊り上がった。

「北朝鮮で採掘されたものです」

モナザイトは日本統治時代の朝鮮半島、平安南道《ピョンアンナムド》平原《ピョンウォン》郡や黄海道《ファンヘド》延白《ヨンベク》郡で産出された。レアアースであるセリウムや、ウラン２３３の原料となる放射性物質トリウムを豊富に含んでいる。

「これが噂の……よく日本に持ち込んだものですな」

飯島は分厚い掌に石を載せ、重さを確かめるように転がした。

「北朝鮮には他にも、金やタングステン、マグネサイト……日本に必要な鉱物資源が六百兆円分眠っていると言われています。いち早く革命後の新生北朝鮮と国交正常化して、日本主導で指導者を擁立すれば、豊富な鉱物資源を押さえることができる。北の反体制派はこの利権独占を餌に、日本に接近しているのではありませんか」

「素敵なシナリオですな……」

言葉とは裏腹に飯島は首を傾《かし》げてみせた。

それに構わず筒見は続けた。

「そして、その動きをコントロールしている人物が日本にいる」

「誰のことですかな?」

「マンリョン。朝鮮語で亡霊という意味です」

狭い車内に沈黙が流れた。白が死の前に漏らしたこの言葉に、飯島の表情が強張《こわば》った。

「筒見さん」飯島の分厚い唇が耳元に近づき、生臭い息が頬を撫でた。

「……それ以上、知らないほうがいい。私もあなたのことを守ることができなくなります」

鼓膜に絡みつくような粘っこい言い方だった。

ドアが叩きつけるように閉まり、重い靴音が遠ざかっていった。


「FBIのレポートによると、被害者・白元弘は頭頂部に三発被弾していた。うち二つの弾頭が口腔内から発見された。最大の問題はこの弾頭だ。ここからは完全秘匿で頼む」

西川課長はここまで言うと、険しい表情で絢音たちを見回した。そしてＦＢＩ作成の検視報告書を掲げ、弾頭の写真を指さした。

「使用された実包は『八ミリ南部弾《なんぶだん》』と特定された」

「な、南部弾？」十八人の捜査員たちがざわついた。

「そう。八ミリ南部弾は一九〇〇年代初めに日本で開発された実包だ。線条痕は右回転六条。使用拳銃は『南部式自動拳銃・大型乙《おつ》』、第二次大戦まで日本軍が使っていた自動式拳銃だ」

白元弘の遺体写真の横に、南部式拳銃の写真がホワイトボードに貼りつけられると、捜査員たちの視線が注がれる。銃身が細く、骨董品《こっとうひん》のように美しい拳銃だった。

「我々、公安部別室の任務は北朝鮮次席大使殺害事件の解明から、河野副長官狙撃事件の犯人を絞り込んでいくことだ。俺からは以上だ。あとは吉良君が進行してくれ」

西川が会議室から出て行くと、吉良が待っていました、とばかりに鼻息荒く立ち上がった。

「さてと……」吉良の鋭い眼が会議室後方に据えられた。「朝倉はこの報告書を見てどう思う？」

全員が一斉に振り返る。

一番後ろの列にいた絢音は隣の朝倉を見て、眉を顰めた。椅子に深く腰掛け、うつらうつら舟を漕いでいるではないか。

「朝倉、眠ってる場合か！」吉良の鋭い怒鳴り声が響いた。

吉良は、歳の変わらない朝倉への当たりが、とりわけ厳しい。会議で吊るし上げるのは毎度のことだが、その情け容赦ない暴言は苛《いじ》めに他ならない。だが、朝倉はまるで懲《こ》りる様子はない。

絢音はうんざりしながら、いまにも洟提灯《はなぢょうちん》でもこさえそうな朝倉の太腿《ふともも》に、ボールペンの先端を強く突き刺した。

「痛っ……ん？　何すんだよ。絢音ちゃん」

ようやく朝倉が眼を覚まし、口を尖らせながら太腿をこすった。

絢音は目で前を向け、と言った。

「朝倉！　いままでの話を聞いてなかったのか？　お前は元刑事だろう。この検視報告書を読んで、どう見ているのか話してくれ」

吉良は英文の書類を掲げ、赤い唇を意地悪そうにひん曲げた。

朝倉が「元刑事」とはいっても所轄の刑事課で盗犯捜査をやったことがある程度だ

ろう。それにＦＢＩの英文の検視報告書など読めるわけがないではないか。

西川も腕を組んだままニヤつき、助け船を出す様子はなかった。

名指しされた朝倉は丸い体を揺らして前に歩み出ると、吉良の手から検視報告書を取った。そして、なにやらぶつぶつ呟きながら、ホワイトボードに貼られた遺体写真と見比べ始めた。

「うん……。なるほどね」朝倉の独り言に、捜査員たちが顔を上げた。

「両手に貫通刺創《しそう》と手指の爪の剝離がある。ここが大事だな……」

吉良は「それがどうした」と、顎で先を促《うなが》した。

「両掌に釘のようなものを刺されている。低いテーブルなどに打ち付けられて、両手を固定されていた可能性がありますね。その状態で爪を剝がされる拷問を受け、何かを自白したあと、撃たれた……こう考えるのが合理的です」

朝倉は写真に鼻先をくっつけたまま一気に語った。

「ほう。具体的にはどういう体勢が考えられる？」吉良が先を促した。

「関根君、ちょっとこっちへ来てくれ」

朝倉は関根を前に呼び出すと床に正座させ、自分は後ろに立った。

「たとえばこの体勢です」

人差し指を銃身に見立て、関根の頭のてっぺんに指先を当てた。

「ホシは、低いテーブルに釘で手を固定されたマル害の後ろに立って、まず頭頂部から二発の弾丸を垂直に撃ち込んだ。普通なら後ろに倒れますが、マル害は両手を固定されているから、脱力した体は前に傾きかけた。そこで、残りの一発を発射。弾丸は最初の二発よりやや後頭部よりのところから入り、右の眼球を押し出しながら射出した。写真を見ると、頭頂部の射入痕周辺の髪が焦げているので、ホシは銃口を頭に突きつけて、引き金を引いたのでしょう」

「まるで処刑だ……」絢音が言うと、

「そうです。これは怨恨ではありません。拷問によって自白を引き出し、明確な処罰意思を持って殺害に及んでいる。わざわざ骨董品のような拳銃を使ったのは、特定の人物への強いメッセージです」

朝倉は天真爛漫《てんしんらんまん》な笑顔を見せた。

見事な説明に、全員が頷いている。西川も満足げに微笑んでいた。不愉快そうなのは、当てが外れた吉良だけだった。

「なかなか面白い推理だ。河野副長官の狙撃も処罰意思の表れだというのか？」

吉良は矢継《やつ》ぎ早《ばや》に言うと、朝倉は眉を八の字にして困ったような顔を見せた。

「使用した拳銃は同じですが、違う意思がある気がします。ただ、捜査に予断は禁物です。ここから先はコメントを控えます」

朝倉は頭を搔きながら席に戻った。

立ち上がった吉良が不敵な笑いを浮かべた。

「朝会議は以上だ。昨日の続きに取りかかってくれ」

「昨日の？　まさか……」絢音は思わず声をあげた。

「そうです。白元弘殺害の背景を知る筒見慶太郎の証言をとる必要がある。筒見をなんとしてでも探し出して、連れてきなさい」

二日後の朝八時、出勤と同時に、再び吉良から招集がかかった。

「報告をしてくれ。まずホテル作業」

吉良は平田を見て顎をしゃくった。

「二十三区内のホテルをすべて当たりました。筒見慶太郎らしき人物の宿泊はありません」

「レンタカーは？」

「ありません。全事業所を当たりました」

「外務省は？」

「出勤しておりません」

「銀行口座の取引は？」

「本人名義では国内口座はありません」

吉良が忌々しそうに舌打ちをした。

「あなたたちはプロの公安だろう。なぜヤツと関係する人物をマークしないのですか？　別れた家族、友人……追うべき人間はたくさんいるはずだ」

「お言葉ですが管理官……」絢音は我慢ならなくなった。「我々は管理官のご指示通りに動いています。そもそものご指示に間違いがあったということでしょうか」

「私の指示は筒見を探し出すこと、その一点だ。手段は君たちが考えることだ」

吉良は鼻を鳴らした。

そのとき、隣で押し殺すような笑いが聞こえた。朝倉だった。

「管理官は筒見さんへの怨念に突き動かされているだけだ。大事なことを忘れてるよ」

「どういう意味だ」

「事件の被害者は二人いる。まずは私たちに第一の事件の被害者の供述を教えてください」

「河野副長官の供述を、か？」吉良は呆《あき》れた顔で言った。

「そうです。私生活で恨みを買うようなトラブルはないか、親戚に北朝鮮の関係者はいないか。自宅購入時になぜ銀行からの借り入れがなかったのか、南部式拳銃に思い当たる節はないか。いろんなことを知る必要があるよ」

こう言いながら朝倉は前に出ていった。

「まだ事情聴取に堪え得る状態ではない」

「じゃあ、喋れるようになったら、すぐ私に聴取させてください」

「馬鹿か、お前は……」

吉良は野良犬でも追い払うように手を振った。

「事件捜査で被害者の供述は基本中の基本です」

朝倉の短い人差し指が、吉良の額に突き付けられた。

「お前は被害者が誰だと思ってるんだ？　前警察庁長官だぞ！」

吉良は朝倉の手を振り払う。

「それはあなた方、高級官僚のヒエラルキーでしょ？　我々現場に被害者の地位は関係ありませんよ」

「とにかく聴取は不可能だ」

吉良の頑なな態度に、朝倉はニタッと笑った。

「何か変ですねぇ。河野副長官の容態に関する情報すら私たちに伝わってこない。よほど、聴取されたくないと見えますね」

「君たちに余計な情報を知らせるつもりはない」

「では担当医から聴取しますよ」

朝倉は執拗だった。

「駄目だ。お前が余計な意思を持つ必要はない。言われたことをやっていればいい！」

「おや？　もしかして、管理官は事件の本質から我々を遠ざけようとしているのですか？」

朝倉の挑発に、吉良の顔色がみるみるうちに、赤黒くなった。

「お前たちの任務は、筒見を発見し、引っ張る材料を見つけることだ！　微罪でも構わない。材料を探してこい。こんなことを話している時間がもったいないくらいだ」

怒りを煽られた吉良は本音をこぼした。

朝倉がへへっと笑った。

「面白いことをおっしゃいましたね……。皆さん、筒見を捕まえるための微罪を探せ、というご指示です」

朝倉は捜査員たちのほうに満面の笑みで振り向いた。

この答えを引き出すために、吉良を挑発していたのか。

絢音の胸の奥で膨らんだ疑念が、ぱちんと音を立てて弾けた。

やはり、筒見の身柄を拘束するつもりだ――。

外務省に出向中の警部の身柄拘束など、管理官レベルの一存でできるはずがない。

これは私怨だけではなく、組織の意志だ。

「そうだ。微罪を探して何が悪い。会議は以上だ」

吉良は会議終了を宣言すると、出口に向かって歩いていった。

絢音はドアの前に回りこんで、吉良の前に立ちはだかった。

「質問があります、管理官」

「そこをどけ！」吉良が喚《わめ》いた。

「筒見慶太郎を何の目的で拘束するのでしょうか」

「真相を聞き出すためだ」

「なぜ、筒見さんをそこまで追い詰めるのですか。そもそも彼が白次席大使の死に関与しているというのは、北朝鮮側の主張です。北朝鮮の言うことを信じて、私たちが捜査するのはおかしいではありませんか」

絢音は食い下がった。

「なんだ君は……。筒見に個人的な思い入れでもあるのか？」

吉良が弱点をついてやったとばかりに鼻で笑った。

絢音の体がカッと熱くなった。

「捜査の方向性を間違えていると言っているのです。拘束しても、筒見さんは何も喋りません」

「意見を聞くつもりはない。君は警察の権力構造を理解してないのか！」

気付くと吉良と絢音を取り囲むように捜査員たちが立っていた。全員が一線を越える決意を秘めた表情をしていた。

「何だ？　君たち……」

平田が一歩前に出て、四角い顔を吉良に近づけた。

「権力構造だと？　あなたは現場を舐めているのか」

「何ぃ……」

従順な平田の豹変に、吉良はわずかにたじろいだ。

「筒見慶太郎はホンモノだ。あなたのようなキャリアの出る幕じゃない。俺たち現場のやり方で聴取する」

「ふ、ふざけるなよ。平田さん、あんたまで……」

「あなたは警視庁公安部の捜査員全員を敵に回す覚悟がありますか。一週間もあれば、あなたの昔の女から親類縁者の酒癖まですべて調べ上げますよ」

吉良の頬が引き攣《つ》るのを確認して、絢音も加勢した。

「管理官、捜査現場では階級なんて通用しませんよ」

険悪な空気の輪の外で、朝倉が場違いな笑顔を浮かべていた。

「言うねぇ、絢音ちゃん。でも、管理官にいつまでも付き合っている暇はない。そろそろ行こうよ」

気の抜けた笑い声を残して会議室を出ていった。

絢音はそのあとを追った。平田たちの靴音もついてくる。

「おい、反乱軍！」

振り返ると西川課長がポケットに手を突っ込んで立っていた。

「朝倉は俺が捜査一課から引き抜いた男だ。お前ら、特殊犯捜査係の名物刑事からノウハウを盗んでこい」

口元の髭に白い歯が浮かんだ。

「一課の特殊……。朝倉さんが？」

朝倉の小さな背中は廊下の向こうに遠ざかっている。

「お前ら、反乱起こしておいて手ぶらで帰ってきたら、定年まで人工衛星だぞ。思い切り暴れてこい。俺がケツもってやる」


秋の虫が淋《さび》しげに鳴いていた。

色づき始めた木々から漏れる陽光の中を、筒見は記憶を手繰るようにゆっくりと歩いていた。林道を抜けると、やや低くなった場所に小さな墓地があった。

ふと、何かが足元にまとわりつく感覚を覚え、筒見は下を見た。

誰もいない――。

そのとき、古びたワークブーツの爪先を一匹の黒い虫が這い上がってきた。しゃがみこんで右手を被せると、掌の中で小さな命が暴れた。

指の隙間から閻魔蟋蟀《えんまこおろぎ》の丸い顔が覗く。触角をしきりに動かしている。その頭の模様は、閻魔大王の憤怒の顔と表現されるが、筒見には、おかっぱ頭の、黒目がちな少年に見えてならない。

筒見は既視感を覚えた。

前にこの雑木林に蟋蟀を採りにきたのは九年前の秋、拓海が亡くなる三日前のことだ。日曜の朝、出勤前の束の間の父子の時間、双子の兄妹は当時六歳だった。

筒見はあの時と同じように、捕まえた蟋蟀を紙袋に入れ、墓地全体を見渡せる枯葉の上に座った。秋風がススキの穂を撫で、さらさらと乾いた音を立てる。

ふと顔を上げると、墓石の間を歩く人影が見えた。

花を両手に抱えたセーラー服姿の少女が滑らかな足取りで進み、小さな墓石の前に立ち止まった。華奢な背中はまっすぐ伸びており、さっぱりした後ろ姿だった。

七海《ななみ》──。

筒見は立ち上がって、糸に引かれるように一歩踏み出した。成長した娘の姿に、心臓が高鳴った。

その視線の先で、七海が墓に花を供え、静かに手を合わせた。背中にかかる長い黒髪が乾いた風に揺れる。

一拍遅れて頭上の木々がざわつくと、九年前の悪夢が脳裏を駆け巡った。筒見は大きく息を吐き、ゆっくりあとずさった。木陰に身を隠し、目を閉じる。

家族がばらばらになった訳は、母親がいつか説明するだろう。七海はそのとき、父親を受け入れるのだろうか。それとも冷酷な父親を軽蔑するのだろうか。

再び墓を見たとき、七海の姿はなかった。

筒見は吸い寄せられるように、立ち上る線香の煙を目指した。

拓海の墓の前に立つと膝は小刻みに震えた。小さな墓標には「海」という文字が大きく刻まれ、花立には白い洋菊が供えられていた。

石段を二つのぼり、墓石の前にしゃがむと、紙袋から蟋蟀を放した。蟋蟀は墓石の上で暫くじっとしていたが、やがて羽をこすり合わせながら、物悲しげな音色を奏で始めた。

微かな衣擦れの音に、我に返った。

「筒見さん……」女の声に背後を取られた。

蟋蟀が跳躍し、草むらに消えた。

振り返ると、島本絢音が真剣な面持ちで立っていた。その隣で、なんとも愚鈍そうな男が微笑んでいる。

「七海さんに声をかけなくてよかったのですか?」絢音は言った。

「何の用だ」

　筒見は質問には答えず、二人に鋭い視線を突き刺した。

「明日で拓海君の十回忌だと聞いたものですから、この一週間、張っていました。大切な場所に押しかけて、申し訳ありません」

　絢音が深く頭を下げた。

　涼しげな大きな瞳は何か思いつめた陰を含んでいる。

「謝罪はいらん。帰ってくれ」

　筒見は二人に背を向け、持ってきた濡れタオルで墓石を磨き始めた。

「まず、水をあげなきゃ。きっと喉が渇いていますから」

　桶を持った小太りの男が墓石に柄杓《ひしゃく》で水をかけた。

　筒見が誰何《すいか》すると、男は「朝倉です」と言って、軽く頭を下げた。

「誰だ……？」

「あなたの姿をずっと見ていて、少し安心しましたよ。中国スパイが凶神《シオンシェン》と恐れた筒見慶太郎も、人の親であった、ということですね」

　朝倉と名乗る男は、邪心のない笑顔を浮かべた。その瞳の奥には、一筋縄ではいかない光を湛えている。

　絢音は墓に手を合わせると、筒見のほうに向き直った。

「ニューヨークで何があったのか、筒見さんにお聞きする以外に方法はありません。是非、是非ともお願いします」

その言葉には、懇願だけでなく、絶対に逃さないという強い意志も混在していた。

「話すつもりはない」

筒見は背を向けて、歩き始めた。

「お願いします。これは単なる捜査ではありません。現場の公安捜査員のメンツをかけた闘いなのです。ご理解ください」

絢音が腰を深く折った。

十七年前、セーラー服で震えていた少女は若い警察官らしい、一途《いちず》な瞳をしていた。その姿は七海と重なった。

探し求めた男がすぐそこにいる――。

絢音は車両のミラーにうつった筒見の顔を黙って見つめた。

十七年前、絢音の前に姿を現したこの男は三十前後だった。その容貌は端正で怜悧《れいり》だったと記憶している。しかしいま、無精髭に覆われた顔は、年を重ねたこともあって、凄《すご》みを増している。その表情には傲岸不遜《ごうがんふそん》さと、薄い硝子の脆《もろ》さの両方が滲んでいるように見える。

絢音は外事二課に異動した直後、筒見慶太郎について同僚に尋ねたことがある。だが、皆一様に口が重かった。多くは知らぬふりをし、ある上司からは「タブーに触れるな」と釘を刺された。

若くして隠密部隊を率いた有能なスパイハンター。捜査員を恐怖で支配した暴君。狙ったスパイは逃さない粘着質な冷血鬼……。漏れ伝わってくる評価は断片的で、賞賛より批判が上回っていた。

今回、筒見慶太郎の「重い過去」を明かしたのは西川課長だった。

中国のスパイ捜査で暴走し、その責任を問われて外務省に放り出されるまでの間、筒見は中国マフィアの視察という危険かつ不要な任務を指示された。だが、ここでも課報事件の端緒をつかんだ。

小学一年生の長男・拓海が行方不明になったのはその捜査のさなかだった。助けを求める妻を無視して、筒見は家に戻らなかった。最後の捜査に復活を賭けていたのだろう。

深夜になって、帰宅した筒見は拓海を探した。そして近所の池に浮いている我が子を発見し、亡骸《なきがら》を抱いて帰ったそうだ。

筒見の自宅周辺を監視するアジア系外国人の目撃情報があったため、捜査に対する脅しではないかとの疑いも浮上した。しかし、遺族である筒見が神奈川県警への協力を拒否した。「捜査内容を明かせば公安捜査官として死んだも同然だ」と言ったという。拓海の死の真相解明を望む妻の説得すら聞き入れなかった。このため、拓海の死は事故との結論になったそうだ。

結局、筒見が率いた捜査班は解散を命じられ、筒見は外務省に出向、ニューヨークへ転勤となった。事実上の国外追放だ。妻と離婚し、七海が妻のもとに残った。筒見は天職も家族も失うことになったのだ。

この話を明かした西川は、かつて筒見を所轄から公安部に引き上げた兄貴分だったそうで、弟分の転落に胸を痛めている様子だった。

左遷先の米国で屍《しかばね》のような日々を送る男の心を支配するのは、悔恨か、罪悪感か、それとも破滅願望なのか。絢音はこの男の濃密な闇に飲み込まれそうになった。

「到着しました」運転する朝倉の声に絢音は我に返った。

河野昇官房副長官が狙撃された小学校の校庭に立つと、筒見は険しい視線であたりを見廻した。

　朝倉が大きく咳払いをしてから言った。

「ご要望通り、事件の概要を説明します。メモして頂いて結構ですよ」

「そんなものは必要ない」

　筒見がぶっきらぼうに言うと、朝倉は満足げに微笑んだ。

「河野昇が狙撃されたのは運動会の最中、現場はちょうど、筒見さんが立っているあたりです。子供たちはトラックを囲む形で椅子に座り、九百人ほどの家族がその外側を取り巻いていました」

　世田谷区成城という日本一の高級住宅地にある私立小学校だけあって、校庭は緑色のゴムチップで舗装されている。

　朝倉は図面を見ながら説明を続けた。

「徒競走には小学一年の孫・雄吾《ゆうご》君が出場。河野と妻・由美子《ゆみこ》は観客席で声援を送っていました。雄吾君がスタートラインに立って、教諭がピストルの紙火薬を鳴らしたとき、河野は前のめりに倒れた。そのあと二発目と三発目が続けて撃ち込まれた。はっきりと銃声を聞いたものはいません」

「消音器《サプレッサー》か……」

筒見が独り言のように呟くと、朝倉は首を傾げた。

「徒競走の最中ですから、火薬音や歓声に掻き消された可能性もあります。三人の目撃者に共通するのは、河野の背後に立っていた赤い帽子の男です。その男が布製のバッグの中に手を入れ、腰の高さに持ち上げたとき、河野は倒れた。一メートル位の至近距離からの狙撃です。バッグの中にクッションを仕込んでおけば、音消しできますし、薬莢《やっきょう》の回収も可能です。三発の銃弾を放った後、男は混乱の中、ゆっくり歩いて、校門を出ていったそうです」

続いて、朝倉は目撃情報の要点をすらすらと暗唱していった。

▽男は年齢三十五から四十五歳、身長一メートル七十五センチくらい。瘦せ形。黒縁メガネ。白いポロシャツにベージュのチノパン、赤い野球帽を目深《まぶか》にかぶっていた。帽子は米メジャーリーグの「テキサス・レンジャーズ」のもの。

▽事件の十分後、成城学園前駅近くの住宅街で、赤い帽子、白いポロシャツの男が後ろを気にする様子で走っていて、買いもの途中の女性にぶつかっている。

▽同じ時刻、世田谷通りで、赤い帽子、白いポロシャツの男が川崎方面に向かって猛スピードで自転車をこいでいるのが目撃された。
▽男が持っていたバッグは新宿の高級スーパーが販売する布製ショッピングバッグだった。

朝倉は抱えていた写真ファイルを開いた。

「これは父兄たちが校庭で撮った写真です。うち四枚に帽子の男は写っています。しかしいずれも顔は判別できない」

付箋《ふせん》を貼ったページを開いた。「T」と書かれたテキサス・レンジャーズの赤い帽子を目深にかぶった男が観客の中にいる。いずれの写真も競技中の子供の姿を撮影したもので、帽子の男は背景に偶然写り込んだだけ。焦点も合っておらず、顔の判別は不可能だ。

「狙撃犯が赤い帽子か……それもレンジャーズ……」

黙って聞いていた筒見がぼそりと言った。

「ええ、確かに変です。目立たぬよう行動すべき狙撃犯が、何故派手な帽子をかぶったのか、犯人の狙いがあるような気もします」

筒見が頷くのを確認して、朝倉は続けた。

「もう一つの特徴は拳銃です。狙撃には南部式自動拳銃・大型乙が使われました」

「大型乙……。『パパ・ナンブ』か……」

「はい。アメリカのガンコレクターの間ではそんな愛称で呼ばれているそうですね。終戦後、戦利品として持ち帰られたものが骨董マーケットに流通しています。謎を解く鍵は実包です。アメリカではミッドウェイというアメリカの実包メーカーが、コレクター向けに八ミリ南部弾の複製《レプリカ》を製造しています。にもかかわらず、狙撃犯は古い本物の八ミリ南部弾を犯行に使った。わざわざ、正確に燃焼するかも分からない真正実包を、です。ここにも狙撃犯の意図が隠されているような気がしませんか」

朝倉の説明に、筒見は軽く頷いた。

河野昇と白元弘に撃ち込まれたのは、ニッケル被覆の真正の八ミリ南部弾だ。弾頭の側面にはケースをかしめるためのパンチ痕があった。一九〇〇年代初期に製造された南部弾の特徴だ。

派手な赤い帽子、骨董拳銃、古い実包。あまりに効率の悪い犯罪だ。そして駅前を走ったり、猛スピードで自転車をこいだり、目立つ行動をしている。素人なのか、それとも絶対に捕まらないという自信なのか。捜査一課が犯人像を絞り込めないのも頷ける。

「じゃ、次は筒見さんの番です……。私たちはあなたを信頼して情報を開示しました。まさかご自身の手で白元弘を殺したなんて言いませんよね？」

車に乗り込むと、運転席の朝倉はルームミラーを覗き込んだ。

後部座席の筒見は考え事でもするように、ドアに肘をかけ窓の外を眺めていた。

「ひとつだけ教えてやる……。白元弘は北の体制転覆を狙う勢力の一人だ。白を殺したのは、北の工作機関が送り込んだ暗殺者だ。殺される直前、白はこんな言葉を残していた。殺害一時間前のものだ」

筒見は朝倉に一枚の紙を渡した。メールの文面を印刷したものだった。

〈KEEP YOUR EYE ON RETURNED HERO〉

「帰還した英雄に気を付けろ……か」朝倉がにんまり笑った。

「俺は白と秘密連絡用にウェブメールのアカウントを共用していた。その『下書き保存』にこれが残されていた」

白元弘と秘密連絡――？　絢音は度肝を抜かれた。

互いにメールを送信せず、共用するひとつのメールアカウントの「下書き保存」にメッセージを入れ、互いが読後削除すれば、情報機関に傍受されるリスクは減る。

筒見は北朝鮮外務省の幹部を「獲得」していたのか。

と、そのとき、朝倉が突然噴き出した。

「つまり、筒見さんは大失態を犯したというわけですね？　北の政府高官と接触しておきながら、命を守れなかった、と」

「そうだ。俺のミスだ……」筒見の頬のあたりに力がこもった。

「しかも、このメール、『帰還した英雄』ってのは虎松健介のことですね」

朝倉は紙を見たまま呟いた。

「その通りだ」

「虎松……」絢音は絶句した。

確信に満ちた筒見の表情に心臓を鷲掴《わしづか》みにされた気分だった。北朝鮮のクーデター勢力が、なぜ虎松の存在を警告したのだろうか。虎松とあの女の不審動向が頭の中を駆け巡った。

「筒見さん、実は……」絢音はもう黙っていられなかった。「虎松に関しては不審な点が二つあります。まず玄界灘で救助されたとき、人間の頭蓋骨を抱いていました。虎松はフジサキミヨコという名前だけを漏らしました。もうひとつはこれです……」

絢音はバッグから秘撮写真を取り出した。公園で撮影した女の後ろ姿だ。

「この女とのデッドドロップが確認されました」

絢音は、虎松親子が公園から立ち去ったあと、女が残された空き缶を持ち去ったことを説明した。

「デッドドロップか……」

筒見は写真にほんの数秒、視線を落とすと、それ以上何も語らず車を降りた。

ドアが閉まると朝倉はため息をついた。

「あ〜あ、絢音ちゃん、全部喋っちゃったよ」

「すみません。でも、私たちが負けなきゃいいじゃないですか」

絢音の言葉に、朝倉は納得したように頷いた。そして、思い立ったように運転席の窓を開けると、「筒見さん」と大きな背中に呼びかけた。

「僕たちは同じスタートラインに立ちました。ゲームの始まりです。僕たち若者は老頭児《ロートル》には負けませんよぉー」

遠ざかってゆく筒見は、振り向かずに右手を上げただけだった。

第四章

「お、どこで手に入れたんだ？　これは朝鮮戦争戦勝記念のタバコだよ。ここに『7《チル》27《イーチル》』って金文字があるだろ」

韓東国《ハンドングク》はビニール袋を持ち上げ、煙草のフィルター部分を指した。

絢音《あやね》はソファにもたれ、虚脱状態になった。

虎松とデッドドロップを行ったあの女は、北朝鮮との接点があるのだ――。

「もしやと思って来たのですが、やっぱり……」

韓は都内でパチンコ店を手広く経営する在日商工人の大物で、絢音が開拓した情報源だ。平壌にもたびたび旅行するので、北朝鮮市民の最新情報を仕入れるにはもってこいの人物だ。三つの煙草専門店と五人の煙草専門家を訪ね歩いても出てこなかった難問は、簡単に解けてしまった。

「いくら調べても分からなくて……。最近、製造された煙草ですか？」

「戦勝六十周年だから一昨年には発売されてたかな。俺も平壌で試したけど、不味《まず》くて吸えたもんじゃない」

絢音は「727」という数字から、韓の存在が閃《ひらめ》いた。「七月二十七日」は、北朝鮮で特別な日だからだ。

一九五三年七月二十七日は朝鮮戦争の休戦協定が締結された日だ。北朝鮮はこの日をアメリカ帝国主義に勝利した「祖国解放戦勝記念日」と独自の解釈をして、毎年、軍事パレードを行い、祝賀ムードに包まれる。

「広く出回っている煙草ですか？」

絢音が尋ねると、韓は首を横に振った。

「これを吸うのは特権階級だけだ。平壌の高麗《コリョ》ホテルや羊角島《ヤンガクト》ホテルの土産物店で一箱五ドルだぜ。庶民が買える値段じゃない」

「海外にも輸出しているのですか？」

「土産に買ってく観光客はいるかもしれんが、輸入する国はねえよ。この727って番号は、北では勝利の象徴だ。平壌の幹部の中には験《げん》を担いで車のナンバーを727

にするヤツもいる。国への忠誠心があって、番号の価値が分かる者だけがこの煙草を吸うんだ……この煙草、事件がらみか？」

「まさか。資料収集の一環ですよ」絢音はシラを切った。

やはり、あの女の正体を解明しなければならない。特権階級向けの慶祝煙草を公園に残したのは、何らかの意味があるはずだ。

「あ、ちょうど、思い出した。珍しいものを飲ませてやろう」

韓は立ち上がると、見慣れない酒瓶を持ってきた。透明の液体、ハングルのラベルだ。

「なんです？　このお酒……」

「平壌焼酎だ。なかなかいけるんだよ」

グラスに口をつけると、ウオッカをまろやかにしたような口当たりで、飲みやすい。

韓は話し好きだ。平壌で買ってきた鱈《たら》の干物をつまみながら、先月平壌に行ったときの写真を広げ、土産話を始めた。干ばつの影響で地方は食糧不足になっているとか、電力不足で平壌の学生は夜、道路の街灯の下で本を読んでいるとか、どこそこの料理屋の味が落ちた、といった市民生活にまつわる話だった。

「ところで、虎松健介が内閣参与に就任するそうだな。ほんとはこっちが本題だろう？」

韓はどうだといわんばかりに笑った。

「はい。悲劇の英雄が大出世です。韓さんは虎松さんとお知り合いでしたよね」

虎松の内閣参与就任は、午前中の官房長官会見で発表された。

内閣参与とは、総理に専門的な助言をする非常勤の相談役のような立場だ。官房長官は「虎松氏の北朝鮮問題に関する知見を今後の外交に生かすのが目的だ」と説明したが、いまや北朝鮮批判の急先鋒となった虎松の就任は、平壌に対する露骨な挑発だ。

「虎松も昔はここによく来ていたんだ。でも、ヤツが危なげな利権漁《あさ》りに首突っ込み始めたから、俺は関係を切ったんだ」

「利権漁り？　どういうことですか？」

「虎松は身柄拘束される前、北朝鮮の工作機関の連中と香港あたりで密会していた。北朝鮮国内の鉱山開発への投資をめぐって、憲政党の有力者のメッセンジャーをやっていたという噂だった。その利権話がトラブって、北朝鮮に身柄を拘束されたんじゃないかな」

「ということは、憲政党政権は虎松に借りがあったということですか？」

「そうだ。その後、憲政党が野党に転落したおかげで、虎松は忘れ去られた。誰も彼を救おうとしなかったのが実態だ。能島総理が秘密交渉を陣頭指揮したおかげで虎松が解放されたなんて嘘っぱちだ。虎松はそれが判っていながら、美談に乗っているだけだ」

「何の目的で？」

「子供抱えて食っていくのに困っているからだろ。内調のエースも落ちたものだよ」

電車を乗り継いで川崎に戻った。虎松宅を視察中のワゴン車の運転席で、朝倉は肉饅をむしゃむしゃと食べていた。

「どう？　萬珍樓《まんちんろう》の肉饅。絢音ちゃんの分も買っといたよ」

「いただきます。いつ買ってきたんですか？」

「さっき。駅前でね」

絢音は差し出された袋に手を伸ばしかけて止めた。

「え？　ここから、離れたんですか？」

目の前は、虎松が謎の女とデッドドロップを行った児童公園だ。公園の向こうに見える三階建ての狭小住宅が虎松の家である。

「悪い？」

「ダメですよ。動きがあったらどうするつもりですか！」

「だって、虎松は総理官邸に呼ばれているんだぜ。堅いこと言うなよ。カタブツ女は嫌われるよ」

「嫌われて結構です。虎松がいなくても、あの女が来るかもしれないから、ここで点《テン》張《バ》りかけてるんじゃないですか」

「ずっといなきゃダメなの？　僕はそんな精神論は受け付けないんだ。おやつくらいは買いに行ったっていいじゃないか」

「い、いま、おやつって言いましたね？　昼御飯じゃないんですか、これ」

「お昼はラーメン食べてきたよ。川崎大師の近くに美味《おい》しいとこがあるんだ」

これはもはや個人の人生観をめぐる議論だ。絢音は早々に断念した。西川課長は、この男を「捜査一課特殊犯捜査係の名物刑事」と言った。でも、この汗かきの、食い意地の張った、半分眠ったような男に、捜査職人の片鱗は見られない。

「で、どうだったの？　あの煙草は」

朝倉は肉饅を口に放り込んだ。

「やはり北朝鮮製でした」

絢音は北の戦勝記念日を祝って作られた高級煙草だったことなどを説明した。

「ふーん……」

聞いておきながら、朝倉は関心がなさそうだった。

時計の針は午後三時半を指していた。

「さて、と。そろそろかな」朝倉が、倒していたシートを億劫《おっくう》そうに起こした。

小学校の下校時刻だ。ランドセルの子供四人が公園に駆け込み、我先にジャングルジムに登り始めた。何組かのグループがそこへ合流した。

子供たちの輪から離れて、ひとりで俯き加減で歩いてくる子供がいた。

「竜馬君だ」

虎松竜馬は子供たちが遊ぶ公園を横切ると、自分で鍵を開け、家に入った。

「かわいそうに。お父さんが戻るまで一人で留守番なんですね……」

「いや、出てくるさ」

十分後、玄関が開いた。竜馬が出てきた。手には取っ手のついた木の箱を持っている。先ほどとはうって変わって明るい表情だった。新しい友達ができたのかな。絢音は小さな背中で揺れる黄緑色のポシェットを見ながら安堵した。

「ちょっと、出かけてくる」朝倉は運転席のドアを開けた。

「子供を尾行するんですか？」

「違うよ。ジュース買ってくるだけだ。喉が渇いたから」

朝倉はポケットの小銭を探りながら、早足に児童公園を横切っていった。

翌朝一番で、絢音と朝倉に「本部に出頭せよ」と指示があった。

「私はショックだよ」

管理官席の前に並んで立つと、ふんぞり返った吉良は写真を机に放り投げた。

絢音は心の中で舌打ちをした。墓地で筒見と会っている自分たちの後ろ姿が写っていたからだ。七係に尾行させたのか。

「ああ、そういえば下手な尾行している奴がいたね……。バレバレだったけどね」

朝倉は平然と言った。

「なぜ筒見と接触したことを俺に報告しなかった」

吉良が三白眼で睨んだ。

「僕たちを尾行させるのは、吉良さんしかいないでしょ。報告しなくても分かると思ったんだ」

「筒見は何を喋った？」

「特に報告するような内容はありませんよ。筒見さんは一筋縄ではいかない人だ。

あ、吉良さんも痛い思いしたんだから、よく分かってるでしょ？」

朝倉は痛烈な嫌味を会話の中に混在させている。それは計算のようでもあり、単なる無神経のようにも見えた。それにしても朝倉はいつ尾行者に気付いたのだろう。正直、絢音はまったく気づいていなかった。

怒りを抑えるように吉良はしばらく黙ったが、判決でも言い渡すかのように、姿勢を正した。

「あなた方の勝手な行動を許すことは出来ない。二人は成城特捜の任務を解きます。当面はデスク勤務です。お二人には過去の作業の資料編纂《へんさん》を命じます」

絢音と朝倉は外事二課の会議室を与えられた。缶詰状態での事務作業は吉良の苛めのパターンだ。

「あーあ、絢音ちゃんのせいで吉良に目つけられちゃったよ。僕は束縛されるのが一番苦手なんだよ。これパワハラだよね」

朝倉は会議室の椅子に反り返って、頭の後ろで手を組んだ。

「吉良管理官は平田班を解散に追い込むつもりでしょう。反乱の首謀者ですからね」

絢音は長い髪を両手で掻いた。

三日前には、小俣が成城特捜の任を解かれ、極左を担当する公安一課に応援派遣されたばかりだ。吉良は同じキャリアである公安部参事官の力を使って、西川の頭越しに人事権をふるい、平田班を骨抜きにしようとしているのだ。

「吉良は昔から権力志向が強いからなあ」

会議室の隅に積み重なった段ボールの山を見ながら、朝倉は諦めたように呟いた。

「もしかして……昔から知り合いなんですか？」

「ああ、同級生だ。高校から大学まで、ね」

「え、朝倉さんも東京大学？」

絢音は露骨に疑いの目を向けた。

「うん。吉良は文一、僕は理一だけどね。でも、僕は二年で中退してボストンの大学に行った」

「ボストンって？」

「ＭＩＴだよ。マサチューセッツ工科大学。知ってる？」

間延びした口調で言った。東大どころではない。世界の理工系大学の頂点ではないか。

「な、なんでＭＩＴ出た人が警視庁に？」

「MITの生物模倣《バイオミメティック》ロボティクス研究所《ラボ》でロボットの研究してたんだ。捜査用の四足歩行ロボット作るためにFBI捜査官と話し合っていたら、自分でもやってみたくなった。だから転職したんだ」

朝倉が開発したのは足裏に肉球を備え、無音で時速三十五キロで走るチーター型のロボットだったそうだ。

「なんで国家一種試験受けなかったんですか？」

「そんな価値観、僕にはないね。吉良みたいなキャリアになっても、捜査できないでしょ。つまんないじゃん」

朝倉は大きな欠伸《あくび》をした。

人は見かけによらぬものだ。絢音は朝倉の社会性の欠落、浮世離れした思考回路の原点を見た気がした。

絢音たちがこんなところで話している間も、平田班のメンバーは動いている。虎松とデッドドロップをした、あの謎の女を発見するため、川崎駅から虎松宅周辺にかけての街頭に張り込んで「見当たり作業」を始めたのだ。

六係のウラ作業班は、群衆から対象を発見する特殊技術を持っている。

「点で探すのではなく、面で探せ」

外二《ソトニ》の新人の頃、絢音は連日街頭で、平田の特訓を受けた。群衆の画像を、連写するように頭に焼き付け、対象と特徴が一致する人物を拾い出すのだ。だが、それは膨大な時間と常人離れした忍耐力を要する作業である。

「絢音ちゃん、もう一度、彼女の写真見せてよ」朝倉は思いついたように言った。

「はい……どうぞ」

公園に佇むあの女の写真をバッグから出すと、朝倉は苦笑いした。

「絢音ちゃんもアナログだなあ。いまどき紙で見せられてもね……画像データでくれるかな？」

画像を保存したUSBメモリーを渡すと、朝倉は鞄からタブレット端末を取り出し、画面いっぱいに写真を開いた。

「何か分かります？」絢音は画面を覗き込んだ。

朝倉はタブレットの画面上で、写真のあちこちを拡大しては、元に戻す、を繰り返した。

「ねえ……絢音ちゃん、この袋から覗いてるの、大根の葉っぱじゃないかな」

朝倉は、女が持っている布製のトートバッグを指している。バッグの口からわずかに緑色のものが飛び出している。朝倉はその部分を拡大した。ぎざぎざの葉は確かに大根だろう。

「そのようですね」絢音は頷いた。

「現場近くに有機農法の野菜を売ってる店はある？」

「オーガニック野菜？　なぜですか？」

「たいていのスーパーで売ってる大根には葉っぱがついてないでしょう。あれは、農家が出荷段階で切り落としているんだ。なぜだか分かる？」

「さあ、嵩張《かさば》るからでしょうか」絢音は首をかしげた。

最近自分で料理をしないから想像もできない。八百屋で大根など買ったのは一年以上前だ。

「うん。それもあるけど、葉っぱに残留農薬が残りやすいからだよ。だから、葉付きで売ってる大根は有機農法で作られていることが多い。有機野菜を扱ってる店を探して、そこで見当たりをするように伝えてよ」

「なぜこんなことが……」

「なぜなら僕は食いしん坊だからです」

朝倉はぽっこりとした腹をぽんと叩いてみせた。

絢音は半信半疑で周辺の有機野菜取扱店をネットで調べ、二つの店名を平田に打ち返した。

そのうちの一つに対象の女が姿を現したのは、翌日の午後だった。平田たちは店からマンションまで秘匿追尾をして、女の人定《ジンテイ》を不動産契約から割り出した。

女の名前は「片桐千夏《かたぎりちなつ》」、三十五歳、職業は画家。自宅は虎松宅から北に五百メートル離れた八階建てマンションの五階の一室だ。

平田たちが秘撮した写真には、彼女の顔がアップで写っている。二重の大きな眼、色白で、まっすぐに伸びた鼻梁が高貴な印象だ。推定一七〇センチ近い長身。これらと栗色のウエーブがかかった髪を合わせると、どことなく異国情緒が漂う容貌である。

彼女のフェイスブックには、文章はなく、黄や桃の淡い色調を使った作品だけが並んでいる。心象風景を描いたものだろうか。見る人の心を温める不思議な絵だ。

朝倉は芸術にはまるで関心はないようで、隣の椅子に短い脚を投げ出して地図を広げ、ぶつくさ独り言を言っている。

やがて顔を上げると、

「ふーん。そういうことか」と、満足げな笑みを浮かべた。

「朝倉さん、彼女の行確《コウカク》に人員を投入しましょう。早くしないと……」

絢音は身動きできない自分が恨めしかった。

この事件の端緒を摑んだのは絢音だ。たとえ同じ班の仲間といえど、先を越されるのは我慢ならなかった。

「この前、片桐千夏の秘撮写真を筒見さんに見せましたよね。彼なら、とうの昔に同じやり方で割り出していますよ。私たちもこの部屋から逃げ出さないと、ゲームに負けてしまいます」

朝倉は眉尻を下げて笑った。


〈片桐千夏、三十五歳。東京生まれ、父親の仕事の都合でフランスへ移住。リヨンの芸術学校にて学ぶ。三年前から活動拠点を東京に移し、国内外で個展を開催。光を描くヒーリングアート（癒しの絵）を得意として、大学病院の小児病棟や老人施設などでその効果が認められている〉

半年前に銀座のギャラリーで開かれた個展の案内には、こう紹介されていた。

筒見が入手した戸籍や住民票によると、千夏は一九八〇年三月、東京中野区生まれ。ここまでは紹介文と一致するが、フランスへの転出などまったく記載されていない。

父・治夫《はるお》は一九三七年、現在の北朝鮮、平安北道雲山《ピョンアンプクトウンサン》郡生まれだった。朝鮮半島が日本の統治下に置かれていた時代のことだ。戦後、引き揚げて東京都中野区に住民票を移し、一九九五年に死亡届が出されている。杉並区生まれの母・成美《なるみ》は一九八三年に亡くなっている。

午前九時に中野の住所を訪ねると、赤煉瓦塀で囲まれた邸宅があった。門柱の檜《ひのき》の表札に「片桐」と筆で書かれている。

「外務省の筒見」と告げると、家政婦らしき中年女が出てきて、中に招き入れた。通りからは、うかがい知れなかったが、四百坪ほどの敷地に、チューダー様式の古い木造建築がある。

大きな池のほとりで、背広姿の恰幅《かっぷく》のよい紳士が錦鯉《にしきごい》に餌をやっていた。

「何の用かな？　私はまもなく仕事に行くのだがね」

男の名刺には「片桐建設・代表取締役社長・片桐浩二《こうじ》」とある。治夫の六歳下の弟だ。つやつやとした銀髪に、日焼けした肌。尊大な眼差しを筒見に向けた。

「片桐治夫さんについてお話を伺《うかが》いに来ました」

「何をいまさら……。兄は二十年まえに亡くなりましたよ」

苦々しい顔を作って、浩二は溜息をついた。

「治夫さんはこの家にはいつまで暮らしていたのですか？」

「……確か、三十年くらい前かな。中学校の教師だったんだけど、嫁さんが病死したあと、突然やりたいことがあると言って学校を退職して、この家を出た。……それっきり行方不明になった」

「治夫さんの死因は病死ですか？」

「たぶんね」

「たぶん、とは？」

「大阪の西成《にしなり》警察から電話があって、兄らしき人が死んでいると言われて確認しに行った。痩せこけたホームレスみたいになって霊安室に寝ていたよ」

「千夏さんというお嬢さんがいたはずですが、その後どちらに？」

「行方知れずだ」浩二は眼をつむって首を振った。

「治夫さん一家がフランスに住んでいたことは？」

「フランス？　ありえないよ。兄は海外旅行だって行ったことないはずだ。……外務省がなぜこんなことを調べているんだ？」

「千夏さんのパスポートの申請があったのですが、引き取りに来られなくて、送付先も分からない状況にありましてね」

「あの娘が生きていたのか……」浩二は大袈裟に目を丸くした。

「分かりません。戸籍が利用されていることも珍しくありません」

「まったく馬鹿な兄貴のせいで……子供まで」

浩二はさも不愉快そうに顔を歪めた。兄の存在は弟の心から、とうの昔に消えており、思い出すのも汚らわしいという気持ちだけは伝わってきた。

「やりたいことがあると言って教師を辞めた、とのことですが、治夫さんは何をやろうとしていたのですか?」

「知らんよ。退職後、半年くらい中野駅前のラーメン屋で働いていた。そのあと大阪の、確か焼肉屋だったかなあ。条件のいい店があるとかで引っ越すと言ったきり……」

「大阪の焼肉屋の名前は?」

「さあね。家を出たきり音信不通だったからね」

「中野のラーメン屋は?」

「『松元《まつもと》』って言ったかな。中野駅北口にあるサンモール商店街の路地にあった店だ」

ラーメン店『松元』のスープは魚の出汁《だし》がきいた醬油味だった。メニューには麵類に加え、蒸し餃子《ギョーザ》や焼売《シューマイ》、小籠包《ショーロンポー》といった点心がある。

筒見が座るカウンターのほかに、四人掛けテーブルが五つ。くすんだ窓や年季の入った木の床から、三十年以上は店を改装していないと見える。厨房の奥の階段が上に続いており、二階は住居か倉庫になっているようだ。

「ごちそうさん」筒見は楊枝《ようじ》を咥《くわ》えたまま、千円札をレジに置いた。

「……なあ、おやじさん。片桐治夫って男が働いていたのを覚えてるかい？」

「ん……ああ、いたね。片桐」

六十すぎの太った店主は訝《いぶか》しげな顔で筒見を見た。

「いつまでこの店にいたんだい？」

「さあ、昔のことだからね……そうそう、片桐は突然、やめたんだ。もう一人の店員と一緒にね。二人いっぺんにやめたから店が大変になったんだ。あんた、あの人を探しているのか？」

「そうです」

「ここで働いているときも、五十くらいだったから、生きているかどうか……」

「同僚と一緒に辞めたのですか？」

「ああ、朴《パク》っていったかな。中国人か、韓国人か知らないけど、俺と同じ年くらい、当時、三十くらいのヤツだった。片桐と二人で上の階に住み込んでいたんだ」

店主は天井を指さした。

「片桐さんは大阪の焼肉屋に転職したそうですが？」

「そうそう。焼肉屋だったな。朴のお袋さんが鶴橋《つるはし》で店を始めたとかで、いい条件で雇ってくれるって」

「朴さんの下の名前は？」

「覚えてないなあ……。苗字で呼んでたからな」

店主からそれ以上の情報は出てこなかった。三十年前のことだ。「鶴橋の朴」というヒントが出ただけでも、よしとするしかない。

諦めた筒見が店を出ようとすると、店主が妙なことを呟いた。

「朴は無口なヤツだったんだ。無線が趣味でね。上の部屋で勝手にアンテナ張って、夜中に外国のラジオ聞いていたよ……」

目の前の男は口をぽかんと開けたまま、右に左にゆらゆらと揺れている。崩れ落ちそうになる寸前で、踏みとどまり、また再び舟を漕ぎ始める。ズルッと涎を啜り、ガクッと首が折れて、額を机にぶつける。でも、目覚めることはない。

目の前のファイルの山を見て、絢音はため息をついた。

警視庁公安部には、大型事件を解決すると、捜査の経緯を「〇〇事件総括」という一冊の本にまとめる慣習がある。先人たちがかいた汗を、後世に残しておくためだ。だが、外事部門では事件化されるものなど、百の疑惑のうちの一か、二に過ぎず、大抵は刑事訴訟手続きの枠外で、容疑事案の実態解明が行われ、世間に公表されぬまま闇で決着する。ここにあるのは、そんな極秘指定の「作業報告書」だ。

外事二課六係の過去三十年の作業の年表を作れというのが吉良の指示だった。警察大学校での講義資料にするつもりだろう、というのが朝倉の読みだ。

朝倉の前に、一冊のファイルが置いてあるのに気づいた。真ん中あたりを開いたまま、寝息で紙がふわふわ浮いている。

何を読んでいるのだろう。絢音はそっとファイルを手繰り寄せた。

〈極秘・スズラン作業（総括）〉

背表紙にはこう書いてあった。

北朝鮮工作員を対象とする秘匿作業には、花の名前をつけることが多い。絢音はゆっくりと表紙を開いた。不吉な予感が暗雲のように頭上を覆った。

〈作業経緯〉

▼一九九八年二月十九日　新潟県村上市にて旅館を経営する密航監視哨員《しょういん》Xより新潟県警警備部外事課に「民宿に不審な男が宿泊している」との通報あり。警察庁警備局外事一課の指揮により、当庁公安部外事二課六係所属、筒見慶太郎警部補以下六名を現地に特命派遣する。

▼二月二十日　筒見警部補がXから聴取した結果、男は「吉田一彦《かずひこ》」名義で当該民宿に宿泊。年齢二十代。同月十七日、予約なしに民宿を訪れ、「夜釣りにきた」と説明している。外国人様の訛りのある日本語を話すとのこと。「電車」を「テンシャ」。「バス」を「パス」と発音するなど語頭の濁点に難があることから朝鮮系と見られる。

Xを本作業の(般)として運用することを決定。

筒見警部補より、(般)に対し「男の顔、および不審動向については写真を撮影願いたい」と要請。

▼二月二十一日　筒見警部補が(般)に対して、自称・吉田の指紋、頭髪の採取を依頼。吉田が昼食時に使用したガラス製コップを回収。

吉田は同日午後十一時過ぎ、釣竿を持って民宿を出発し、岩船港を散歩するなど不審動向が確認される。

筒見警部補が釣り客を偽装し、吉田の部屋の直下、一〇二号室に宿泊。コンクリートマイクによる秘聴作業を実施。

▼二月二十二日　朝、筒見警部補が吉田の枕から頭髪を採取。

吉田が(般)に対して、「早朝釣りに行くので弁当を作ってもらいたい」と要求。筒見警部補より(般)に、弁当箱を風呂敷に包んで渡すよう要請。

▼二月二十三日　午前三時、吉田が釣竿と弁当を持って外出。星野警部補ら四名が秘匿追尾。午前三時二十分、吉田が岩船港脇の岩場で釣りを開始。沖合に向けて懐中電灯を点滅させるなどの不審動向を確認。午前十時に民宿に戻る。

返却された弁当箱の風呂敷は「縦結び」になっていたことから、吉田が朝鮮系である疑いが強まる……

百枚以上の紙に経緯が綴《つづ》られている。

「スズラン作業」とは、民宿を経営するXなる人物を㊗（マルハン）、つまり一般協力者にして、北朝鮮工作員の実態解明作業に従事させるという危険なものだった。

絢音は息苦しくなった。「村上市」「民宿」という二つのキーワードが、自分が育った環境と一致したからだ。「吉田」という男の名も、拉致されそうになったあの日の悪夢を想起させる。

絢音の父は漁師の傍ら、一九九八年三月十日に自殺するまで、村上で民宿『岩船荘』を経営していた。だが、作業報告書によるとXは民宿経営者であるとともに、「密航監視哨員」でもある。この言葉は父には当てはまらない。

日本警察は不法入国者の水際対策のため、沿岸部の漁民や旅館経営者らを非常勤国家公務員の密航監視哨員に任命して、不審動向の情報提供をさせている。無論、監視対象は北朝鮮工作員だ。彼らは工作母船で沿岸部に接近し、新月の夜にゴムボートなどで日本に上陸するのが常套《じょうとう》手段だ。黒いゴムボートを見た。夜中に男が海岸をうろついている。言葉や服装がおかしい。密航監視哨員たちは、あらゆる不審動向を警察に通報する。見返りは微々たる給料だ。

結論を急いで、最後までページをめくると、任提《ニンテイ》物品の写真が並んでいた。

〈任意提出を受けた「工作用秘密物品」〉

①ラジオ：A3放送受信用・中波短波ツーバンド

②暗号表：本人分一枚、補助工作員分三枚

③乱数表：本人分二組、補助工作員分三組

④通信組織表：本国との無線通信を行う際の月日時指定したもの

⑤暗書用薬品瓶：暗号手紙用の秘密インキに使用するシュウ酸

⑥現金：二百七十二万円

⑦無線機：岩船霊園敷地内に埋没

⑧船外機付きゴムボート：村上市岩ケ崎の海岸の岩陰に隠蔽

⑨シアン化カリウム入りアンプル：服毒自殺用。日本製タバコ「セブンスター」のフィルター部分に隠蔽

〈結論〉

本報告書記載の通り、吉田一彦こと張哲《チャンチョル》は、朝鮮労働党・対外情報調査部所属の工作員であることが判明した。一九八七年より平壌郊外の東北里《トンブクリ》招待所にて日本人化教育を受け、マカオ、ソウルに浸透し、工作活動に従事。過去三回、本邦への潜入歴有り。清津《チョンジン》、興南《フンナム》、元山《ウォンサン》の各港を工作母船で出発し、新潟県村上市の沖合千メートルより、ゴムボートにて潜入したとのことから、村上市岩ケ崎付近が「日本海直接ルート」の新規潜入・脱出地点に選定されたと思料される。

張哲は筒見警部補の任意の取り調べに対し、前記の通り、全面的に自白したうえ、今後の情報協力を約し、誓約書に署名、拇印した。その結果、警察庁警備局外事一課、警備企画課指導係は、当庁と協議のうえ、外国人登録証不携帯、暴行等の国内での非合法行為の事件化を見送り、筒見警部補の㊕として張哲を帰国させることで了とした。

一九九八年四月二十日付で吉田一彦こと張哲を、警察庁登録㊕「スズラン—A52388—43号とする。接線相手の追及ほか、今後の運用作業については、完全秘匿とし、警備企画課指導係の管理とする……

実態解明作業は、終盤、大胆な協力者獲得作業に発展していた。

筒見は北朝鮮工作員を㊕（マルトク）、つまり警察庁登録の特別協力者として獲得、運用していたのだ。獲得作業の完了は父の自殺の翌月のことだ。

絢音は気づかぬうちに口を開け、荒い呼吸をしていた。真綿で首を絞められたように苦しい。ペットボトルの水を飲んで激しく咳き込んだ。

そのとき、会議室のドアが開き、吉良が慌《あわただ》しく入ってきた。

絢音はすばやくファイルを閉じ、口の周りをハンカチで押さえた。

「起きろ！　朝倉」吉良は朝倉の肩を乱暴につかんで揺すった。

朝倉は涎を手の甲で拭《ぬぐ》いながら、深い眠りから覚めた。

「警察庁の指示だ。平田たちの視察は中止する。総選挙に影響を及ぼすわけにはいかない」

「総選挙……？　平田さんたちの視察となんの関係があるの？」

朝倉が寝ぼけ眼を擦った。

「公総《コウソウ》（公安総務課）によると、虎松健介が衆院選に立候補する動きがあるそうだ。外二《ソトニ》が虎松周辺を嗅《か》ぎまわっていることが世間に知られれば、選挙に影響を与え、警察全体の問題となる。君たちの班には新しい任務を用意したから、そっちに集中してくれ」

吉良は勝ち誇ったように、赤い唇をひん曲げた。


〈内閣支持率六十五％　能島総理が「日朝解散」決断へ〉

筒見は新幹線車内の文字ニュースを視界の隅で一瞥《いちべつ》した。

また新聞が解散名を競っている。この記事のきっかけは、昨夜の能島総理の会見だ。

「日朝平壌宣言破棄」「日朝交渉を打ち切り」「経済制裁強化」

対北朝鮮政策で打ち出した三つの新方針は、国民だけでなく、国際社会をも驚愕させた。

「これが拉致被害者を取り戻す最後の選択肢だ」

拉致問題解決をライフワークとする能島総理は、会見で拳を振り上げた。

北朝鮮側が拉致問題解決に一向に誠意を示さない中、中途半端な対話を捨て、圧力路線に転換する。この外交方針は、保守勢力には好意的に受け止められているようだった。

だが、その裏に、北朝鮮国内の改革開放派によるクーデターの蠢《うごめ》きがあることを知るのは、官邸と外務省のごく一部だけだ。北朝鮮はもはや国際的に孤立する経済破綻国家だ。能島政権は改革開放派を陰で支援して、強硬姿勢でこの北朝鮮を追い込むことを画策しているのだ。収穫期を迎え、大干ばつに見舞われた北の食糧難は露呈している。朝鮮人民軍の不満は増大し、反体制の小規模クーデターは全土で散発するだろう。このタイミングで、日本政府が国交正常化後の資金援助を約束した日朝平壌宣言の破棄を通告し、即刻対話を打ち切って、経済制裁で締め上げれば、北朝鮮の外交失敗は決定づけられる。

こうなれば、金王朝体制転覆、中国式集団指導体制、改革開放経済への移行を目指すクーデター勢力に同調する者は増えるだろう。「平壌政変」が成功すれば、北朝鮮を動かすのは、日本が支援した反体制派だ。日本が新生北朝鮮といち早く国交正常化すれば、必然的に資源やインフラ利権は、日本に転がり込んでくる。そういう意味で、昨夜の総理の発表は、究極の実利主義へのシフトとも言える。

新幹線が京都駅を出発すると、筒見は路線図で鶴橋への経路を確認した。

中野の『松元』の店主の証言が気にかかる。片桐治夫とともに店を辞めた朴《パク》某《なにがし》は、部屋にアンテナを張って深夜にラジオを聴いていたという。これを聞けば公安警察官なら誰でも身構える。朴某は北朝鮮本国発の「A3放送」による暗号指令を受けていた可能性が高い。深夜、女性が四桁の数字を読み上げ、これをラジオで受信した潜入工作員たちは乱数表で自分への指令を解読するのが常套手段だ。

JRと近鉄、市営地下鉄が交差する鶴橋駅周辺は、在日コリアンの町だ。ソウルの南大門《ナンデムン》市場さながらの活気に溢《あふ》れている。キムチの香り、チマチョゴリの色彩はもはや観光名物だが、この町には日本と朝鮮の百年の歴史が凝縮されている。

このあたりに朝鮮人労働者が住み着いたのは一九一〇年の韓国併合以降のことだ。平野川《ひらのがわ》の大規模改修工事のために、朝鮮人たちが大挙来日、この地に定着した。

支配、差別、貧困、分断――。

燻《くすぶ》り続ける日本人と朝鮮人の因縁、民族の誇りが町のそこかしこに滲んでいる。

筒見は旅行雑誌のジャーナリストの名刺を使い、「三十年ほど前に焼肉店を経営していた朴某」を探した。聞き込み開始から四時間後に条件が一致する人物が見つかった。

コリアンタウンの外れにある『焼肉・大同江《テドンガン》』、経営者は朴尚美《パクサンミ》という朝鮮籍の女だ。この地区では「朴ハルモニ（朴婆さん）」と呼ばれているらしい。店名の「大同江」とは、平壌市内を流れる川の名前だ。

筒見は翌日も基礎調査を続けた。『焼肉・大同江』は、かつて大阪市内に四店舗あって年商二億円あったが、十年ほど前に本店を残して事業を縮小している。朴尚美は糖尿病と関節リウマチを併発、二ヵ月前には白内障の手術を受けており、現在、店を切り盛りするのは息子・正植《ジョンシク》と孫・正龍《ジョンヨン》だそうだ。

正植は今年五十九歳。年齢からすると中野の『松元』で働いていた「朴某」とは、正植で間違いなさそうだ。

店舗は十坪ほどの土地に建てられた四階建てのペンシルビルの一階部分だった。二階より上は住居になっているようだ。

筒見が店に入ったのは夜十時頃だった。

店内は二十人ほどの客で満席だった。もうもうと煙が立ち込める中、カウンターの片隅で肉を焼いているうちに、なぜか、公安講習を受けたころの教官の言葉が頭をよぎった。

〈焼肉屋の前では息を止めろ！　キムチを食うな！　パチンコ屋の前では耳をふさ

げ！　公安警察官は朝鮮人の金儲《かねもう》けに加担するな！〉

いま思えば、時代錯誤な思想を叩きこまれたものだ。公安警察の本質をあらわす名文句だった。

店員は金髪長身の若い男と、丸顔の女の二人、奥の厨房に年配の男がいる。

十一時半、ほかの客がいなくなったところで、金髪の店員に声をかけた。

「どの料理もうまかった」

「せやろ。親父が仕入れやって、料理しとるんや」

なるほどこれが正龍か。

筒見は常連客の言葉を思い出した。正龍は一時グレて、在日朝鮮人の愚連隊《ぐれんたい》をつくり、何度も警察沙汰になったらしい。拳の傷や腕周りの造作からすると、打撃系格闘技の心得があるようだ。

「私はこういうものです」筒見はジャーナリストの名刺を出した。

「残念やな。うちは取材お断りなんや」

正龍は、つっけんどんに言った。

そのとき、厨房から短髪の男が出てきた。これが正植だろう。

「お客さん、すまんなあ」

目尻に皺をよせ、人懐こそうな男だった。

「グルメ雑誌に出ると観光客ばかりになる。昔からの馴染みの客が大事やからね。うちのハルモニのポリシーなんや。勝手なことしたらどやしつけられる」

「そうですか。残念です。肉も料理もおいしかったですよ。値段も東京の半分だ」

「そやろ。俺、目利きやからね。料理も東京やソウルで修業したんやで」

正植は豪快に笑った。

「ほう。その修業先というのは中野の『松元』ですか？」

少し早いと思ったが、筒見は勝負に出た。

「なんや、あんた？　……む、昔の話や。気味悪いな」

「あなたが朴正植さんですね。私はある人の消息を追っています。協力いただけませんか」

「誰を、や？」

「片桐治夫さんを覚えていますね？」

名前を出した瞬間、正植の口許に力がこもるのを確認して、筒見は続けた。

「……三十年前、松元で一緒に働いていたが、『焼肉・大同江』に転職するといって、あなたと一緒に店を辞めた。その十年後に死亡している」

「知らんわ。そんな男」

「そんなはずはない」

「しつこいな、あんた」

正植は荒々しくエプロンをとり、テーブルに叩きつけた。

「ご家族が片桐治夫さんのお嬢さんを捜していて、今頃になって警察に届け出ようとしているのです」

架空の話で揺さぶりをかけた。

「わしには関係ない」

「あなた、『松元』の二階でラジオを聴いていたそうじゃありませんか。外国語の放送を」

「……記憶にないな」

「片桐さんを海外に連れていったりしていませんよね？」

「しまいには怒るで！」正植は目を吊り上げて怒鳴った。

椅子に座って成り行きを見守っていた息子の正龍が立ち上がった。

「おっさん、ええかげんにせいよ」

「そう怒らないで。朴ハルモニと一緒に一晩考えてください。私は片桐治夫さんが死亡した経緯と娘の千夏さんの行方を知りたいだけです。あなたを困らせるつもりは毛頭ない。やましいことがなければ、真実を話すことができるはずだ。では、ここに電話をお願いします」

名刺の裏にボールペンで電話番号を書いた。

「あんた、何モンや？　ジャーナリストて、嘘やろ」

背中に正植の尖った声が刺さる。

「あなたの敵ではないことだけは確かです」

正植から電話があったのは、翌日の午後二時過ぎだった。

「ハルモニが会う言うてる。客がおらんようになったあとに来てくれ」

夜十一時、最後の客が出るのを見計らって、『大同江』に入ると、正植と正龍が片づけをしていた。

「正龍、あとは頼む……」

息子に店じまいを託すと、正植は「ついてこい」と言って、階段を昇り始めた。

三階の居間に通された。寝間着姿の小柄な老婆がソファに腰かけている。浅黒い肌、炯々《けいけい》と光る眼が筒見を見据えていた。

「ここ、座り」朴尚美は杖で、脇にある一人掛けソファを叩いた。

皺くちゃになった筒見の名刺がテーブルに投げ出してある。

「なんや？　何が聞きたいんや」

「この店で片桐治夫という男を雇っていましたね？」

「店におったことはあるけど、とうの昔に辞めたよ」

「正植さんが東京から連れてきたそうですね？」

「元々学校のセンセで頭のええ子やったんで、スカウトしたんや。接客だけやのうて、経理も任せられる思てな。正植はアホやったけど、友達を選ぶ目はあるんや」

尚美は顰《しか》め面《つら》をほころばせ、からからと笑った。

「いつごろにお辞めになったのでしょうか？」

「いつやったかなあ。十年くらいは働いとったかな」

「ちょうどその頃、西成で亡くなったそうです。なぜこの店を辞めたのですか？」

「さあな、病弱なおっちゃんやったからなあ。あたしも人のこと言えへんけどな。あんた、なんでこんなこと調べとんの？」

「片桐さんの娘、千夏さんの所在に関心がありましてね」

「ほう、そうか。おったかなあ、娘さんが……」

筒見を見据えていた老婆の眼がわずかに泳いだ。やはり核心は千夏だ。尚美は何かを隠している。

「ご存知なのですね。片桐千夏の行方を」

尚美の眼が、仇敵でも見つけたかのように鈍い光を放った。

「さては、あんた……公安やな？　あんたの眼、猜疑心の塊や。人を欺《あざむ》き、裏切ってきた冷酷無情な悪魔のツラや。あんたに話すことは何もない」

腹の底から搾《しぼ》り出すような低い声だった。敵意と嫌悪が入り混じった黒い感情が漲《みなぎ》っていた。答えは期待できそうにもない。

「そうですか……残念です」

筒見はソファから立ち上がり、ドアの把手を握ったところで立ち止まった。

「ひとつお聞きし忘れていました。尚美さんは平安北道雲山郡《ピョンアンプクトウンサン》のご出身ですね。偶然かもしれませんが、片桐治夫さんも同じ雲山出身です。もともとは正植さんではなく、あなたのお知り合いだったのではありませんか？」

背中に尚美の返事は返ってこなかった。

筒見が店を出るとすぐに、店のシャッターが叩きつけるように閉められた。

午前零時を過ぎていた。夜道を一キロほど歩いて、レンタカーを停めたコインパーキングに入った。

鼻先を水滴が濡らす。

雨か――。夜空を見上げた、そのとき、車の陰から音もなく飛び出した男が、滑るように筒見に迫ってきた。

シュッと息を吐く音とともに、横蹴りが飛んできた。辛うじて腕でガードしたが、そのまま後ろに吹っ飛ばされた。

転がって身構えた。敵はいない。

上から蹴りが襲いかかってきた。今度は足刀《そくとう》を喉元に喰らった。金網に背中を叩きつけられる。

黒い覆面男が両手を下げてステップを刻んでいる。テコンドーの動きだった。

次は回転しながら飛んだ。来る。左の後ろ回し、右の回し蹴りがつづけざまに唸りを上げた。左腕で受け止め、筒見は相手の懐に入った。着地寸前の相手の軸足を払いながら、顎に右の掌底を叩きこんだ。

ガツッという確かな手応《てごた》えがあった。そのまま押し倒そうとしたが、男は回転して逃れた。

覆面男は間髪入れずに接近してきた。脚の動きに視線を落とした瞬間、ブンという風を切る音とともに左上腕を強打された。

男が黒く光る棒を持っている。左腕は一撃で動かなくなった。

男はさらに踏み込んで、棒を横に薙《な》いだ。下がりながら、右手で受け止めようとしたが、左側頭部に強い衝撃を受け、視界に白い火花が散った。

雨に濡れたアスファルトに転がると、鞭《むち》のような蹴りが顔面を襲った。防ぐことができずに、右目のあたりにまともに食らった。

冷たい雨が顔に降り注ぐ。男が見下ろしている。流れ出る血が眼に入り、視界が回転し始めた。

口から出た泡が黒い水の中を昇っていく。

体がゆらゆら揺れながら、沈んでいく。街灯の白い灯りが水面の向こうに遠ざかっていく。

胸に小さな子供を抱いている。ずっしりと岩のように重い。

「拓海、俺を殺してくれ……」唇から言葉が迸《ほとばし》った。

「……殺せ……たのむ」

同じ言葉を繰り返すうちに、視界に暗幕が降りていった。

第五章

腕時計の秒針の音まで聞こえてきそうだった。

丸の内警察署警備課の取調室。この無機質な空間に閉じこもって、一日半、朝倉と向かい合う痩せこけた老人は一言も発しない。

沈黙する二人の間には、まるで縁側で碁盤を挟む老人のように、ほのぼのとした空気が漂っている。

「朝倉さん、食事が届きました」

立ち会いの絢音《あやね》がこう割り込まなければ、二人とも深い眠りについてしまいそうだった。

私が河野副長官を狙撃しました――。

この男は一昨夜十一時、警視庁本部の正面玄関で立番をしていた機動隊員にこう言ったそうだ。しかし、絢音と朝倉が何を聞いても完全黙秘、まだ声すら聞いていない。

氏名は不詳。年齢は推定八十歳。小柄で、背も曲がり、骨ばった顔は土気色をしている。よれよれのシャツの上に、古びた鼠色のジャンパー。持ち物はポケットにある五百二十四円と、セブンイレブン新大阪駅前店のレシートだけ。認知症の老人か。それとも、食事目当てのホームレスだろうか。

絢音たちは名前のないこの男を「狙撃犯三号」と呼んでいる。「三号」と番号をつけたのはわけがある。狙撃犯を名乗る男は三人目だからだ。最初は右翼団体の構成員。二人目は引きこもりの若者。二人とも饒舌《じょうぜつ》に喋ったが、質問をぶつけていくうちに簡単に辻褄《つじつま》が合わなくなった。

この手の大事件には、売名行為という副産物は付き物だ。吉良が絢音たちに命じた新たな任務とは、狙撃犯を名乗る人物の「潰し」の捜査だった。

狙撃犯三号は出された弁当を見つめるだけで、箸をつけようとしない。机に置いた左手の皮膚がケロイド状になっている。古い火傷《やけど》の痕《あと》だろうか。皮膚が萎縮し、引き攣《つ》れがあるようだ。

「おじいちゃん。どうしましたか？　食べてください」

絢音は弁当の蓋を開けてやった。

「お金とらないからね。おいしいよ、ブリの照り焼き。食べ終わったら、帰っていいからね」

朝倉が言うと、三号が、口をもごもご動かし始めた。

「……帰っていい？」初めて声を発した。

「おじいちゃんは撃ってないんでしょ？　何も話せないのなら、ここにいてもしょうがありませんからね」

朝倉はこういって、絢音に微笑んだ。

「そうですよ。帰りの電車代はお貸ししますからね」

絢音も調子を合わせ、財布を開いた。

「私は……」三号が喋り始めた。

「ん？」

「私の名前は……かたぎり……。片桐治夫……です」

「え？」声をあげたのは二人同時だった。

片桐千夏の父親と同姓同名ではないか。絢音の体が熱を帯びた。

「使った銃は、な、南部式自動拳銃……です」

「おじいちゃん、何言ってんの……。もう一度、いま言ったこと、ここに書いてください」

朝倉が弁当を床に放り出して、紙と鉛筆を三号の前に置いた。

〈片桐治夫〉〈南部式自動拳銃〉

力強く美しい字だった。

絢音の足は震えていた。緩みきっていた心と体が、急激な緊張に耐えられなくなっている。

〈南部式自動拳銃・大型乙〉が狙撃に使用されたことは、成城特捜では極秘扱いだ。被疑者から「秘密の暴露」を引き出すために、厳重に管理されている。狙撃犯三号はそれを言い当てた。しかも、片桐千夏の死んだ父親と同姓同名を名乗っている。

「片桐治夫さんだね。じゃ、住所を言ってみて」

朝倉がいつも通りのおっとり口調で話しかける。

三号は頷いた。

「大阪市西成区萩之茶屋《はぎのちゃや》三丁目●番△号浜島アパート二〇二」

「本籍は？」

「中野区新井一丁目□番◇号……」

「職業は？」

「元中学校教師、いまは無職です」三号は机を見つめたまま、答えていく。

絢音は確認のためにそっと手帳を開いた。本籍は基礎調査と一致している。まるで夢を見ているようだった。

「身元を証明するものは？」

「ありません」

「じゃ、どうやって撃ったのか教えてくれるかい？」

「河野さんがご夫婦でお孫さんのかけっこの応援をしていました。銃をクッションにくるんで、バッグに入れて近づきました。スタートの火薬の音と同時に、引き金を引きました。河野さんは腰に手をやってゆっくりと前かがみに倒れ、奥さんが腕をとって支えました。それを見て、とどめを刺そうと思って引き金をあと二回引きました」

「そのあと、どうやって逃げたの？」

「駅前に停めてあった自転車で世田谷通りを走って、多摩川を渡って、登戸《のぼりと》まで行きました。そこから小田急線の電車で……」

「拳銃はどこにある？」

「逃げる途中、多摩川の橋から川下方面に投げ捨てました」

朝倉の質問に、澱《よど》みなく答えていく。絢音はその言葉をパソコンに打ち込んでいった。

「ありがとう。じゃ、お弁当の時間にしましょうよ」

朝倉は追及をすぐに打ち切った。

弁当など食べていないで、もっと詳細を聞き出すべきだ。「片桐治夫は死んでいる」とぶつけたらどんな反応を示すだろうか。

狙撃犯三号は両手を合わせてから、弁当を食べ始めた。視線を上げることはない。黙々とすべてを平らげた。心の乱れは見られない。

朝倉はその様子を黙って見つめている。食べ終わった三号は割りばしの袋を縦に細く折り畳んだ。それを結ぶと、使い終わった箸を通して、再び手を合わせた。

弁当箱の上には、箸袋に通された割りばしが置かれた。

「ごちそうさまでした。続きを始めてください」

朝倉はちらりと弁当箱に眼をやると、瞼を閉じた。

「片桐さん。しばらく眼をつむってください」

「はい……」三号は朝倉に倣《なら》った。

「事件当日の様子を思い出して。そのときの気持ちになってくださいよ……。はい。じゃあ、目をそっと開いて、狙撃当日の朝からのことをこの便箋に書いてください。そのときの心情、見たもの、会った人、すべてを時系列にしたがって書いてください」

三号が鉛筆を握るのを確認して、朝倉が目配せした。二人で取調室の外に出る。

「絢音ちゃん。弟の片桐浩二をここに連れてきてよ。面通《めんとお》ししよう。できれば夕食の時間帯がいい」

「本部に連絡は……」

「ダメだ。この件は僕たち二人だけで進める。彼の証言には秘密の暴露もあるが、矛盾点もある。まだ誰にも言っちゃダメだよ」

朝倉は人差し指を口に当てた。

「分かりました」絢音は頷いた。頬を冷たい汗が伝《つた》う。

「何度も質問を繰り返されると、人間は記憶を作ってしまう。取調官も上から何度もプレッシャーをかけられると、事件を創作してしまうものだ。絢音ちゃんも焦るかもしれないけど、ここは慎重にいこうよ」

朝倉はいつもの調子で笑うと、取調室に戻っていった。

丸の内署に連れてこられた片桐浩二は不機嫌だった。

絢音が新宿にある片桐建設本社の社長室に押しかけ、「至急、ご確認頂きたいことがある」とだけ伝えて、半《なか》ば無理やり捜査車両に乗せたのだから無理もない。

「これは事件に関わる正式な事情聴取ですか？　もしそうなら弁護士に連絡したい」

従業員六百人を率いるオーナー社長は警戒心が強かった。先ほどから「弁護士」という言葉を三度も繰り返している。建設会社の社長に出頭を求める警察官は、捜査二課のサンズイ（汚職）担当と相場が決まっている。どうやら絢音をそれと勘違いしているようだ。

「ご安心ください。御社の業務とは関係ないことで、確認頂きたいことがあるのです。こんな時間ですから、お弁当も用意させていただきました」

絢音は刺激せぬよう、笑顔を織り交ぜて言った。

創業者の先代から引き継いだのち、浩二は個人商店だった片桐建設を全国屈指のサブコンに成長させた。大型重機による土木工事を得意とし、全国の大型公共工事を受注。オリンピック建設ラッシュの波に乗って業績を伸ばしている。守るべきものも多いのだろう。

署の五階、警備課公安係の部屋に浩二を連れ込んだ。

「確認いただきたい人が三人います。その人物は取調室に入っています。順番に見て、知っているかどうかおっしゃってください」

「そんなことか……」浩二は少し安心したように言った。

「まずこの男です」

絢音は取調室のドアの小窓を指した。椅子に座っているのはネクタイを外した副署長だ。

浩二は小窓を覗くと首を横に振った。

「知りませんな」

「結構です。次の部屋を見ましょう」

絢音は階段を一つ降りて、刑事課の取調室に向かった。ひったくり事件で取り調べを受けている被疑者だった。

「この男はいかがでしょう？」

「知らないね。見たこともない」

「では、もう一度上の階に行きましょう」

再び警備課の取調室に向かう。

「これが面通しですか。私が知っている人物がいるということですな?」

浩二が階段を昇りながら言った。

「さあ、そうとも限りません」

絢音は警備課の取調室の小窓を開け、浩二を促した。

「この人はどうです?」

取調室の椅子で、片桐治夫を名乗る三号がパイプ椅子に座って俯《うつむ》いている。絢音の眼は、浩二の横顔を捉える。

眉に力がこもり、ほんの数秒、凍り付いたように表情が固まった。

「……知らないな」浩二は顔を背けた。

「よく見てください」

浩二はもう一度、小窓を覗いたが、すぐに視線を絢音に戻した。

「誰なんだ? この人は?」

「ご存知なければいいのです。浩二さんにいくつかご確認したいことがあります。会議室でお弁当を食べながら話しましょう」

苗字ではなく、「浩二」という名前で呼べというのは、朝倉の指示だった。治夫との区別のために、そうしているのは、浩二本人が一番良く分かるはずだ。ちょっとした心理戦だ。

ひとつ階を昇って、浩二を会議室に入れた。机の上に赤坂の料亭に注文した幕の内の重箱が置いてある。絢音は熱いお茶を入れてやり、「すぐに戻る」と言って会議室を出た。

朝倉が隣の部屋で待ち構えていた。

「どうだった？」

「知らないといいました。ただ、明らかに最初の二人とは反応が違います。重ねて確認を求めても凝視することができない様子です」

「ほほう。お化けでも見た気分なんだろうね」

朝倉は嬉しそうに笑った。

特殊ガラスの向こうに会議室が見通せる。一人残された浩二はお茶を一気に飲みほし、何度か大きく深呼吸した。手を胸元で軽く合わせて、食べ始めた。

その動きに既視感がある。喉を通らないのだろう。浩二は半分ほど食べて、重箱に蓋をした。

「しばらく見ていようよ」朝倉が呟く。

やがて、浩二は箸の袋を手に取った。背を丸めて丁寧に折り畳んでいく。紐状《ひもじょう》になった袋を結ぶと、最後に割り箸を結び目に通した。

「朝倉さん、これは三号と同じ……」

「家族の食事の習慣は直らないものだよ。特に動揺しているときにはね。絢音ちゃん、大当たりだ。浩二さんからDNA採取の協力を取り付けてくれないか」

朝倉の目元に力がこもり、引き締まった表情になっていた。


体が悲鳴を上げている。足を踏みしめるたびに、振動が脳髄に響く。亀裂の入った上腕部は固定され、どうにもバランスが悪い。

筒見はトイレの鏡を見て舌打ちをした。右目の周囲は黒々と腫《は》れ上がり、恐ろしい容貌になっている。

病院の会計で診察料と三日間の入院代を支払い、玄関を出ると、杖《つえ》をついた小さな老婆が近づいてきた。

「酷いもんやな。ダンデーな二枚目が台無しや……」

朴尚美《パクサンミ》はむっつりした顔で、ぼそりと呟いた。

「これは年寄りを苛めた天罰でしょう。初めて患者として救急車に乗りました」

「なんで警察に言わんかったんや」

「病院に来た警官には言いましたよ。覆面男にやられたってね」

尚美はしばらく黙った。次の言葉を選んでいるようだった。

「分かってるんやろ。ほんまは……」

「さあ。顔は見ていませんからね……」

「堪忍してや……」尚美は深々と頭を下げた。「正龍《ジョンヨン》の歯が二本欠けとったから、問い質《ただ》したら、このザマや」

「不器用なガキだよ。まったく……」

筒見が鼻で笑って歩き始めると、尚美は少し遅れて付いてきた。病院の敷地を出て、閑散とした商店街を歩いた。

「あいつは差別と闘うんには暴力しかあらへん思い込んで育ってきたんや。これまでどんだけ事件を起こしたか……」

「憎しみは何も生まない。自分が苦しいだけだ」

筒見は顔を歪め、吐き捨てるように言った。

すると尚美はふと立ち止まって、高い秋空に目を細めた。

綿のような薄い雲がたなびいている。

「おらんのや……。治夫ちゃんがおらんようになってしもたんや」

尚美が呟いた。

「いなくなった？」筒見は足を止めた。

「一昨日から家におらんのや」

「片桐治夫さんは生きているのですね？」

「そや。あたしが治夫ちゃんに知らせたからや。あんたが調べていることを……。きっと治夫ちゃんは、警察に行ったんや。ひとりで背負い込もうとしているんや……」

そのとき、目の前に派手なメッキのホイールを履いた黒いワゴン車が止まった。運転しているのは正龍だった。

天王寺駅近くの超高層ビルを彼方に見ながら進むと車窓の景色は一変した。路上のいたるところに人々が寝ており、アンモニア臭が窓の隙間から流れ込んできた。

運転席の正龍は口を一文字に結んだままだ。時折、ミラー越しに鋭い眼を光らせ、後部座席の筒見の様子を覗《うかが》いながら、迷うことなくハンドルを切っている。

片桐治夫の家は、西成区釜ヶ崎、いわゆる「あいりん地区」にある古いアパートだった。色褪せたコンクリの壁。〈入居者募集・家賃二万三千円〉の貼紙が垂れ下がっている。

「二階や……」

車を降りた尚美は正龍の腕に捕まって、ゆっくりと階段を上った。二〇二号室の前に立つと、鍵をドアノブの穴に突っ込んだ。

六畳一間の部屋の真ん中にちゃぶ台がひとつ、その周りには文豪の仕事場のように古い本と書類が積み重ねられている。風呂はなく、トイレは共用。小さな台所には鍋と茶碗、曇ったガラスのコップがひとつだけ。

「ここで何を?」

「『大同江』辞めたあとはバタ屋（廃品回収業者）やってる。ご覧の通り、必要最低限の生活や」

書類の山にはハングルで書かれた文献のコピーも混じっている。朝鮮半島の地理や歴史に関する研究資料だった。スクラップファイルを開き、筒見はぐっと目を細めた。

「河野副長官狙撃事件」、「虎松の帰国」に関する新聞の切り抜きだった。要所要所に赤鉛筆でびっしり線が引いてある。

「この資料は？」

「これが、あたしらの最後の仕事や」

「最後の仕事？　あなたたちは何をやろうとしているのですか？」

筒見はちゃぶ台の写真立てを手に取った。

色あせた写真には、七三分けの痩せた男と浮き輪を持った五歳くらいの女の子が写っている。海水浴で撮影したものだろう。女の子は真っ黒に日焼けして、白い歯が輝いている。

尚美は鋭利な眼差しで筒見を見つめた。

「もう分かったやろ……。あたしらは戦後のけじめをつけるんや。日本の政府が隠そうとしていることを、あたしらがやる。あんた、治夫ちゃんを助けてくれへんか？　そのとき、全部話すわ。それを聞いてから、何が正義なんか判断したらええがな」

その表情には、侵しがたい凛とした決意が漲っていた。

片桐建設の社長室に唾を飲み込む音が響いた。

「そんなはずはない……。兄の遺体は二十年前に確認した。遺骨だって墓にある」

片桐浩二はＤＮＡ鑑定報告書を絢音に押し戻した。落ち着かない様子でソファから立ち上がり、執務机の椅子に座りなおした。

絢音はきっぱりと言った。

「間違いはありません。日本警察の科学捜査は世界でも群を抜いて正確です」

浩二の口腔内の粘膜を綿棒で採取してから五日が経過していた。「狙撃犯三号」からも同様に粘膜採取して、科学捜査研究所にＤＮＡ鑑定を依頼した。もちろん朝倉の伝《つて》で極秘裏に行ったものだ。

鑑定結果は睨んだ通りだった。

〈二人が生物学的な兄弟である確率は九十九パーセント以上〉

つまり狙撃犯三号は片桐浩二の兄・治夫に間違いない。

「大阪の西成警察で対面した遺体は紛れもなく……」

浩二の消え入りそうな声に、絢音は質問を被せた。

「もう一度お会いになって確認なさいますか？」

浩二は即座に首を振った。

「結構だ。兄も会いたくないでしょう。自分で出ていった人だからね。それより、あの人は何をやったのですか？」

「気になりますか？」

「罪を犯したのであれば、私の会社経営にも大きく影響する。報道されるようなことがあれば、株主に説明しなければなりませんから」

そのとき社長室のドアがノックされ、若い女の秘書が入ってきて、浩二に紙片を渡した。

「通してくれ。この人と同じ用件だ」

入口に視線を送った浩二の顔が驚愕の色に染まった。

頭に包帯を巻いた男が立っていた。右目が黒く腫れ上がり、左腕を吊っている。見るも無残な姿だった。

「筒見さん……」絢音も変わり果てた姿に絶句した。

「まったく、日本の役所は相変わらず縦割りだな。死んだはずの男が生きていたという小さな出来事を別々に調べるなんてね」

浩二は嫌味を言うことで、平静を装った。

「では、お聞きしましょう。先代は平安北道雲山郡で何をやられていたのですか？」

ソファに座った筒見は、壁に飾られた額縁の写真を見上げながら、唐突に切り出した。

立派な髭を蓄え、鼻眼鏡をかけた写真の人物は、片桐建設の創立者・片桐雄一《ゆういち》だ。

「私の祖父が雲山郡で商店を経営していて、父・雄一はその下で働いていた。内地の商品をもってきて、売りさばく仕事だ。その後、金の取引で財を成したと聞いている。当時、近くに巨大な金鉱床があったからね。日本の敗戦で全財産失ったそうだが……」

「あなたが生まれたのは終戦の二年前ですか」

「そうだ」

「終戦後の日本への引き揚げはさぞ大変だったのでしょう」

「私は覚えていないよ。あとで父に聞いた話では、三十八度線を越えるまでに、ロシアの兵隊と朝鮮人の盗賊に身ぐるみはがされて、餓死寸前だったそうだ。二歳の私を連れて逃げるのに、かなり苦労したのでしょうな。持って帰ったのは、そこにある父の眼鏡だけだったそうだ」

ガラスの飾り棚に、くすんだレンズの鼻眼鏡が置いてあった。

「ところで……」筒見は話題を変えた。「お兄さんとの間で何かありましたか？」

「どういう意味だ？」浩二が眉間に皺を寄せた。

「ご高齢で生存していたのに、健康状態はどうなのか、生活に不自由はないか。まるで質問がない。懐かしむ様子も会いたがる様子もない。まるで他人のようだ」

「三十年も会っていないと実感が湧かないものだよ。遠くの親類よりも、近くの他人って言うでしょう。子供の頃は仲が良かったのだがね」

浩二は悪びれもせずに言った。しかし右手の人差し指はせわしなく机を叩いている。

筒見は手の動きにちらりと目をやると、さらに質問を続けた。

「お兄さんの左手に火傷の痕があったのを覚えていますか？」

「ああ。かなり酷いケロイドになっていた。朝鮮で焚火《たきび》の残り火に手を突っ込んだと聞いているよ」

「左手はほとんど動かなかった」

「その通りだ」

「お兄さんが行方不明になって警察に捜索願を出したとき、なぜ、あなたはその特徴を言わなかったのでしょうか？」

それまで流暢に答えていた浩二が一瞬沈黙し、視線が宙を彷徨《さまよ》った。

「そうだったかね。私が言い忘れたのかもしれませんな……。そろそろ次の予定で出かけねばならない。失礼してよろしいかな？」

辻褄を合わせるように時計に目をやりながら、浩二はソファから腰を浮かせた。

「それは失礼。長居してすみませんでした」

筒見は立ち上がって頭を下げ、隣の絢音もそれに従った。

ドアノブをつかもうとした筒見が立ち止まった。

「片桐建設さんのほうで、今年初め、建設重機二十台と揚水機三十機、池袋にある人権ＮＧＯに寄贈しましたね？」

「そんなこともあったかね……それが何か？」

浩二の眉間に深い皺が寄った。

「あの重機は中国の大連港に輸出されました。その後、コンテナが別の船に積み替えられて北朝鮮の羅津港《ラジン》に向かったそうです。……余計なことを聞きました。この件についてはまたお話を伺いに参りますよ」

「さて、お昼にしましょう。今日は外に食べに行きませんか？　虎ノ門駅の近くなので少し歩きますが、美味い焼き鳥丼を食わせる店があるのです」

朝倉が微笑むと、治夫は黙って俯いた。

これまで治夫は新橋駅前のカプセルホテルに宿泊し、朝倉が付き添う形で見張っている。警視庁の施設に泊めないのは、のちのち「不当な身柄拘束」と指摘されるのを避けるためだ。

治夫の聴取は七日目だ。そろそろシロクロをはっきりさせて、吉良管理官に報告を上げねばならない。「南部式自動拳銃・大型乙」という秘密の暴露が存在する以上、何が何でも逮捕しろという圧力がかかるだろう。

治夫は狙撃の動機については語ろうとせず、犯行前日から当日の行動のみを淡々と話している。

〈事件前日の六月十二日夕刻、大阪から新幹線で上京。東京駅から丸ノ内線で新宿三丁目駅に向かい、駅近くの高級スーパーで拳銃を隠すための布の買い物袋を購入した。その後、新宿のカプセルホテルに宿泊し、翌十三日朝七時すぎにチェックアウトした。小田急線の各駅停車に乗車して、下北沢で下車、喫茶店でトーストを食べたのち、再び小田急線に乗った。祖師《そし》ヶ谷大蔵《やおおくら》駅で電車を降り、駐輪場で自転車を物色、カギのない自転車を見つけて、小学校の運動会会場近くまで行った……〉

カプセルホテルには確かに「片桐治夫」が宿泊した記録が残っている。朝食をとったという下北沢の喫茶店も説明通りの場所にある。

拳銃のスケッチを描かせると、治夫は「南部式自動拳銃・大型乙」を正確に再現した。スライド部分に刻印された独特の書体の「南部式」の文字、製造元の「東京瓦斯《ガス》電気工業」のロゴマークの形状まで寸分の狂いもない。その精密さが逆に不気味だった。だが、入手ルートについては、「釜ヶ崎で出会った男から三万円で購入した」としか言わなかった。

丸の内警察署を出て、三人で日比谷公園を歩いた。

「紅葉がきれいですね。今年は早く寒くなりそうですよ」

朝倉はこういったあと、視線を絢音に送ってきた。

「片桐さん。北朝鮮の気候は覚えていらっしゃいますか？　終戦時は八歳でしたね？」

絢音は治夫の顔を覗き込んで聞いた。

「あの年は暑かった……」消え入るような声だった。「人が人ではなくなった……」

「日本に帰るまでのこと、覚えていらっしゃいますか？」絢音が先を促す。

「ええ……断片的に覚えています。ロスケに犯される母娘の悲鳴。木に縛りつけられて置き去りにされた子供の泣き声。トラックに乗りきれなかった女の子が泣きながら追っかけてきた。夜中、山の中に年寄りと赤ん坊を置き去りにして耳をふさいで逃げたこともあった。みんな飢えて、病気になって、死んでいった……」

「お嬢さんに、引き揚げのときの話を聞かせたことは？」

絢音は初めて千夏のことを、治夫にあてた。

「いえ」治夫は小さく首を振って口をつぐんだ。

絢音は治夫の表情を観察しながら続けた。

「私たち若い世代には、当時の苦労をなかなか理解できないかもしれません。あまりに想像を絶する話です。確か、千夏さんも私と同世代ですよね？」

「娘の話はやめてください。とうの昔に縁を切っている」

治夫は表情を曇らせ、この話題に蓋をした。

不自然だった。しかし執拗に追及すれば、千夏に注目していることが、治夫から伝わってしまうかもしれない。とりあえずはこの程度で引くしかない。

朝倉は携帯電話を耳に当てて、すぐに切ると、小鼻を人差し指で掻いた。

「治夫さん、そろそろやめにしましょうよ。あなた、誰かを守ろうとしているのではありませんか？」

「いえ……」老人は動揺したように視線を落とした。

「あなたは撃っていません」朝倉は珍しく強い調子で言った。

「撃ちました……」

「いま、ここまで歩く間に、運動会の会場にいた目撃者二名に面通しをしてもらいました。二人ともあなたのことをシロといっています。狙撃犯はもっと若くて、背の高い人だ」

治夫は無言のままゆっくりと後ろを振り返った。

日比谷公園にはサラリーマンたちがくつろぐいつもの光景が広がっている。平田と関根が二人の目撃者とともに、その中にいることを治夫が気づくことはないだろう。

「撃ったのは私です」

「あなたは事件当日、西成のアパートにいたじゃないですか」

「え……」

「あなたは新聞を三紙とっていますね。そのうち毎朝新聞が狙撃事件当日、六月十三日の昼ごろに集金に行きました。いつもあなたは釣銭がないよう、お金を袋に入れて支払うそうですね。事件当日もあなたは玄関先で袋を渡しています」

「何かの間違い、勘違いでしょう……」治夫は首を振った。

「これがその証拠です」

朝倉の掌にある新聞販売店の領収書には「六月十三日」のスタンプが押してあった。治夫はちらりと見ると、視線を逸らした。

「そうですか。もうそこまで……」

治夫は吹っ切れたように、青空を見上げた。

この領収書は筒見が西成のアパートで見つけたものだ。筒見は片桐建設を出たあと、絢音に大阪での調査結果を伝えた。そしてこの領収書を渡し、「治夫にぶつけてみろ」と言い残して去っていった。聞きしに勝る捜査能力。さしもの朝倉も完敗だった。

「あなたは撃っていない。上にはそう報告します。ただ、あなたは狙撃犯が誰だかを知っている。その人物を守ろうとしている。違いますか？」

いつもはしょぼついている朝倉の眼が妖しく光った。

肉塊を口に吸い込んでいく様は、血に飢えた蛸入道《たこにゅうどう》のようだった。

午後九時すぎ。溜池山王《ためいけさんのう》のステーキハウスの個室は、カトラリーの音だけが響いていた。外務省随一の美食家と言われる飯島は、重要な会合では必ず肉を食らう。それもサシの入った柔らかい和牛ではなく、乾燥熟成させた赤身を好む。その肉汁が老練な外交官の闘争心を掻き立てるのだろう。

左腕を使えない筒見は、肉を切って出すよう店員に頼み、右手でフォークを握っていた。

「いったい、どうしたのです？　その顔は……」

飯島は小さな眼で、腫れ上がった筒見の顔を一瞥して言った。

「つまらん犯罪に巻き込まれましてね……」

「良からぬことに首を突っ込んでいる証拠ですよ。どうですか、そろそろニューヨークにお戻りになっては……」

こういったあと、飯島は大きな肉塊を口に放り込んだ。

「私の行動にお気に召さないことでも？」

筒見はフォークを皿に置き、ナプキンで口元を拭った。

その様子を見つめながら、飯島は肉をゆっくりと咀嚼《そしゃく》し、ごくりと音を立てて飲み込んだ。そしてナパバレー産の「ポートフォリオ二〇一〇年」を口に含み、舌に絡《から》んだ脂《あぶら》を胃袋に流し込んだ。

「……片桐建設に触れるのは、一切やめていただきたい」

低い声でこう言ったあと、飯島は分厚い唇を舐めながら、次の肉塊にナイフを突き立てた。

「さすがに平成の政商だ。もう首相官邸に泣きついたのか」

「片桐浩二は能島総理の有力な支援者なのはご存知ですね。これは外務審議官としての命令です」

居丈高な言いぶりに対して、筒見は冷ややかな薄笑いを浮かべた。

「片桐は今年初めに鉱山開発に使う建設重機と水力発電所用の揚水機を北朝鮮の羅津港に輸出しています」

「それは初耳ですな」

「池袋の人権NGOに寄贈し、いったん中国に輸出した形をとっているが、明らかに制裁違反だ。いずれ国連の北朝鮮制裁委員会からの指摘を受けることになります」

「調べてみましょう」飯島は生返事をした。

「片桐は能島総理の意向を受けて動いているのではありませんか？ 重機と揚水機のコンテナは羅津の倉庫に留め置かれたままです。反体制派のクーデターが成功した時に備えているのでは……」

「個別の企業活動に我々はタッチしません」

飯島は途中で話を遮ったが、筒見は止めなかった。

「片桐建設の狙いは国交正常化後の北朝鮮のインフラ整備ではないのですか。国益だと綺麗ごとを言うが、結局は利権だ」

筒見の執拗な追及に、飯島の小さな目が冷酷な光を帯びた。

「利権の何が悪いのですか？　片桐の得るものなど些細なものです。いいですか、筒見さん。日本の対北朝鮮外交は植民地支配への贖罪とか、安全保障上のリスク軽減という文脈《コンテクスト》で考える時代は終わったのです。これからは資源外交《リソースディプロマシー》です。いま動かねば東アジアの地下資源は中国に独占されます」

飯島は外交官らしく英語混じりで捲《まく》し立てた。

「目的はあのモナザイトですか……」

「我々は常に高度な外交判断に基づいて動いています。これ以上、突っ込まないで頂きたい。あなたの身のためです」

「総理の支援者が利益を得るのが正当な外交判断と言えますか？」

筒見が食い下がると、飯島は「もう結構だ」とばかりに両手で遮った。

「外交官の私と警察官のあなたでは信条がかみ合うわけがない。ただ、私たちは国家国民のために外交をしている。十手捕縄《じってほじょう》的な近視眼で外交を見るのはやめてください。……今日はこんな話をするために呼んだのではありません」

こう言って飯島は椅子から立ち上がった。

「実は筒見さんにお会い頂きたいゲストがいるのです」

含み笑いを浮かべた飯島が、個室のドアを開けると同時に、筒見は嵌《は》められたことを悟った。

――虎松健介。

土色の肌、生気なく立ち尽くす様は、まるでうち捨てられたマネキン人形だ。その顔は、喜びも悲しみも凍てついたかのように無表情だった。

「ご存知ですね。帰還した英雄、虎松さんです。こちらは、伝説のスパイハンター、筒見さんです」

飯島は冗談めかして互いを紹介した。

「初めまして……。筒見さんのことは一方的に存じ上げています」

虎松は深々と頭を下げた。

筒見は軽く顎をあげただけで、虎松の眉間のあたりに寒々とした視線を突き出した。

「うおっほん」重苦しい沈黙に耐え切れぬとばかりに、飯島は大きく咳払いした。

「……まだ発表していませんが、虎松さんはきたる総選挙に憲政党から立候補することを決断された。能島総理は看板候補ができたとお喜びです。筒見さんにも応援していただきたい。あなたの古巣からつまらぬ邪魔が入らないようにね」

「なるほど、そういうことですか」

筒見は皮肉をこめた苦笑いを浮かべたが、飯島は満足げに頷いた。

今日の飯島の話は、すべてつながっているのだ。

虎松は片桐建設の支援を受けて衆院選に出馬する。そんな中で、外事二課の不穏な動きを察知して、虎松を守るよう筒見に迫っているのだ。生臭い指示は一切言葉にしない。狡猾な官僚らしいやり方だ。

「趣旨はご理解いただいたようですね。お二人は決して水と油ではないと確信しています。……あ、電話が入りましたので、ちょっと失礼します」

飯島が電話を持っていそいそと席を立つと、個室は静まり返った。

先に口を開いたのは虎松だった。

「飯島さんは私が尊敬する外交官です。能島総理の信任も厚い。今日は筒見さんにご挨拶して、揺るぎない信頼関係を作るようにといわれました」

虎松はこう言ったあと、口角に奇妙な笑いを浮かべた。壊れた機械のような顔つきだった。

「政治家になって何をするつもりだ?」筒見は挑戦的な口調で尋ねた。

「私も立候補を打診されてようやく決断した次第でして、当選後のことまで考えていません。人生何が起きるか分からないものですね」

「内閣参与を引き受けた時から、予想していたはずだ」

「そうかもしれません……」

虎松は視線をテーブルに落とした。注がれたビールに手を付けず、立ち上る泡をじっと見つめている。

「虎松さん」筒見はテーブルを指先で叩いた。「……あんた、選挙に出る前に明らかにすべきことがあるだろう」

「なんです?」

「フジサキミヨコは何者だ」

「………」

「あんたが救助されたとき、抱いていた頭蓋骨だ」

「………」虎松はビールのグラスを見つめたまま押し黙った。

「次の質問だ。本当に能島政権の秘密交渉のおかげで北朝鮮から解放されたのか？」

筒見の口調はもはや尋問だった。

「どういう意味ですか？」

「日本政府はあんたを見捨てていた。何もしちゃいないさ」

「私が嘘をついているとでも？」

「美談の共同執筆者である可能性もある」

「じゃあ、なぜ私は解放されたのですか？」

「それをあんたに聞きたい。どうも、このあたりに何かが引っかかっている……」

筒見が掌で胸元を二回叩くと、虎松は初めて暗い目をあげた。

「もしかして筒見さんは、私が北朝鮮と繋がっているとでも思ってるのか？」

「違うのか？」筒見は鼻で笑った。

「残念だ。本当に残念だ……」

虎松はネクタイを外しながら立ち上がった。部屋の温度が瞬時に高くなった。

「この体を見ろ！」

虎松はワイシャツの前を両手で引き裂いた。ボタンが弾け飛んで床に転がった。

胸から腹にかけて無数の傷跡。熱傷や裂傷の痕だろう。傷口に肉が盛り上がり、凸凹で乳首は捩《ねじ》れている。無残で醜怪な裸体だった。

「この現実を直視しろ！　私が北朝鮮でどんな目に遭い、どうやって生き延びたか分かるか。私はあの国を憎んでいる！　すべてを奪ったあの国を！」

虎松の絶叫が響いた。目は吊り上がり、歯を剝き、いまにも飛びかかってきそうな形相《ぎょうそう》だった。胸元で銀のネックレスが揺れている。

「奥さんが死んだのも北朝鮮のせいなのか？」

筒見は、ネックレスにぶら下がる筒型の塊を見つめながら静かに言った。

「…………」虎松が言葉を探した。

その様子を見計らって、筒見は問いを重ねた。

「あんたは怒りの矛先《ほこさき》をすり替えているだけではないのか？」

互いの視線が絡み合った。

そのとき、個室のドアが開いた。

「いやあ、すみませんでした。総理の質問に答えなくてはいけなくてね……ど、どうしました？」

飯島は入口で立ち尽くし、虎松の裸に目を丸くした。

「すばらしい見世物でしたよ……」筒見の乾いた拍手が響いた。「そのパフォーマンスは選挙運動で有効だ。虎松さんは政治家に向いている。ただ、演説のたびにワイシャツを引き裂いていては不経済かもしれませんがね。まあ、ご健闘を祈ります」

丸めたナプキンをテーブルに放り投げ、筒見は立ち上がった。

「筒見さん……」背中に虎松の声が聞こえた。「権力には逆らわないほうがいいぜ。これは経験者からの忠告だ」

底冷えするような響きを持つ声だった。

筒見がステーキハウスを出て、トレンチコートを羽織ったとき、隣に長身の男が立った。

「こんばんは……」飯島の秘書、辰巳仁がぺこりと頭を下げた。

「こんな時間まで待ってるのか」

「今日で最後です。人事異動で儀典外国訪問室に行くことになりました。飯島外審に希望をかなえていただきました」

「人使いの荒い蛸入道からは早く逃れたほうがいい」

「私は派遣員あがりですから外務省では末端中の末端です。早くロジ屋の修業を積みたいと思っておりました」

儀典外国訪問室は、総理や外務大臣の外遊の際にロジスティクスを統括する部署で、いわば省内旅行代理店だ。辰巳のような派遣員から採用された者や国家三種採用組は外交交渉の現場ではなく、「ロジ屋」として生きていくものが多い。

「筒見さん、ハイヤーをご用意しておりますので、お使いください」

辰巳が指さす先に、黒塗りが停まっている。

「いや、結構だ」筒見はタクシーを止めた。

「では、お元気で。またどこかでお会いしましょう」

差し出された辰巳の右手を握った。色白で細身の体の割に、掌は分厚く、皮膚が硬かった。

午後七時、絢音と朝倉は、丸の内署で一日の聴取を終えて、片桐治夫を挟む形で新橋のカプセルホテルに向かっていた。治夫は相変わらず「私が撃ちました」と言い張り、真相を語ろうとしない。

「絢音ちゃん、後ろやられてるね……」朝倉が小声で言った。

「ええ……そのようですね」

「後ろをやられる」とは、尾行がついていることを意味する。丸の内警察署を出たときから、絢音も首筋に刺さるような視線を感じていた。

互いに視線で合図して左手の帝国ホテルに入った。フロントを横切ると、地下への階段を下りた。地下アーケードを足早に通り抜ける。治夫は不安な顔も見せず、黙ってついてくる。

本館から地下通路を使って、別棟のタワー館に出ることができる。これは尾行者を撒《ま》くための「籠脱《かごぬ》け」という技術だ。追尾対象が建物に入ると、訓練を受けた尾行者たちは中まで追わず、建物の出口をすべて固める。その隙に別のビルから逃れることができれば、籠脱けは成功だ。

「片桐さん……こっちへ」朝倉が男性用トイレに向かった。

絢音は入口に立ち、尾行者を警戒する。

洗面の前で、朝倉が手帳に何やら書き込みながら言った。

「緊急連絡先をお渡しします。このあと何かあったらここに……」

朝倉はそのページを破り、小さく折りたたんで治夫に渡した。

「はい」治夫は紙をズボンのポケットに入れようとした。

「ダメです。靴底に入れてください」

朝倉が言う通り、治夫は靴を脱ぎ、中敷きの下に紙片を入れた。

「では、行きましょう」

地下通路を抜け、治夫を両脇からひっぱるように階段をのぼってタワー館の地階に出た。歩きながら、周囲に視線を走らせる。監視している者はない。玄関ドアの向こうに見えるタクシーを目がけて走った。

「やあ、島本さん！」

背後の聞き慣れた声に絢音は立ち止まった。

ズボンのポケットに両手を突っ込んだ吉良が柱に寄りかかっていた。赤い唇の隙間から、二股に分かれた舌が出てきそうであった。

「これから本部で緊急会議があります。お二人にも是非お越しいただきたい」

吉良は慇懃《いんぎん》な口調で言った。

周囲を囲まれている。全部で五人。ゆっくりと輪を縮めてきた。見たことがない男たちだが、警察官であることだけは、服の着こなしや目つきで判別できる。

「狙撃犯三号さんを宿泊先へ送り届けてから、本部にいきますよ」

男たちに視線を走らせながら、朝倉が言った。その手はしっかりと、治夫の腕を支えている。

「その心配は無用だ。片桐治夫さんの身柄は、我々に任せなさい」

「片桐治夫」の名を吉良に知られている。その勝ち誇った顔に、絢音は虫酸《むしず》が走る思いだった。

吉良が顎で合図すると、男たちが朝倉と絢音を突き飛ばし、治夫の腕を奪った。

そのとき、治夫が崩れるようにその場にしゃがみこんだ。

「……すみません。急に走ったものだから……胸が……すこし」

脂汗が額に浮かび、顔が血の気を失っている。

「警察病院に連れていって、医師の診断を詳細に聞いてきてくれ。明日一日耐えられるかどうかを……」

吉良が指示すると、すぐに捜査車両が車寄せに滑り込んだ。男たちは治夫を後部座席に寝かせると、車で走り去った。

「明日一日？　どういうことですか、管理官」絢音は怒りを抑えて聞いた。

「これから本部で話します」

絢音にねっとりした視線を残して、吉良は歩き始めた。

「あいつ、また何か企んでいるな。面白そうだから行ってみよう」

朝倉は余裕の笑みを浮かべた。

警視庁本部十四階公安部会議室のドアを開けると、三十人ほどの捜査員が一斉に振り向いた。絢音と朝倉は、入口で敬礼し、一番後ろに着席した。前方には、西川課長が腕を組んで目を閉じている。その張りつめた空気に、ひどく不吉な予感がした。

「よし、これで全員そろったな」

吉良がホワイトボードの前に立った。

「明朝、強制捜査に着手する。被疑者は『狙撃犯三号』、河野副長官狙撃を名乗り出ている男だ。氏名・国籍・生年月日・職業いずれも不詳。現在、体調不良を訴え、病院で診察中だ。被疑事実は、氏名不詳者は一昨年六月から本年七月にかけて西成区内の医療機関を受診した際、斎藤道夫《さいとうみちお》名義の健康保険証を提示して、二十二回にわたって自己負担分を除く医療費十二万円の支払いを免れた詐欺容疑。現在、東京地裁において捜索差押許可状の請求中だ。捜索対象は自宅、大阪市西成区萩之茶屋三丁目●番△号浜島アパート二〇二。および大阪市天王寺区下味原町○番×号、焼肉大同江の店舗、および有限会社・三興《さんきょう》代表取締役・朴尚美の自宅だ。質問があるものは挙手！」

治夫の自宅を家宅捜索――。「狙撃の嫌疑なし」と報告したばかりなのに。それに、捜査対象に含まれている朴尚美は筒見に協力している焼肉店の経営者ではないか。

不敵な笑いを浮かべる吉良と視線が交錯した。吉良は別の捜査班にも、治夫周辺を調べさせていたのだ。

「質問です」絢音は手を挙げた。「……朴尚美という人物の自宅が捜索対象に含まれているのは何故ですか？」

「斎藤道夫名義の健康保険証は、一九九二年に朴尚美が代表取締役を務める有限会社・三興が資格取得届を年金事務所に申請、全国健康保険協会から発行を受けている。朴尚美は狙撃犯三号の名目上の雇用主で、住居の契約者でもある」

吉良は待ち構えていたかのように答えた。

従業員を健康保険と厚生年金保険に加入させるとき、事業主は「被保険者資格取得届」に記入して、年金事務所に申請する。住民票などの添付は求められないので、事業主が本人確認をしていなければ偽名での申請は通る。片桐治夫は戸籍上、死亡しているため、病院の診察を受けるには、朴尚美の会社の従業員として偽名の健康保険証を取得するしかなかったのだ。

透《す》かさず、朝倉が手を挙げて立ち上がった。

「片桐については、狙撃事件当日のアリバイがあります」

「余計なことを言うな！　それは押収資料の分析で確認すればいい」

吉良がヒステリックに声を上げた。

「別件でガサを打って、狙撃事件の供述を固めようという考えは姑息ですよ」

「そこに犯罪があれば我々は捜査する。このガサは警察庁警備局《ビキョク》も、地検も了承済みだ。あとは裁判所が法と証拠に基づいて令状を発布するだけだ」

吉良に分《ぶ》があった。

朝倉は眉を八の字にすると、溜息《ためいき》をついて座った。

「この捜索は狙撃事件の捜査だけが狙いではない」

腕を組んだまま瞑想していた西川課長がようやく口を開いた。

「……朴尚美は朝鮮総連商工会の会員であるとともに、北朝鮮に親族がいる土台人《どだいじん》だ。在日工作員グループ『千里馬《チョルリマ》』の構成員だったとの情報もある。よって、より緻密な捜索を実施してくれ」

「チ、千里馬……。あの対外情報調査部直轄といわれた……」

絢音の驚愕の表情を見て、西川は黙って頷いた。

「千里馬グループ」は一九八〇年代初めまで活動していたとされる在日土台人の工作

組織で、韓国当局に摘発された北朝鮮工作員の供述から明らかになった。対南工作を担当する朝鮮労働党対外情報調査部の指揮下で、北朝鮮工作員が韓国に侵入するための偽装用の身分選定などを担当していたといわれている。構成員はすべて死亡したとされていたが、残党が生存しているとの情報もあり、全国の外事捜査員の間では伝説的な存在となっている。

千里馬の生き残りである朴に筒見が接触していた証拠でも出てきたら、ますます厄介なことになるではないか。

「本件捜索は完全秘匿にて行う。一時間後、マイクロバスで大阪に出発する。今夜は車内泊。着手は午前八時だ。以上、準備にかかってくれ」

吉良の号令で捜査員は散った。

絢音は会議室を抜け出すと、非常階段のドアを開け、踊り場で筒見に電話をかけた。呼び出し音が鳴る。

早く出て――。

「島本さん、ここで何をやっているんだ」

振り向くと吉良が立っていた。

「今晩友人と約束があったので、キャンセルの連絡を……」

「そうか……。先ほど片桐治夫が病院から消えたそうだ」

吉良は他人事のように平然と言った。

「消えた？　逃げたということですか？」

「心当たりがあるだろう」

「知りません！」

絢音の頭の中に、朝倉が渡した紙片が思い浮かんだ。まさかあの紙が……。

「知らなければ結構だ。金も持たずに、そう遠くまで行けないはずだから、じきに捕まるでしょう。西成のアパートの捜索には、大家を立ち会わせればいい……」

吉良に焦りの色はない。これから強制捜査を行う被疑者に逃げられたというのに、この落ち着きぶりはなんだ。

「そんなことはどうでもいい。あなたの携帯電話を出してください。保秘徹底のために、回収します。捜索完了まで、外部との通信は一切禁止です」

こういって、吉良は掌を差し出した。

絢音は観念して携帯を渡した。二重にパスワードがかかっているし、筒見の番号は偽名で登録してある。

携帯電話のことより、絢音は治夫の行方と、吉良の態度のほうが気になった。

朴正龍《パクジョンヨン》が筒見に電話をかけてきたのは、時計の針が午後十一時を回った頃だった。

〈筒見さんか？　うちの前に妙な車が止まっとるんや。ポリは何か動いてるんか？〉

挨拶もなく、尖った口調で切り出した。

「乗ってるヤツを引きずり出して特殊警棒でぶん殴ればいい。俺にやったみたいにな」

　ちくりと刺す。

　正龍は〈すまんかった〉と、苦しげに吐き出し、押し黙った。

「で、どんな車だ？」

〈ワゴンのレンタカーや。男が二人乗ってる〉

「ハルモニはどうしてる」

〈体調崩して寝てる。昼間、低血糖で倒れたんや。親父は店が忙しくて……〉

「一一〇番にかけて、不審人物が家の前にいると言え。すぐにパトカーが来る。ワゴンに乗ってる連中が警官とどんなやり取りをするか見てろ」

三十分ほどして、再び正龍から電話があった。

〈おまわりが車の運転手に敬礼して帰りよった。やっぱりポリの車や〉

「夜が明ける前に、救急車を呼べ。行きつけの病院にハルモニを入院させるんだ。あとのことは俺が考える」

〈分かった……。ハルモニに電話かわる〉

電話の向こうから朴尚美の弱々しい声が聞こえた。

〈筒見さんか……〉

「どうも様子がおかしいから、病院に入院してください」

〈あたしの口を封じたい連中がおるみたいやな。そのまえにあんたに大事なことを伝えておきたい。正龍に預けとくから、朝一番の新幹線で来て、受け取ってくれ……。ほな、あとは頼んだで〉

筒見が鶴橋に到着した時には、午前九時を回っていた。『焼肉・大同江《テドンガン》』の前は規制線が張られ、背広姿の男たちが建物に出入りしている。

店の前に、正龍の金髪が見えた。地面の一点を見つめたまま立ち尽くしている。アスファルトに黒い染みが広がっていた。

「『大同江』で、何かあったのか?」

口をぽかんと開けて立ち尽くす近所の老人に筒見は尋ねた。

「ハルモニが落ちたんや。あっこの窓から……」

正龍がいる場所の真上、三階の窓を老人が指さした。

そこは尚美が寝ていた部屋だ。開け放たれた窓に、絢音の顔が見えた。一瞬眼が合ったが、絢音が気まずそうに眼をそらした。

昨夜、ワゴン車で張り込んでいたのは外二《ソトニ》だったのか。筒見はその場を立ち去った。

昼過ぎ、正龍から電話があった。指定された鶴橋駅前の喫茶店に行くと、ひどく憔《しょう》悴《すい》した正龍が待っていた。

「ハルモニが……死にそうや」

逆立っていた金髪もしおれている。

「病院に連れていかなかったのか……」

「朝六時に救急車がうちに着いたら、警視庁がどやどやっと捜索に踏み込んできたんや。そしたら、ハルモニがポリを突き飛ばして、窓から……」

「飛び降りたのか？」

「ああ……」

「オヤジさんは？」

「捜索に立ち会っとる。家の中がめちゃくちゃや」

正龍は涙を拭いながら、時代遅れのマイクロカセットレコーダーを差し出した。

「これ、ハルモニからや。夜中に部屋で録音しとった。筒見さんに渡せって」

中にテープが入っている。筒見は再生ボタンを押した。

スピーカーから何度か咳払いが聞こえた。

〈……あんたには話しとかんといかん気がするんや……。あたしが生まれたのは、あんたの言う通り、いまの北朝鮮、平安北道《ピョンアンプクト》雲山《ウンサン》郡や……〉

尚美は、だみ声で静かに語り始めた。

テープは四十分あまり。尚美の半生と、戦後の混乱期の闇に葬り去られた「ある女」の存在が語られていた。筒見と正龍は途中から目を閉じて聞き入った。

再生が終わると、正龍が呟いた。

「ハルモニと治夫さんは、フジサキミヨコさんを北朝鮮から助け出そうとしていたんや……」

「これが二人の戦後のけじめだったのか」

筒見の目を見て、正龍は深々と頷いた。

尚美の告白には、想像もしなかった世界が広がっていた。虎松が抱いていた頭蓋骨＝藤崎美代子という女の悲しい運命こそが、すべての発端だった。

テープを聴き終わった、ちょうどそのとき、筒見の携帯電話が鳴った。

〈片桐治夫といいます。朝倉警部補からあなたに連絡するように言われました……〉

　捜索開始から七時間がたっていた。絢音たちはタンスや押し入れはおろか、天井板を引きはがして屋根裏までくまなく捜索したが、何も出てこなかった。めぼしいものといえば、焼肉店の帳簿やハングルで書かれた手紙、戦時中の朝鮮で撮られた写真程度だった。あとは孫の写真や趣味で集めていたという切手、旧紙幣や古銭など、押収対象にならないものばかりだ。

それにしても、まさかの失態だ。吉良を先頭に、三階の朴尚美の部屋に踏み込んだ。令状を示した途端、小柄な老女は吉良を突き飛ばして、開いていた窓から飛び降りた。少林寺の達人と称する吉良は尻餅をつき、なす術《すべ》もなかった。

片桐治夫の逃亡を許し、今度は尚美の飛び降り。度重なるミスを犯したのがノンキャリ管理官なら即左遷され、所轄を回りながら警察人生を終える「人工衛星」になる。だが、「捜査体験中」のキャリアのミスは矮小化《わいしょうか》される。今後、何事もなかったかのように出世していくに違いない。

絢音は尚美の長男・正植《ジョンシク》のことが気になっていた。捜索の立会人として居残るよう吉良に命じられ、病院に搬送された母親に付き添うことすら許されないのだ。

「絢音、出たぞ」

和室のほうから平田の声が聞こえた。

捜査員たちが畳を持ち上げ、床下を覗き込んでいる。

「なんです、これは？」

畳の下がくりぬかれていて、黒い箱がすっぽりとはめこまれている。取り出すと、大きな南京錠で鍵がかかったブリキ箱だった。

「開けよう……。誰かできるか？」平田があたりを見回す。

それまで、所在なさげに室内をうろついていた朝倉が箱の前にしゃがみこむと、南京錠の鍵穴を覗き込んだ。

「簡単だよ。絢音ちゃん、安全ピンある？」

絢音が腕章の安全ピンを外して渡すと、朝倉は針を鍵穴に突っ込んだ。南京錠は十五秒ほどで開錠された。固着した蓋を二人がかりで引き剝がすと、黄ばんだ新聞紙になにやら包まれている。弁当箱ほどの大きさのものが四つ。

絢音は新聞紙の中から出てきたものを持ち上げた。

「これは無線送受信機ですね……」

続けて、ほかの包みも開ける。

「こっちは自動送信機……、数字用穿孔《せんこう》機、こっちは……変圧器ですね。真空管式で、高速打電が可能なソ連型です。おそらく三、四十年前のものです」

平田は尚美の長男・正植に向き直った。

「これは北の工作員が使う通信機器です。これは誰が使っていたのですか？」

「知らん……」

正植は敵意に満ちた眼をしていた。

「あなたのお母さんが本国との通信に使っていたのではありませんか？」

「わしゃ、答えるつもりはないで！」正植が怒鳴った。

そのとき、伝令担当の捜査員が血相を変えて入ってきた。

「管理官。朴尚美が……」

耳打ちされた吉良はわずかに笑みを浮かべた。

伝令担当は両手の人差し指でバツ印を作り、小さく首を振った。尚美が死んだのだ。貴重な証人を失い、これで狙撃事件の真相は藪《やぶ》の中だ。

吉良はすぐに真面目な表情を作り直すと、正植に向かって深々と頭を下げた。

「お母さんはお亡くなりになったそうです。ご愁傷様です」

正植はその場で泣き崩れた。

震える背中を吉良は冷ややかな目で見つめた。

「あと三十分で撤収だ。押収品目録を整理しろ」

突然捜索打ち切りを宣言すると、吉良は階段を下りていった。

なんだ、先ほどの吉良の微笑みは。あの顔は捜査対象が死亡した時に見せるものではない。目的を達成した時の満足の表情だ。

窓際では朝倉が腕を組み、外を眺めていた。近くの交差点では制服の警官が規制線を外し始めていた。

「あれ、見てごらん……」

朝倉が眉を動かし、下に視線を誘った。

建物の下で、吉良が携帯電話を操作している。絢音の眼は吉良の指先の動きに吸い寄せられた。

「覚えておくといいよ」朝倉は片目を瞑《つむ》った。


〈……ほんま、国家いうのは残酷なもんやな。北朝鮮だけやない。日本も酷い国や。まあ、ええわ。最初から話そか。

あたしは日本統治下の朝鮮、平安北道雲山郡のある町で生まれ育った。近くに東洋一の金鉱床があって、黄金の町と呼ばれとったんや。

片桐治夫は近所の大きな商店の息子で、あたしの父《アボジ》がそこの番頭しとった。

当時は次世代の朝鮮人の若者を育てようということで、日本人の小学校に朝鮮人学童がほんの少しいた。あたしもその一人、六年生の時に、治夫が入学してきたんや。背ぇ小さくて、色白で可愛い子やった。

日本人の境遇が変わったんは一九四五年八月十五日、終戦や。本土では空襲も終わり平和の訪れやったかもしれんけど、朝鮮の在留日本人にとっては悪夢の始まりやった。三十八度線より北に住んでた日本人二十八万人は閉じ込められ、地獄に突き落とされたんや。

植民地支配の抑圧から解き放たれた朝鮮人は自主独立に沸き、劇場で建国祝賀会を開いた。「万歳《マンセー》」と連呼しながら行進する群衆の中に身を置いたとき、子供やったあたしでも興奮したもんや。群衆は太極旗振って、日本人が建てた神社を焼き払った。保安隊が日本人の家や財産を取り上げ始めた。日本人にとって植民地は一夜にして異国になったんや。

日本人たちは息を潜《ひそ》めて暮らし、やがて食うに困るようになった。片桐一家も屋敷を取り上げられて、町の旅館に収容されて、ほかの日本人と集団生活を送るようになった。

治夫はいつも腹を減らしてて、あたしが食べ物を分けて食べさせたりしてたんや。ソ連軍の侵攻が始まると、北から日本人の避難民がどんどん流れ込んできた。老人は暑さにやられて行き倒れになり、赤子は置き去りにされた。

攻め入ってきたロスケは、日本人を略奪、暴力の対象にした。特に坊主頭の囚人部隊のタチが悪かった。日本人の女たちは次々と連れ去られ強姦された。日本人の母娘をロスケが連れていくのを見たとき、複雑やったよ。同じ女として悔しかった。でも朝鮮民族から国を奪った日本人への天罰やとも思った。

日本人の女たちは髪を切り、顔に炭を塗って男装することで身を守った。そして男たちは妻や娘を守るために、日本人芸者に目をつけた。当時、町の料亭に芸者が六人いた。彼女らに金を渡し、ソ連兵たちの相手をするよう頼んだ。日本人女性の貞操を守るために犠牲になれと——。

真っ先に受け入れた芸者が一番若かった藤崎美代子やった。美代子はもともと片桐家の離れに住んでいた。まだ二十歳くらいの綺麗な人やったけど、両親も兄弟もおらん、天涯孤独の人やった。いま思えば治夫の親父・雄一のお妾《めかけ》さんやったんやなあ。

美代子は内地で絵の勉強をしていたらしく、私と治夫は二年位前から絵を教わっていた。美代子はあたしのこと「ナオミちゃん」、治夫のこと「ハル坊」って呼んで可愛がってくれたもんや。

ロスケが旅館に来て女を探し始めると、美代子は着物姿で前に立った。そりゃあ、ロスケたちは喜んだわ。美代子はでっかい毛むくじゃらのロスケたちに連れていかれて、夜中、ぼろぼろになって帰ってきた。そして、ロスケにもらった黒パンを治夫に分け与えた。あとはずっと朝まで泣いてた。

片桐家は美代子の持ってくるパンで飢えをしのぎ、女たちは美代子のおかげで貞操を守ったんや。まさに生贄《いけにえ》や。でも、日本人たちは感謝するどころか、ロスケたちに体を売る女と侮蔑《ぶべつ》した。

それでも彼女は女たちの盾になり続けた。やがて、美代子は梅毒にかかった。ロスケも寄り付かなくなった。日本人たちは美代子を旅館の蔵に隔離した。彼女はそこで朝鮮の厳しい冬を越した。あたしがこっそり食べ物をあげて看病したんや。

残留日本人たちが町を離れ始めたのは、終戦から一年以上たった一九四六年九月のことや。美代子と治夫にお別れを言おう思て見送りに行ったんやけど、トラックの荷台に分乗する日本人の中から美代子を見つけ出すことが出来なかったんや。

その晩、どうも気になってなあ。旅館の蔵に行ってみた。そしたら、真っ暗闇に美代子が置き去りにされてたんや。そのとき、あたしは気づいた。美代子のお腹が大きいことに。いつの間にかロスケの子供を身ごもっていたんや。

彼女はあたしにこう言うたよ。「汚れた私に帰る場所はない」って。

いまの人には不思議に思えるかもしれんけど、昔の女はそんなもんやったんや。あたしは両親に美代子を匿ってくれて頼んだけど、病気を理由に父《アボジ》が頑として反対した。仕方なく叔母に泣きついた。叔母は美代子に深く同情して、離れを用意してくれたんや。

美代子は叔母の家で、女の子を産んだ。目の青い、栗毛の女の子やった。叔母が「川に捨てるか?」って聞いたけど、美代子は抱きしめて絶対に手放そうとせんかった。それはもう大事に育てたんや。

それからしばらくして、あたしたちの家族が密航船で日本に行くことになった。神戸にいた父《アボジ》の一番上の兄を頼ってのことや。

叔母は美代子に「一緒に日本には帰らんのか」と何度も確認した。でも彼女は「絶対に帰らん。この娘と朝鮮で暮らす」と言い張った。「日本にロスケとの混血児を育てる場所はない」って——。

凜として、強い女やと思った。

でもな、美代子は夕方になると、歌っていたんよ。

花摘む野辺に〜日は落ちて〜

みんなで肩を〜組みながら〜
唄をうたった帰りみち
幼馴染のあの友この友
あゝ誰か故郷を想わざる〜

この歌知ってるか？　戦時中に流行《はや》った歌なんやて。

美代子はあたしたちが日本に出発する日、駅に見送りに来てくれた。あたしを隅に呼んで、美代子はこう耳打ちした。

「尚美《なおみ》ちゃん。私もいつか日本に帰りたいよ。雄一さんに会ったら、伝えてくれる？　預かったもの大事に持ってるから」って。

治夫の親父・片桐雄一のことが、好きやったんやねえ。ロスケに自分を売り飛ばしたうえ、朝鮮に置き去りにした男やったのに。

あたしはこの時、美代子が雄一から「預かったもの」いうんが、何なんか、さっぱり分からんかった。

汽車を見送る美代子の顔は寂しそうやったなあ。あの顔は絶対に忘れられんわ。

日本に渡ってからは厳しい日々やった。

あたしたち一家は、湊川《みなとがわ》河川敷の同胞が集まるバラックに住み着いた。貧しかったし、民族差別も酷かった。あたしは高校を出たあと、西神戸のゴム靴を作る会社に就職した。

片桐雄一の家を探し当てたんは、日本に来て四年後、就職した最初の夏休みや。片桐家は東京中野の立派な門構えの家やった。庭にでっかいドーベルマンを飼っていて、池に錦鯉がうようよおったのを覚えてる。

雄一は私の持ち物を探るような目で見て、「美代子から何か受け取ってないか」って言った。あたしは美代子の最後の言葉を伝えた。「美代子さんは預かったものを大事に持っている」って。すると、雄一は鬼のような形相で、私を屋敷から追い出した。

「俺は過去を忘れて日本で新たな人生を切り開いた。藤崎美代子のことは金輪際思い出すことはない。朝鮮人は二度と我が家の敷居をまたぐな」やて……。

あの言葉はショックやったなあ。朝鮮では親戚みたいに付き合ってたのに……。中学生やった治夫も泣いて抗議した。でも、ゲンコでぶん殴られて終わりや。雄一はあたしが美代子から何か大事なもんを預かってきたと思ったんや。

あのときや。美代子たちにいつか日本の地を踏ませることを決意したのは。

あたしは焼肉屋で成功して、「千里馬」という在日組織作って、労働党の工作機関にルートを作った。日本に潜入する朝鮮の工作員たちに家を用意してやって、戻るときには大金を渡して、美代子の居場所を探させたんや。でも、間に合わんかった。五年前の作戦が成功しとったら……。あともう少し……もう少しなんよ。あたしたちは国が、日本政府がやらんといかんことをやろうとしているんや。筒見さん、教えてえな。外地で苦しんでいる国民を助けるのは当たり前のことやろ。なぜこの国は忘れたふりをするんや。お願いや。どうか、どうか、あたしらの計画の邪魔せんといてや……。頼むで……〉

「朴尚美《サンミ》さんはこのテープを残して亡くなりました」

筒見がカセットレコーダーのスイッチを切ると、片桐治夫は天井を見上げて、大きく深呼吸した。

「そうですか……」深い皺を刻んだ目尻が光った。

「尚美姐《ねえ》さんはあなたのことを、信頼していたのですね。頑固なハルモニでしたけど、あれでも結構いいとこあったのですよ。私は子供の頃から世話になりっぱなしでした。七十年以上の付き合いになるのに、死に目には会えませんでした……」

治夫は汚れた鼠色のジャンパーの袖でごしごしと顔をぬぐった。

「すべて話していただけますね？」

「はい」治夫は深く頷いた。

「マンリョンです。マンリョンがいる限り、美代子の娘は戻ってくることはできません……」

亡霊《マンリョン》——。

筒見は目を細めた。

殺害された白元弘が明かした北朝鮮の反体制派の舵取り役。破壊工作員に狙われているという謎の人物だ。ついに二つの点が線で繋がろうとしている。

「尚美姐さんを成仏させるためには、マンリョンの正体を暴くしかありません……」

治夫は唸るように語り始めた。

第六章

砂浜に座ってから一時間がたつ。黒いうねりの向こうから吹き付ける冷たい潮風が頬を叩いている。生まれ育った新潟県村上市の海岸は、絢音《あやね》の郷愁を掻き立てるものではなかった。

——日曜くらい休んで、たまには実家に帰ったら？

朝倉の何気ない一言で思い立った旅だったが、鉛《なまり》でも抱えたかのように体が重い。

ここ岩船は村上藩の城下町で、かつては北前船の寄港地として栄えた。絢音の父・島本直幸《なおゆき》はこの町で板曳網《いたびきあみ》漁の漁師をしていた。母と民宿『岩船荘』を経営し、絢音と弟の祐樹は掃除や客の応対を手伝ったものだ。

自殺を選択する者には前兆があるといわれる。だが、父の死は突然だった。せり出した目玉、だらりと下がった舌。生命を失ってぶら下がっている父は、まるで蠟人形のようだった。

奈落の底に突き落とされたあと、絢音が感じたのは「友達に恥ずかしい。なんてことをしてくれたのだ」という怒りにも似た感情だった。

いま思えば、あの頃の絢音は思春期にありがちな反抗期だった。几帳面な父が五月蠅《うるさ》く感じられ、時には口喧嘩になった。

父が死んでしばらくすると激しい後悔が沸き起こった。もっと優しくできなかったのか、素直になるべきだった。そうすれば父は死ななかったのではないか。悔やみ、もがき苦しんだ。父の死体を目の当たりにしたときの、あの感情を反芻《はんすう》しては、収拾のつかぬ自己嫌悪に陥ったものだ。

十五年ぶりに見る実家は記憶より遥《はる》かに小さく、色褪せている。

玄関に立ち、口から短く息を吐く。鍵を差して回すと当時の感触を思い出した。

雨戸を閉め切った家の中は真っ暗で黴臭《かびくさ》い。家は祐樹が守っている。会社がある新潟市内に住んでいるが、たまにここを訪れ、空気を入れ替えているそうだ。

「ただいま……」

細い声は暗闇に吸い込まれていった。

懐中電灯を点《つ》けると急に胸苦しくなった。なぜか、通夜の晩のことが鮮明に蘇る。

叔父は親戚の誰かにこう話していた。

「兄貴の死因は、心臓発作ということにする。この町で自殺が知れ渡れば、絢音が嫁に行けなくなるからな」

絢音は、心の片隅に隠していた願望を言い当てられた気がして、なぜか、酷く傷ついた。

学校も苦痛以外の何物でもなかった。教師の慰めや同級生の励ましに、いちいち強い違和感を覚え、苦悩を否定されたと感じた。

高校を卒業した翌日、絢音は東京の大学に進学することを理由に逃げるようにこの家を出た。中学に入ったばかりの祐樹は近所に住む叔父宅に預けた。しかし引っ越し先で落ち着くと、「唯一の肉親を捨ててしまった」と再び自分を責めることになった。

家の中は時計の針が止まったように、十五年前のままだった。あの日と同じように階段を上り、父の部屋に向かった。三段目と六段目が軋むのも同じだ。

維持管理も大変なので建物を壊して土地を売ろう——。

最近、祐樹はこう言うようになった。

自宅と併設の民宿、あわせて四百坪ほどの敷地がある。売ればいくらかの金になるだろう。固定資産税も払わなくていい。

だが、絢音は返事をずるずると先延ばしにしてきた。家を捨てたきり、一度も戻らなかったくせに、決断できなかったのだ。

二階の突き当たりのドアを押し開け、父の部屋に入った。雨戸の隙間から差し込む光の線に、埃が舞っている。ベッド、書棚、小さな机と丸椅子がある。

勇気を振り絞って、天井の梁《はり》を見上げた。

そう。父はここにぶら下がっていた。梁の真下の絨毯にライトをあてると、大きな染みが残っていた。排泄物は、叔父が掃除してくれたっけ。絢音は絨毯のその部分を撫でた。

警察官になってから、何度か首吊り自殺の現場に臨場した。そのたびに絢音は父の死に様を思い浮かべることになった。

机の引き出しを開けてみる。何もない。

机の上で、「越乃景虎《こしのかげとら》」の一升瓶が埃をかぶっている。父が愛飲した酒だ。絢音が家を出るとき、祐樹と一緒に近くの店に買いに行ってここに供えたのを思い出した。

机の下には、遺品をまとめた段ボール箱があった。箱を引っ張り出し、中身を絨毯の上に並べていく。時計、ライター、万年筆、眼鏡……記憶を手繰り寄せれば見覚えのあるものばかりだ。

一眼レフを手に取った。入学式、家族旅行、あちこちで撮ってもらったな。鼻の奥がつんと痛み、涙が滲み出た。刃物で胸の奥が切り裂かれるように痛い。

高い書棚には、父のお気に入りの蔵書が並んでいる。思えば、父は漁師には似つかわしくない男だった。博覧強記な読書家で、民宿の客が寝静まると家に戻り、本を読みながら床についたものだ。

絢音は書棚の本の題名を一冊ずつ指でなぞった。司馬遼太郎、池波正太郎といった時代小説を中心に二百冊はある。

そうだった。遺体を見つけた時、机の引き出しは開け放たれ、これらの本は床に散乱していた。本を何より大事にしていた父が……。

お父さん、なぜ死んだの……。

無意識に言葉がこぼれた。

書棚の一番下の段、右隅で何かが光った。薄い透明のファイルが隠してある。中に挟まれた黄ばんだ紙を引き抜いた。

〈密航監視哨員・委嘱状〉

島本直幸
非常勤職員・密航監視哨員を委嘱する。
任命権者・警察庁長官
平成八年四月一日
強張《こわば》った体が動かない。まるで父に後ろから強く抱きしめられているようだった。
お父さん、離してよ。もう見ちゃったんだから……。
総選挙の論戦は大いに盛り上がった。北朝鮮への強硬姿勢を支持する保守層の後押しで、能島憲政党は議席を大幅に伸ばした。全国遊説で聴衆を惹《ひ》きつけたのが歌織夫人だ。
「日本は北朝鮮に騙《だま》され、独裁体制維持のために利用されてきた。破綻国家の延命に手を貸すべきではない」
普段の優雅さとは打って変わった、凄みのある演説で、強い追い風を作った。
虎松健介は東京四区の落下傘候補として立候補した。能島総理は選挙期間中、三度も応援演説に入り、虎松を「不屈の英雄」と持ち上げた。虎松は「能島総理によって北朝鮮から救われた」と返した。虎松は野党の前職を打ち破り、余裕の当選を決めた。

世間をあっと言わせたのは閣僚人事発表の日だった。能島総理は虎松を北朝鮮問題担当の「首相補佐官」に据えたのだ。首相補佐官は総理大臣の政策立案を担当する調整役で閣僚に次ぐ地位だ。新人議員の就任は異例中の異例の大抜擢だった。

絢音には不思議なことが一つある。北朝鮮への強硬姿勢一色に染まった選挙戦だったのに、北朝鮮の国営メディアが沈黙していることだ。反発どころか、論評すらない。まるで日本側のなりゆきを、息をひそめて見守っているかのようだった。

夜九時、絢音はJR川崎駅で電車を降り、駐輪場に停めてあった自転車に跨った。工業地帯の方角にペダルを漕ぐ。何度かUターンを繰り返し、住宅街の迷路のような道をジグザグに走った。

つけてくるものはない――。

たっぷり三十分間、念入りに点検し、ヤマザクラの木があるアパートの前で自転車を降りた。階段を昇り、三階の部屋の鍵を開けた。

「絢音ちゃん、おかえり」朝倉がテーブルのモニターを睨んだまま言った。

ここは西川課長直轄の片桐治夫追及班の視察拠点、その名も「ヤマザクラ」だ。千夏の動向を追って、行方不明となった治夫との接触を摑むのが狙いである。

「すみません。急にお休みいただいて……これ、新潟の土産です」

ボストンバッグから笹団子の包みを出し、テーブルに置いた。

「ありがと。僕好きなんだ、これ」

朝倉は包みを手に取り、モニターを見ながらイグサの紐を解いた。

ヤマザクラはT字路のどん突きに位置する。窓を覗けば、一本道の約百メートル先の右側に千夏が住む八階建てマンションが見える。虎松の自宅は右に五百メートルほど行ったところだ。

窓に嵌め込まれたエアコンの室外機には、赤外線暗視カメラが内蔵されており、二十四時間録画をしながら、千夏が住む五階の部屋の窓とマンションの玄関の映像をモニターに映し出している。

「千夏の動きはどうです？」

「まったく出入りはないね。部屋の電気も真っ暗だ」

朝倉は笹団子を頰張りながら、首を捻った。

「管理会社に当たって、確認しますか？」

「絢音ちゃんは相変わらずせっかちだね。気付《ツ》かれたら終わりだよ」

千夏は既に治夫から連絡を受けて、行方をくらました可能性は十分ある。

「昨晩からこの状態ではお疲れでしょう。朝倉さんは引き上げてください。明日の晩まで私が視ていますから」

「お言葉に甘えようかな、見たいビデオもあるし……その前に、僕が頼んだものは?」

「ええ、これですか?」

絢音はバッグから密閉式の袋を出した。中にはあの「727」と書かれた煙草が入っている。

「後生大事に保管してもしょうがない。分解してみようよ。……ずっと考えてたんだけど、千夏が公園で捨てただけとは思えないんだ」

確かに先が少し焦げているだけで、煙を堪能したとは思えない。

「ええ……やってみましょう」

朝倉は新聞紙を広げ、その上に「727」を載せた。ペンケースの中からカッターナイフを取り出して、その刃先を先端からフィルターまで縦にゆっくりと走らせた。タバコ葉がこぼれる。やはりフィルターには汚れはない。煙を吸ってない証拠だ。

朝倉が葉を巻いた紙を丁寧に広げた。

紙の内側に、小さな文字が並んでいるではないか。

〈¥810$06・04PK+1〉

それも印刷ではなく、ボールペンによる手書きだ。

「暗号だ……」絢音は呟いた。

「810円、6ドル4セント、PKプラス1……なんだこれ？」

朝倉は両手で目をこすった。

しばらく二人で額を突き合わせたが、答えは出なかった。千夏は煙草をデッドロップして虎松に何かを伝えようとしていたのだ。

朝倉が帰ったあと、絢音は五人の登場人物の写真をテーブルに縦に並べた。最後の一枚は赤茶けた頭蓋骨の写真だった。

①朴尚美
②片桐治夫
③片桐千夏

④虎松健介
⑤フジサキミヨコ

この五人が太い線でつながっているのは間違いない。

絢音はファイルからもう一枚の写真を取り出した。筒見が治夫宅で入手した写真。幼少期の千夏を写したもので、かなり褪色している。色黒で一重瞼、白い歯を出して微笑む少女の左の眉尻には大きなホクロがある。

この写真を、いまの千夏の写真の隣に置いた。

色白で、髪は栗色、ぱっちりとした二重瞼、筋の通った高い鼻梁は日本人離れしている。そして、左の眉尻のホクロはない。

これは美容整形や加齢による変化ではない。二枚の写真はまるで別人だ。

背乗り《ハイノ》――。

公安捜査員ならこの結論に到達せざるをえない。「背乗り」とは他人の戸籍を乗っ取り、その人物に成りすます行為を意味する。北朝鮮やロシアの非公然工作員《イリーガル》が諜報活動のために使う手法だ。

絢音は目を細めて、夜空にそびえるマンションを睨んだ。

インターホンが鳴ったのは、朝倉が帰った三十分後、午後十一時だった。ドアの覗き窓をみて心臓が高鳴った。

吉良が立っているではないか。

大阪での失態の責任を取る形で、片桐治夫追及作業から身を引いたはずなのになぜここに？

「島本さん……？　開けてください」吉良がドアの向こうで囁いた。

絢音は観念してドアを開けざるを得なかった。

吉良が口角を持ち上げて立っていた。しかし目はその笑顔に協力しておらず、室内を探るように見ている。

「管理官、どうされましたか？」

なぜここが分かったのだ、という疑問を飲み込んだ。

「本件作業から外れましたが、私は一応、三担の管理官です。ここに来て問題がありますか？」

吉良は心中を見透かすように言った。

「いえ……」

「ビール買ってきました。ちょっとくらいは付き合えるでしょう？」

吉良は勝手に靴を脱いで上がりこみ、コンビニの袋をテーブルに置いた。缶ビールのプルトップを開け絢音に差し出した。

身構えながら受け取る。

吉良は自分の缶も開け、旨そうに飲んでから言った。

「片桐治夫はここに来ないですよ」

断定する口調だった。

「ええ、空振りかもしれません。片桐治夫に病院から逃げられなければこんな苦労をせずに済んだのですが」

絢音の痛烈な嫌味に、吉良は余裕の冷笑を返した。

「ところで、筒見慶太郎と連絡は？」

質問をぶつけながら、絢音の細かな反応を見ている。なかなかうまくなったものだ。

「いえ」無表情を貫いて、返事を返す。

「それならいい。あの男は危険です。近づくと巻き込まれます」

「どういうことです？」

「逮捕される可能性があります」吉良は平然と言った。

「えっ？」

「尼崎《あまがさき》の簡易宿泊施設《ドヤ》に片桐治夫が昨日まで宿泊していたことが分かりました」

「尼崎？　兵庫県の、ですか？」

「そうです」吉良は深く頷いた。

「筒見さんとどんな関係があるのでしょう？」

表情を変えぬよう努めたが、絢音の声は震えた。

「同じ日にそのドヤには筒見と酷似した男が宿泊しています。街頭の防犯カメラにもその姿が映っている」

「筒見さんが、片桐と……」

「片桐治夫は河野副長官に対する殺人未遂を自供し、医療費の詐欺容疑で捜索が行われている。筒見が犯人性を認識して、匿《かくま》っていれば、犯人蔵匿《ぞうとく》もしくは隠避罪が成立する」

赤く薄い唇が酷薄な笑みを浮かべた。

吉良は上着の内ポケットからボールペンを出すと、治夫が昨日までいたドヤの見取り図を描き始めた。一室三畳、治夫と筒見は二階の隣室に宿泊していたという。

「この件はまだ報告をあげていない。私ならすべてを闇に葬ることが可能だ」

「そうですか」絢音は曖昧《あいまい》に返した。

「つまり、筒見の命運は私の手中にある。彼に伝えてください。一切のことから手を引き、明日中に任地のニューヨークに戻れ、と。さもないと……」

吉良はビールを一口で飲み干すと、絢音の眼を見つめながら缶を握り潰した。ぺしゃんこになった缶がテーブルに転がった。

「でも、私が筒見さんとお会いすることはありません」

絢音がきっぱりと言うと、吉良は鼻で笑った。

「君は必ず筒見と会うはずだ」

「どういうことでしょう？」

「君のお父さんと筒見の因縁があるだろう」

「父の因縁……」絢音は唾を飲み込んだ。

「なんだ、知らないのか。お父さんはスズラン作業で筒見に利用された犠牲者なんだよ」

最後の一言に胸を貫かれた。

「……父が……犠牲者」絢音は無意識のうちに繰り返した。

「これは警察庁警備企画課指導係《チヨダ》に登録された特別協力者《マルトク》に関わることだから、詳しく説明することはできない。でも、はっきりと言えるのは、君のお父さんは筒見と関わらなければ死ぬことはなかった、ということだ。お父さんは殺されたようなものだ」

　全身を悪寒が走り、視界に白い霧がかかってゆく。

「……父は死ぬことはなかった……」絢音は体中を駆け巡る戦慄を堪えた。

　心中を読み取ったとばかりに、吉良は自信に溢れた声で続けた。

「君にとって筒見慶太郎は親の仇《かたき》だ。存在そのものが害悪だ。おのずから、君の行動は決まってくるだろう？　ヤツの居場所が分かったら連絡をくれるね？」

　吉良の指先が伸びてきて、絢音の頬に滲んだ涙を拭う。

「……はい」抵抗の術を失った絢音は、首を縦に動かした。

「よろしい。ではそろそろ失礼する。その前にちょっとトイレを借ります」

　吉良は堪え切れぬ、とばかりに立ち上がり、玄関脇のトイレに向かった。

　椅子の背もたれに黒いコートが残されていた。麻痺した思考に一閃の光が差し込んだ。

　いましかない――。

重い頭をもたげて、なんとか立ち上がった。吉良のコートのポケットを漁る。固いものが右手の指先に触れた。

携帯電話だ。

朴尚美の自宅を捜索中、朝倉と三階から盗み見たロック解除パターンを人差し指でなぞった。拍子抜けするくらい簡単に解除された。すぐさま発着信履歴の画面を呼び出す。

トイレの水を流す音。

画面を網膜に焼き付けながら、下に送る。確か午後四時半頃だ……。

「寒かったもので、失礼しました……」

ドアが開くのと、携帯をコートのポケットに戻したのは、ほぼ同時だった。

「それではよろしく頼む」

吉良はコートを羽織りながら、含めるような口調で言った。ドアが閉まり、外廊下を足音が遠ざかっていった。

絢音は和室の簡易ベッドに重い体を横たえた。

あのとき吉良は会議室に絢音を閉じ込め、作業報告書の年表作りを命じた。目的は捜査妨害ではなく、スズラン作業のファイルを読ませるためだったのだ。

絢音は周到な策謀に、心を支配されていることを悟った。心臓が早鐘《はやがね》となって胸を突く。天井の木目を見ながら、何度も大きく深呼吸した。吉良の言葉が頭の中で粘ついて離れない。

二十分ほど経っただろうか。バッグの中で携帯が振動していた。発信元は公衆電話だった。

「はい……」

〈喋るな。部屋に盗聴器がある〉押し殺すような筒見の声だった。

「………」喉が詰まり、唾を飲み込んだ。

〈吉良が歩いた経路に何か変化があるはずだ。すぐ点検しろ。五分後に電話する〉

叩きつけるように電話が切れた。

筒見はどこかから、この部屋を見ている。暴れる心臓が口から飛び出しそうだ。

トイレタンクの中、洗面の裏側、洗濯機周り、玄関の下駄箱をくまなく探すが、盗聴器らしきものは見つからない。

落ち着け――。

絢音は椅子に戻り、頭を回転させた。

残るは、このテーブル周辺しかない。下に潜り込んで天板の裏まで確認した。何もない。テーブルの上には、吉良が潰した空き缶が転がっていた。手に取って振ってみる。僅かに残った液体がこぼれた。鋏《はさみ》で半分に切ったが、中には何もなかった。

眼を瞑り、もう一度、吉良の行動を反芻した。

静かに眼を開いた。その瞬間、絢音の眼はペン立てに吸い寄せられた。鉛筆とボールペンが十本ほど無造作に刺さっている。

その中の、赤いボールペンを手に取った。吉良が宿泊施設の図を描くのに使ったものだ。慎重にキャップをはずし、先端を回して分解した。コードが覗いた。

あった。急いで元に戻す。

そう。あのとき吉良は自分のジャケットの内ポケットからペンを取り出し、現場の図面を描いた。トイレに立つとき、ペン立てに……。

再び電話が震える。

〈見つけたか〉筒見だった。

「はい」

〈『筒見さん、いまからそっちに行きます』と言え〉

言っていいのか？　尾行がつくのに――。

「はい……。筒見さん、いまからそちらに行きます」

指示通り、ペン型盗聴器の前でささやいた。

〈自転車に乗って、川崎大師駅前のコンビニへ行け。明日の朝食と週刊近代を買って、百四十三ページを開け〉

部屋を出た絢音は、折り畳み自転車を走らせた。後方でライトを消した乗用車が動き出すのが分かった。

指定されたコンビニで朝食用のパンとヨーグルト、最後の一冊の週刊近代を買った。指定されたページを開くと、レシートが挟んであった。

〈西宮公園。黒ハイエース21×△〉

自転車にまたがる。ほぼ同時に周囲の空気が動いた。逸《はや》る気持ちを抑え、ゆっくりと自転車を漕ぐ。何度か、同じブロックを回りながら背後を点検した。尾行者は二人、自転車だ。

絢音は突然、ペダルをフル回転させて猛ダッシュした。西宮公園につながる一本道に出た。このあたりはカップルが車内で愛を語らうことで有名な場所だ。道沿いに五、六台の車が駐車されていた。

不意に胸元を、緑色のレーザーポインターが横切った。光源を追うと、黒いハイエースが見えた。近づくとテールゲートが開いた。強い力で自転車ごと持ち上げられ、荷室に放り込まれた。ゆっくりゲートが閉まる。

ニット帽を目深にかぶった男が暗闇にいた。

「筒見さん……」声が震えた。

「後ろを見ろ」筒見が親指で指した。

自転車の男が近づいてくる。黒いハーフコートに眼鏡をかけた男は、後ろの車に近づき、窓から覗き込んでいる。

車内のカップルが飛び起きる様子を見ながら、筒見はにやりと笑い、口元をマスクで覆った。

男は自転車に跨ったまま、ハイエースに近づいてきた。

「おい。やるぞ」筒見が大きな布袋を投げて寄越した。

男が左の窓ガラス越しに車内を覗き込んだとき、筒見はスライドドアの隙間から目にもとまらぬ速さで腕を摑んだ。

「うわっ！」

一気に引っ張り込む。

「声を出すな！」筒見の指が男の喉に食い込んだ。

絢音は背後から男の顔に布袋をかぶせ、首のところをビニールテープでくくった。

「待って……」男の声が上擦った。

「このノゾキ野郎が」

筒見の太い指がぎりぎりと喉に食い込む。

「く、苦しい……」

宙を掻く男の両手の力が徐々に弱まっていく。

筒見は男が落ちる直前に手を離した。そして床に蹲《うずくま》る男の腕を後ろに捩じりあげ、両手をビニールテープで緊縛した。

絢音が男の上着のポケットを探ると、警視庁本部の入構プレートが出てきた。

「お前、誰だ……」筒見は男の襟をつかんで引き起こした。

「はずしてくれ……」

布袋の中から激しい呼吸が聞こえる。

「なんだって？　聞こえない！」

顔のあたりを平手で思い切り張った。

「袋をはずしてください……。い、息が……閉所恐怖症なんです……」

「それはお前の勝手だ……。所属を言え」

筒見はこう言いながら、助手席にあった大きなペットボトルを手に取った。そして袋の上から水をかけ始めた。

「ひぃぃ」男は悲鳴を上げて床に転がった。

麻袋が鼻や口の周りに貼りついている。馬鹿な男だ。暴れて呼吸が激しくなれば、ますます苦しくなるのに……。

「水はたっぷりあるぜ」

筒見は男が動かぬよう腹を踏みつけ、水を注ぎ続ける。

「や、やめて……」

「もう一度聞く。所属と名前は！」

「が……、だずげて……」

絢音は顔に張り付いた布を摘み上げて呼吸を確保してやった。

「……け、けいしちょうです……」

「聞こえない！　警視庁のどこだ！」

「ジンイチ……です」

「ほう。もう少し詳しく言え」さらに水を注ぐ。

「じ、人事一課……監察です」

「ベッ……だな」

「は、はい」

「ベッ」とは監察別室。警察庁総合庁舎にある警察官の不祥事調査の隠密部隊だ。こいつらに目をつけられれば、どんな些細な隠し事も洗い出され、組織を追われる。

「誰の指示だ？」

「私は上の命令で動いているだけです……。私には……。も、もう取ってください」

「信用できんな」

再び水が注がれた。男は発狂したように叫び、床を転げまわった。

「誰の指示だ。名前を挙げろ」

「き、吉良……管理官です」

「監視対象は誰だ？」

「島本絢音を行確して、筒見慶太郎の所在を割り出せと……。なんでもいいから筒見を懲戒処分にする材料を出せと……指示されました」

「ほう……面白い話じゃないか。もっと聞かせろ」

筒見は新しいペットボトルに手を伸ばした。

第七章

グラスの中で「越乃景虎」は美しく輝いていた。口に入れて味わうと、辛口でありながら、まろやかな味わいだった。

代々木上原のアパートで絢音《あやね》は一升瓶を抱いたまま、思索に暮れていた。空になったグラスに透明の液体を注ぐ。

これが、お父さんが好きだったお酒なのね。一緒に飲みたかったよ。一緒に飲めないのは、お父さんのせいだからね。

十五年前、絢音は父が愛飲したこの酒を部屋に供《そな》えて家を出た。いま思えば、あのとき絢音は、家族との思い出をすべて断ち切ることで、脳裏にこびりついた父の死に様を消そうとしたのだ。壊れていく自分を守るための、本能のようなものだった。

〈島本直幸　非常勤職員・密航監視哨員を委嘱する〉

父の部屋で見つけた紙には、短い辞令が書かれていた。父は警察庁長官に任命された「密航監視哨員」だったのだ。

この十七年、胸に抱え続けた塊が徐々に溶けだそうとしている。一方で知る必要のない因縁を掘り起こしているような後ろめたさもあった。

筒見慶太郎は父を「スズラン作業」の協力者として運用していた。作業対象は「吉田一彦」を名乗る北朝鮮工作員・張哲。絢音を車で撥ねて、連れ去ろうとした男も「吉田」を名乗っていた。

両者が同一人物だとすれば、北朝鮮工作員が父の部屋から何かを回収しようとしていた可能性がある。

いったい何を……。

父の遺品は段ボールごと持ってきてあった。ひとつずつテーブルに並べた。あれほど忌まわしかった黒い記憶が、徐々に鮮明な色を帯び始めている。

絢音はグラスを呷《あお》った。父と一緒に酒を飲んでいるような気がして、胸のあたりがじわりと温かくなった。

絢音、大人になったたな——。

寡黙な父が白い歯を見せて笑っている。

お父さん。このライター、私たちが誕生日にプレゼントしたよね。覚えてる？

この時計は、お母さんからの結納返しだったらしいじゃない。防水だから高かったって、お母さん言ってたよ。

そうそう、このカメラ。お父さんが一番大事にしていたものだったよね。お母さんに内緒でヘソクリして買ったそうじゃない。あのとき、お母さん怒っていたんだよ。

私と祐樹は笑ったけどね。

ねえ、お父さん……なんで死んだの？

なぜ私たちを置いていったの？

もう、肝心な時に黙っちゃうんだから……。

父は困った表情を浮かべながら、消えていった。消える寸前、ちらりとカメラに視線を移したような気がした。

なによ、お父さん、カメラに未練があったの？

絢音はずっしり重い一眼レフを手に取り、様々な角度から眺めた。フィルムの巻き上げレバーの横の小窓に、「12」と表示されている。撮影枚数だろう。中にフィルムが残されているようだ。

絢音の頭にスズラン作業の報告書に書かれた一文が浮かんだ。

〈筒見警部補より、㊙に対し「男の顔、および不審動向については写真を撮影願いたい」と要請〉

お父さん、いったい、このカメラで何を撮影したの？　私、これを現像してもいい？

筒見はミニクーパーのシートを倒して、古びた絵葉書を見つめていた。

山の向こうに沈みゆく太陽。大河に橙《だいだい》の光を映している。右下に「みよこ」と署名がある。三十八度線を越え、日本海を渡った片桐治夫少年は、藤崎美代子からもらったこの絵を後生大事に懐に忍ばせていたのだ。

治夫は戦後七十年抱え続けたものを吐き出したあと、「最後の仕事をする」と言い残して、筒見のもとから姿を消した。

〈あの時のことは思い出したくもありません。あなたのような若い方には想像もできないでしょうが、国を失うのは悲惨なことです。築き上げた財産どころか、日本人の誇りまでもが消えたのですから。

「マダム・ダワイ」って言葉を知っていますか？　そう。ロスケたちが日本人の女を探しに来る時の決まり文句で、「女を出せ」という意味です。あのケダモノたちは女とあれば、老人だろうと子供だろうと関係ありません。夜、女の悲鳴が聞こえるたびに、怖くて布団をかぶったものです。ある日、母も連れていかれそうになって、父が時計をやって許してもらったこともありました。

美代子さんは日本人にとって恩人でした。彼女があの小さな体で、ロスケの性欲のはけ口になったのです。臭いロスケに腕をつかまれて連れていかれる美代子さん。悲しそうでした。ある日、私が追っかけていくと、ロスケにぶん殴られました。私の左手の火傷は、そのとき焚火《たきび》に手を突っ込んでしまったからです。

美代子さんはすぐに手当てして、抱きしめてくれた。そして「安心して、かならず帰ってくるから」って笑ってくれました。そのとき、この絵葉書をくれたのです。

最後に美代子さんを見たのは、私たち日本人が三十八度線に向け、町から引き揚げるときです。朝早く十数台のトラックで出発するとき、私は当然、美代子さんも一緒だと思っていました。でも、走るトラックの荷台から見えたんです。美代子さんが追っかけてくるのを。泣きながら走っていました。

私が「乗せてくれ」というと、父はこう呟きました。「あいつはロスケの女だ。ここで死ぬしかない」って。そのうち美代子さんの姿が見えなくなって……。彼女の泣き顔、父の冷たい言葉、顔を背けた他の日本人の姿はいまでも私の心から消えません。

その後、三十八度線を越えるまでは、まさしく地獄の行軍でした。全員が疲れ果て、飢え、生きるための欲望にとりつかれました。食べ物を奪い合いながら、何十キロも歩きました。父に木の皮を口に入れられ、「生きるために食べろ」と言われたのを覚えています。たくさんの仲間を置き去りにして……。最後は餓鬼のようになって……。でも国は助けに来なかった。何万人もの日本人が朝鮮で飢え死にしていったのに……。

東京の家に尚《サン》美《ミ》姐《ねえ》さんが訪ねてきたのは、私が中学生のときでした。そのとき北朝鮮に残された美代子さんの耐乏生活を聞きました。ロスケとの混血児に「かおり」と名付けてかわいがっていたということでした。

私の心に火がつきました。いつか美代子さんとかおりを日本に戻してやると。でも当時、私は中学生、尚美姐さんは高校を卒業したばかり。そのときは何もできませんでした。

尚美姐さんと再会したのは三十年前のことです。

私は妻と死別したあと、教師を辞めて、戦後、北朝鮮に残留した日本人の調査に専念しました。もちろん美代子さんの安否を確認するためです。でも、幼い娘の千夏を抱えて、調査もうまくいかず、心が折れかかっていました。

そんなある日、私が働き始めた中野のラーメン屋に、尚美姐さんの息子・正植《ジョンシク》君がやってきたのです。尚美姐さんからの手紙には「『焼肉・大同江《テドンガン》』で働きながら秘めていた計画を実行しよう」と書かれていました。それを読んだときは嬉しかった。私たちは東京と大阪、離れ離れでも同じことを考えていたのです。

当時、尚美姐さんは既に、北との太いパイプを作っていました。北のラジオを聞いて、新月の夜、指定された能登半島の海岸に行くと、沖合から小船がやってきました。私たちは上陸してきた連中に札束を渡して、美代子さんの居場所を探すよう頼みました。

そんなことが十数年続きました。そしてようやく美代子さんが雲山《ウンサン》郡のある村で暮らしていることが分かりました。終戦直後に生まれた娘のかおり、孫の涼子《りょうこ》と一緒に……。

そこからが大変でした。中国の延吉にいって、脱北ブローカーを探して……。たくさん金を騙し取られました。

ところが六年前のことです。大同江で働き始めたアルバイトが妙なことを言い出したのです。「俺が脱北させてやる」って。それが虎松さんでした。虎松健介。北朝鮮に拘束されていたあの人です。

虎松さんはアルバイト店員を装って大同江で働いていましたが、本当は日本政府の職員だったのです。虎松さんは、私たちに条件を出しました。「美代子がもっている秘密資料を提供するなら助け出してやる」って。

このとき私は思い出しました。美代子さんが住んでいた蔵に、立派な漆塗りの木箱があったことを。一度だけ中を見せてもらったことがあります。蓋を開けたら、銃弾が装塡《そうてん》された拳銃がありました。南部式自動拳銃です。拳銃の下に地図や設計図、数字を書いた書類がありました。

美代子さんは確かにこう言いました。

『これはあなたのお父さんから預かった大事なものなの。盗られそうになったら、この拳銃で撃つの。どうしようもなくなったら、最後はこれで自決するわ』って。

父はロスケが攻めてきたとき、美代子さんに箱を預けたのでしょう。ロスケは美代子さんからは略奪しませんでしたから。

虎松さんの話では、その木箱にある資料こそが、朝鮮総督府殖産局が作成した鉱物資源探査の極秘資料だということでした。モナザイト鉱床の詳しいデータが書かれているらしく、今後、日朝が国交正常化した暁《あかつき》には、日本に莫大な利益をもたらすという話でした。

虎松さんのネタ元は、私の弟・浩二だったそうです。浩二が父からその話を聞いて、虎松さんに漏らしたのでしょう。浩二は金の亡者です。将来、北朝鮮のインフラ開発を請け負うために、美代子さんの人生を金に換えようとしたに違いありません。

虎松さんはよく頑張りました。五年前、延吉に行ったのは、権力の命令でした。最後は本気で美代子さん一家を救おうと思ったのだと思います。

でも、日本のお偉いさんが彼を裏切りました。美代子さん、かおり、涼子の三人の脱北を成功させ、秘密の資料を渡した途端、お偉いさんは突然態度を翻したそうです。「三人の女は実在の日本人の名を騙《かた》る北朝鮮市民だから追い返せ」と……。

虎松さんはその命令を拒否し、私たちに助けを求めてきました。中国当局に捕まった脱北者は北朝鮮に引き渡されます。虎松は藤崎一家を連れて中国東北部を転々としました。当時、美代子さんは八十五歳で、心臓が悪かった。大変な苦労をしたようです。

私たちがブローカーを使ってカンボジアへ脱出させる算段を整えたとき、悲劇が起きました。隠れ家に中国の公安が踏み込んだのです。日本政府の中に、中国の内通者がいて、虎松さんが脱北者を連れて逃げていることを漏らしたに違いありません。結局、虎松さんも脱北者として扱われ、一緒に北朝鮮に引き渡されてしまいました。

虎松さんの上司がなぜ、美代子さんたちを追い返そうとしたのか、私と尚美姐さんは調べました。そしたら、とんでもない事実に行き当たってしまったのです。日本にいたのです……。「藤崎美代子」「藤崎かおり」という母娘が。終戦から五年後、「美代子」は娘を連れて帰国していました。まったくの偽者《にせもの》が戸籍を乗っ取って、堂々と生活していたのです。それも着々と地位を築いて……。

まさに「亡霊《マンリョン》」です。

あのとき、日本政府のお偉いさんたちは、故郷に帰ろうとする国民を見捨て、「マンリョン」を守ることを選択しました。恐るべき真実を知るものを抹殺して、真相に蓋をしてしまったのです。

なぜかって？　官僚たちの立身出世のためでしょう。彼らは自分の利益のために、殺人を犯したのです。

偽の美代子はいまから三年前に死にました。しかし、お偉いさんたちに守られた偽のかおりは、巨大な魔物に成長してしまいました。もはや、私では手が付けられない状況です。

筒見さん。公務員のあなたに言うのもおかしな話ですが、この国はおかしなことばかりだと思いませんか。日本政府は戦後、北朝鮮に取り残された日本人を助けようともしませんでした。いまも重視されるのは拉致被害者ばかりで、七十年も現地に残留した自国民の救出は後回しになっています。

これは日本政府の不作為による犯罪です。自国民を見殺しにする国なんて、民主的な独立国家ではありません。日本の戦後は、まだ終わっていないのです。

私の娘の千夏はこの世にもういません。子供のころ、病気で亡くなりました。死亡届は出さず、戸籍は藤崎一家を救うために、「あの娘」に渡しました。筒見さん、お願いです。「あの娘」を助けてやってくれませんか？　「あの娘」は北に残った母親を救うのに必死です。北朝鮮という国は、その思いを利用しているだけです。あの子に人を殺《あや》めさせてはいけません。きっと苦しんでいるはずです。筒見さん、あなただったら救えるでしょう。お願いします……〉

朴尚美と片桐治夫だけでなく、虎松健介までもが、我が身を犠牲にして藤崎美代子を救おうとしていた。義憤に駆られた行動は、日本という国家への怨念へと変化していった。誰も知らぬところで、三人はこの国のあり方を問い、権力の中枢に巣食う「マンリョン」との生死をかけた戦いを挑んでいたのだ。

筒見は再び絵葉書を眺めた。

日本人を守るために、身を捧げた美代子は、どんな思いでこの絵を描いたのだろうか。魂だけでも日本に送り届けようとしたのか。祖国を目指す治夫に生きる力を与えようとしたのだろうか。淡い光を湛えたその絵は、凍えた心に灯をともすような暖かみがあった。

第二次大戦終結時、多くの日本人が中国や北朝鮮などに取り残された。日本政府は救出努力もしないまま、一九五九年、「未帰還者に関する特別措置法」を制定する。この法律は、未帰還者のうち生死が分からない者の「戦時死亡宣告」を請求する権限を厚生大臣に与えた悪法だ。

政府はまだ多くの日本人が異国に取り残されていることを知りながら、十分な調査もせず、「生存していないと推測される」などという理由で、死亡宣告を出させ、戸籍から抹消させた。まさに残留日本人に対する棄民政策である。戦後の混乱の中で置き去りにされた者たちは、戦時死亡宣告によって死亡扱いされるという、二重の仕打ちを受けたのだ。その結果、北朝鮮に残留した日本人のほとんどは戦時死亡宣告を受けた。

だが、まったく身寄りのない藤崎美代子が、どういうわけか死亡宣告を免れていた。終戦から五年後、北朝鮮からやってきた正体不明の女が、「藤崎美代子」を名乗り戸籍を乗っ取っていたからだ。偽《にせ》の美代子は連れてきた乳飲み子《ちのご》を「藤崎かおり」として出生届を出した。戦後の混乱にまぎれて母子で「背乗り」したのだ。

〈破壊工作員がマンリョンの暗殺を狙っている〉

白元弘はこう言った。

美代子の怨念を晴らすため、次に南部式拳銃の銃口が向けられるのは「偽の藤崎かおり」だ。

「田中さん。お久しぶりです」

背中を丸めて蕎麦《そば》をすする男の痩せた背中に、絢音は大きな声をかけた。

「ああ……どうも」

内閣情報調査室の田中は、絢音の隣にいる小太りの男をちらりと見やり、困惑した表情を隠さなかった。

「ご一緒していいですか？」

午後一時半、霞が関ビル一階の蕎麦屋はいくつか空席があった。

「虎松補佐官のことなら私はもう……」

「以前、お話ししてくださったことで、もう少し詳しく聞きたいことがありましてね」

朝倉が大きな声で、田中を遮った。

「ちょっと……小さな声でお願いしますよ。なんですか、あなた」

田中は箸を持ったまま周囲を見回し、迷惑そうに眉を顰《ひそ》めた。

「ごめんなさい」絢音が引き取った。「……お聞きしたいのは、虎松補佐官の奥様のことです。当時の河野情報官の部屋に来られたことがあるとおっしゃいましたね？」

「ええ……」田中は適当な相槌を打ちながら、箸で蕎麦をすくった。

「そのとき、奥様と内調の間で、どのようなやりとりがあったのでしょうか」

「うーん……五年も前のことですから、記憶が、ね」

蕎麦をすする音がずっずっと響いた。

「覚えていることだけでいいのです」絢音は田中に言った。

「いったい何のために聞いているのですか？　河野さんが狙撃されたことと何か関係でも？」

「私が聞いていることにお答えください」絢音は頭を下げた。

「さあ、私はその場にいませんでしたからね」

田中は再び勢いよく蕎麦をすすった。汁が飛んで、絢音の白いブラウスに染みを作った。

「食ってないでちゃんと聞こうよ」朝倉が田中の手から割り箸を抜き取った。

「田中さんね……、虎松さんが政権与党入りした途端に態度を変えないでください。前回お話しいただいたことは、ここにすべて録音してあるんですよ」

朝倉はＩＣレコーダーを胸ポケットからちらりと見せた。信義に背く行為だが、そんなことも言っていられなかった。

「脅すつもりですか？」田中は絢音を睨んだ。

「真相を知るためなら、脅しでも何でもしますよ」

朝倉は赤い紙をテーブルに置いた。銀座にあるイタリアンレストランの店長の名刺だ。

「何ですか？　これ……」田中は名刺を手に取ると、そのまま絶句した。

「昨晩、この店に行きましたね？」

「………」

「食事代二万六千円、公費用のカードでお支払いになりましたね……。お相手は錦糸町のロシアンパブのタチアナちゃんでしたっけ？」

朝倉はにっこり微笑んだ。

田中は口をあけたまま固まっていたが、すぐに、五年前の出来事を細大《さいだい》漏らさず明らかにした。

虎松の妻・幸恵が内調に乗り込んできたのは、夫が北朝鮮に拘束されたことが発覚した二週間後のことだった。彼女は河野情報官の代理で応対した国際部主幹にこう言ったという。

「夫はこれまでの経緯をすべて文書として残していった。情報官の指示で、延吉に行ったのだから、政府の外交努力で夫を取り戻してほしい。このまま夫が希望して、北朝鮮入りしたことにするならば、文書を世間に公開する」

政府の冷淡な対応に業《ごう》を煮やした幸恵は、河野の喉元に刃《やいば》を突きつけたのだ。だが、この行動は逆効果に終わった。虎松は「自ら北朝鮮へ行った」と、切り捨てられた。そしてその三ヵ月後、幸恵は自宅の不審火で亡くなった。

虎松と幸恵は高校時代の同級生だったそうだ。在日韓国人だった幸恵との結婚は、虎松の両親が反対し、親族が出席しないまま結婚式を挙げたそうだ。両親と決別してまで結婚した妻は、帰国を果たした時には死亡していたのだ。

「虎松さんも可哀相《かわいそう》な人です。いまだに何も知らないで……」

田中は去り際にこう言った。

確かにそうだ。虎松が幸恵の死の経緯など知る由《よし》もない。事実は完璧に隠蔽されているのだから。

霞が関ビル前の広場には、底冷えする風が吹いていた。

鼠色のコートの襟《えり》を立てて去っていく田中の背中を見送りながら、朝倉がにやりと笑った。

「さすが筒見慶太郎だ。彼のパズルは完成に近づきつつあるんじゃないかな」

朝倉は感心するように言った。

田中から再聴取したのは、筒見の指示があったからだ。監察の男を尋問した夜、筒見は「虎松の妻が死に至るまでの経緯に謎を解く鍵がある」と確信に満ちた表情で言った。

確かに筒見のパズルは完成に近づいているのだろう。しかし、筒見は手の内を明かさず、絢音たちに情報の断片を与えることで欠けたピースを埋めようとしているように見える。

虎松のあの鉄面皮の裏には、とんでもない闇が隠されている。河野の指示で特別任務に従事した結果、北朝鮮に身柄を拘束された。最愛の妻は真相告発を試み、その後、不審火で死ぬことになったのだ。それが真相隠蔽のための死だったとしたら……。

「奥さんの死の真相は闇の中です。でも、虎松さんがこの話を耳にしたら、どうなるのでしょうか……」

絢音は小さな溜息をついた。

「そうじゃない。虎松はすべて知っている。河野への怨恨を抱いていると考えたほうがいいよ。筒見さんも同じ考えだと思う」

朝倉は眠そうな目をより細めた。

「怨恨って……。まさか、河野副長官の狙撃に、虎松さんが関わったことを疑っているのですか?」

絢音が目を丸くすると、朝倉は平然と頷いた。

「少なくとも、動機はあるよね」

「それは不可能です。狙撃事件は虎松さんが玄界灘で保護される一ヵ月以上前ですよ。出来事の順番を覆すことはできません」

「絢音ちゃんは真面目すぎるよ。もっと頭を柔らかくしなきゃ。頭の中にある事実を組み替えて、新しいものを作るんだ。創造力を働かせてさ。それに、事件は過去だけじゃない。虎松はこれから何かしようとしている可能性だってある」

「これから……?」

河野が意識を取り戻し、官邸に復帰したところを狙うとでも言うのか。絢音は自らの創造力の欠如を恨んだ。

「さあ、行こう。僕らは老頭児《ロートル》に負けるわけにはいかないよ」

朝倉は子供のような笑顔を顔一杯に広げて歩き始めた。

「こんばんは……飯島さん」

背後からの不意打ちに、便器の前に立つ巨体がびくっと震えた。

日本橋の高層ホテルのトイレには他に誰もいなかった。飯島外務審議官は小便をしながら、ガラスに映る筒見を見つめた。

「つ、筒見さん……」

「今晩は会食ですか？」

「週明けは北京で日中首脳会談です。その打ち合わせでね」

「お忙しいところすみません」

「警視庁があなたの行方を捜しています。昨日、外務省に正式に出頭させるようにと要請がありました。何かの嫌疑をかけられているのではありませんか」

「つまらないことです」筒見は苦笑した。

「逃げ隠れしないでください。もうかばい切れません」

飯島はジッパーを引きあげると、筒見と視線を合わせずに手洗い場に向かった。

「藤崎美代子、娘のかおり、孫の涼子……。この名前にご記憶がありますね」

「はて、なんのことだか……」

飯島はせわしなく手を洗いながら、鏡で筒見の様子を覗った。

「五年前、虎松健介が、瀋陽《しんよう》の日本総領事館に保護するよう求めた一家です。あなたは当時、中国大使館の筆頭公使でしたね」

「虎松補佐官が？　そんなことありましたかねぇ」

ハンカチで手を拭いながら、飯島は太い首を傾げた。

「間違いなくありました。あなたは瀋陽の日本総領事館に受け入れを拒否するよう指示しています」

飯島の眼が泳ぎ、ガラスに広がる夜景に視線を逸らした。

「……そうそう、あれは日本人を名乗る脱北者ですよ。よくあるケースです。虎松さんは騙されていたのですなあ」

「騙されていない」筒見は飯島の前に回り込んだ。

飯島はわずかにあとずさった。

「わ、私は東京からの指示で動いただけで……」

「藤崎美代子は戦後、北朝鮮平安北道に残留した日本人芸者です。終戦直後、彼女は日本人女性の貞操を守るために、ソ連兵に体を差し出して盾になり、ソ連人の子を身ごもったそうです。しかし引き揚げの時、わが身を犠牲にして守ったはずの日本人によって置き去りにされました」

「そうですか……」飯島は俯いた。

「藤崎美代子は終戦直後、日本人の有力者から朝鮮総督府が作成したモナザイト鉱床の調査資料を預かっていました。その資料の存在を摑んだ虎松はある人物に指示されて内調を偽装退職し、資料入手の秘密作業に従事していたのです」

「……詳しい経緯は知りません」

筒見は一方的に続けた。

「五年前、虎松は脱北ブローカーを使って、藤崎一家を調査資料とともに脱北させることに成功し、瀋陽の日本総領事館に藤崎一家の身柄を保護するよう求めた。ところが、あなたは所持品だけ受け取ったうえで、身柄の保護を拒否するよう総領事館に命じたのです。……これはあなたの一存ではない。この残酷な命令を、あなたに下した人物がいたはずだ」

「それは……」

「虎松を動かしていたのと同一人物のはずです」

「……はい」

「当時、内閣情報官だった河野昇……ですね？」

「私は指示に従っただけです。藤崎一家は偽者だと言われて……」

　飯島の二重顎が脂汗で光っている。

「本物だと分かっていたはずだ。最初からモナザイト鉱床の資料を入手したら、追い返す計画だったんだ」

「私は……そこまでは……」

「藤崎美代子は不法越境罪で労働鍛錬《たんれん》刑を言い渡され、平安南道《ピョンアンナムド》の甑山《ジュンサン》教化所で病死しました。六十五年ぶりに日本に帰国するチャンスをあなたたちは潰したのです。日本人のために我が身を犠牲にした人を再び無残に切り捨てたのです。偽の藤崎かおり……つまりマンリョンを守るために」

　筒見がとどめを刺すように結論付けた瞬間、飯島の分厚い唇が驚愕に震え始めた。

「ち、違う。河野さんは北朝鮮の体制崩壊を狙っていたのです。日本の国益のためのぎりぎりの判断で……」

「あんたたちは国益のために、国民の命を奪うのか！」

　筒見の怒声が響いた。

「………」飯島は言葉を失い、石のように固まっていた。

「この事実を、虎松が知らないとでも思っているのか？」

「し、知らないほうがいいのです」

「それは楽天的過ぎる考えだ。能島総理もあなたも虎松に騙されている。虎松は何も知らぬふりをしているだけだ」

「な、なぜですか、どんな目的で……？」

筒見は蔑むように鼻を鳴らしただけで、質問には答えなかった。

「いいか、私はすべてを明らかにする。でも、飯島さんに牙《きば》を剥くようなことはしたくない。その代わり、全面的に協力して欲しい」

「はい……」


絢音は視察用ワゴン車の中から一点を見つめていた。

午前七時、玄関の扉が開いた。背広姿の虎松が両手にポリバケツを持って出てくる。自宅向かい側、児童公園沿いのごみ集積所にバケツを置き、家の中に戻った。

迎えの公用車が着いたのは七時半、竜馬に見送られ、虎松は手を振って後部座席に乗り込んだ。

平田が無線のマイクに囁く。

「黒いマークX、品川384・な・○○-▽▽。いつもの車だ」

〈了解〉元気のいい関根の声が返ってくる。

虎松はこの車で永田町の総理官邸に向かう。万が一、千夏と接触するときに備え、首都高速の大師出入口で待機する関根がバイクで追尾することになっている。

竜馬の集団登校の時間まで三十分。いましかない。

「朝倉さん、着手です」絢音は袖口のマイクに小声で言った。

〈まったく、なんで僕がこの役なのさ〉

イヤホンから朝倉がぶつくさ言う声が聞こえた。

「自分で言い出したことでしょ。ちゃんとやってください」

絢音がぴしゃりと言うと、小さな舌打ちが返ってきた。

昨日の班会議で朝倉は視察対象を片桐千夏宅から虎松宅に切り替えるべきだと主張した。普段、会議室の隅で居眠りをしている朝倉が意見を言うのは珍しいことだった。千夏の行方が杳《よう》として知れず、視察も行き詰っている。平田はその意見を採用した。

秒針が四十五秒数えたところで、ごみ収集用の青い小型プレス車が走ってきた。帽子を目深にかぶった朝倉が車から降りて、ごみを投入口に次々と放り込んでいく。作業服姿は妙にはまっている。

圧縮板が回転する音が響いた。

絢音と平田は周囲に視線を走らせる。朝練に向かう中学生、出勤する工員が通り過ぎていく。

最後に、虎松が置いた二つのバケツを朝倉がつかんだときだった。

「まって！」

鋭い女の声にどきりとした。

朝倉の前で、ピンクのスエット姿、太った中年女が腰に手を当て、仁王立ちしている。

「おじさん、いつもより早いじゃない」女は不機嫌に言った。

〈おじさん……僕が？〉

朝倉の不満げな声がマイクを通じて聞こえる。

「まだごみの準備できていないから困るわよ」

〈今日はごみが多い日なので、もう一台三時間後に来るんですよ〉

朝倉が想定問答通りに答え、頭を下げる。

女が立ち去ると、朝倉は圧縮板の回転を止めた。そして虎松宅のバケツに入っているゴミ袋を投入口に置いた。

〈回収した。離脱するよ〉

プレス車はゆっくりと走り去った。

川崎警察署の駐車場で朝倉と合流した。

三人でマスクとゴム手袋を着け、虎松宅のごみ袋を開いた。青いビニールシートの上に一点ずつごみを並べていく。

残飯、食材や菓子の袋、チラシ、丸めたティッシュ……。ほとんどは生活ゴミだ。その中から店のレシートやメモ書き、髪の毛、タバコの吸い殻を選り分け、ジップ付透明袋に入れていく。

朝倉が折り畳まれた紙を広げた。

絵だった。淡い色調で途中まで描かれているが、捨てられているところを見ると失敗作らしい。

「綺麗ですね」絢音は手に取りながら言った。

水色の空に大きな黄色い光。その中に浮かぶ二人の人影。手をつないだ親子だった。

「心が癒されるよ。これは竜馬君が描いた絵だね……」

朝倉がにんまり笑った。

その八日後、川崎は朝から雪がちらついていた。視察用ワゴン車のフロントガラスにも薄らと雪が貼りついていた。

この日の朝、北朝鮮国営・朝鮮中央通信が驚愕の記事を配信した。

〈天下の万古《ばんこ》逆賊二十八名を本日処刑へ
本日、国家安全保衛部軍事裁判が執り行われ、反党反革命分子二十八名に峻《しゅん》厳《げん》なる審判を下した。

被告らは、国家の指導部と社会主義制度を転覆する目的で、反党反革命分子を扇動した天下の万古逆賊である。偉大なる指導者・金正恩《ジョンウン》第一書記同志の厚い信任を得て、その地位にあった者らであるが、国家の貴重な地下資源モナザイトの日本への売却を企て、日本国総理・能島の詐欺的な策謀に利用されるところとなった。

被告らは能島から支援金と称する巨額の賄賂を得て、反革命分子を買収、人民軍隊を動員して政変を成就させようと策動した。その際、被告らは「国家経済と人民生活が破綻状態なのに、指導者は何の対策も立てず、一族の秘密資金で豪遊をしている。指導体制転覆を図らねば、人民は飢え、米国と傀儡《かいらい》逆賊一味の介入を招くだけだ」と吐いた。この妄言は、社会主義制度の下、幸せな生活を享受する人民にとって耐えがたい冒瀆《ぼうとく》である。

特別軍事裁判は、被告ら二十八名は党と革命、人民の敵であり、その悪辣《あくらつ》な策謀は白頭《ペクトウ》の血統を絶やそうとする極悪非道な国家転覆陰謀行為に当たると認定、共和国刑法六十条に従い、全員を死刑に処すと決した。即日、執行することとする。

この審判に先立ち、日本での亡命政府樹立を計画した逆賊二名の処刑を、国外にて執行した。また、この国家転覆テロを国外から遠隔操作した首謀者一名の処刑を数日内に執行する。選抜された革命戦士が人民の憤怒を銃弾に込め、腐った頭に撃ち込むことになる〉

朝鮮語で書かれたこの記事を、絢音が翻訳して聞かせると、助手席でドーナツを齧《かじ》っていた朝倉は愉快そうに笑った。

「今頃、首相官邸は大騒ぎだ。能島総理が北朝鮮のクーデター勢力と結託していたことを暴露されたのだから」

「筒見さんが言っていた通り、北では反体制派の粛清が行われているのです。国外で処刑された人物の一人はニューヨークで殺された白元弘《ペクウォンホン》で、今回、処刑される二十八人は、白が拷問で自供した人たちではないでしょうか」

絢音は確信を込めて言った。

「そうかもね……。いずれにせよ、日本政府が思い描いた北の体制崩壊、地下資源獲得の夢はジ・エンドだ」

「北朝鮮の発表のタイミングが気になります。国営通信の重大発表記事は配信日時も指導者の決定事項ですから」

絢音はもう一度、記事を広げた。配信時間は土曜日午前六時。早朝の発表は極めて異例だ。

朝倉が記事の文末を指さした。

「最後の部分が具体的だね。首謀者を数日中に銃殺すると言っているでしょ。時期と方法を限定している。暗殺者は準備万端ってことだよ。何があっても死刑は執行できるという自信の表明だ」

朝倉はこう言って、大きなあくびをすると、シートを倒して手足を伸ばした。その表情にまるで緊張感はなかった。

午後四時、竜馬が民間学童保育のマイクロバスで帰宅した。自分で鍵を開け、家に入った。今日は早い帰宅だ。これまでは虎松の帰宅時刻にあわせ、夜八時頃に学童保育から戻っていた。

再びドアが開いたのは三十分後のことだ。竜馬の右手には木製のケースが握られている。背中では黄緑色のポシェットが揺れていた。

「あれ……」朝倉が何かに気付いたように起き上がった。

「どうしました？」

「追いかけよう」

「え？　なぜ？」

「いいから、行こう！」朝倉の声は珍しく真剣だった。

絢音は車を竜馬が歩く方角に走らせた。黄色い傘を差した竜馬は五十メートル先を足取り軽く歩いている。吐く息が白く流れてゆく。

絢音は想像をめぐらす。この子は火災で母が死んだとき、いったい何を見たのだろう。悪夢にうなされることはないのだろうか。

そのとき朝倉がまた妙な事を言い出した。

「絢音ちゃん。十月に、竜馬君があの木のケースを持って家から出てきたことを覚えているかい？」

「確か、朝倉さん、ジュース買いに行くといって……」

「そうそう。あのとき竜馬君が向かったのは片桐千夏のマンションだったんだ」

「え、竜馬君が千夏のマンションに……？」

突然の話に、絢音は面食らった。やはりあのとき、朝倉は竜馬を尾行していたのだ。

「あのケースは油絵の道具を入れる箱だよ」

言われてみれば、高校の美術の授業で使った油絵の道具箱だ。

「もしかして……竜馬君は千夏に絵を習っているんじゃ……」

「そうだよ。だって、このままゴミの中から見つけた竜馬君の絵は千夏の絵にそっくりじゃないか。ほら……」

朝倉がタブレットを操作して、千夏と竜馬の絵を画面に並べた。

「ほんとだ……」

両方とも光の中に浮かぶ人物を描いたものだ。千夏の絵と比べれば、竜馬の絵には子供なりの拙《つたな》さはあるが、色使いや筆のタッチは酷似している。

「でも、竜馬君は絵を習いに行くだけじゃない。本人も知らない大事な役目を果たしているはずだ。いいかい、絢音ちゃん……」

朝倉の耳打ちに、絢音は息を呑《の》んだ。

竜馬は商店街を歩くと、駄菓子屋に入った。しばらくすると出てきて、店先のベンチでアイスクリームを食べ始めた。

「隣、いい？」

絢音が声をかけると、竜馬は横にずれて、ベンチをあけてくれた。残ったアイスクリームを名残惜しそうにスプーンですくっている。

絢音は買ったばかりの焼き芋を二つに割って差し出した。

「食べる？ アイスは寒いでしょ？ お姉さん、半分で十分なんだ」

黄金色のさつま芋が湯気を立てて食欲を誘う。竜馬は恐る恐る手を伸ばし、やがて焼き芋をぱくつき始めた。

絢音は店に戻ってジュースを買い、竜馬に渡した。

「もしかして、絵を習っているの？　見せてくれる？」木のケースを指差した。

「うん」

竜馬は得意げに、膝に載せたケースを開いた。色とりどりの絵の具、絵筆、ペインティングナイフが並んでいる。

「わあ、油絵描くの？　カッコいいじゃない」

「うん……」

「お名前は？」

「竜馬だよ」

「竜馬君はどんな先生に習っているの？」

「千夏先生だよ」

心臓の高鳴りを悟られぬよう、無理に笑顔を作る。

「毎週習っているの？」

「ううん、お父さんが行きなさいと言うときだけ。お父さんの帰りが遅いときとか

……とっても楽しいよ」

竜馬は目をくりくり輝かせて笑った。

「そっか。私も習いたいなあ。……じゃあ、頑張ってね」

絢音はいたたまれなくなってその場を立ち去った。

私は何をしているのだ。心に大きな傷を負った、年端も行かぬ子供を騙した自分を嫌悪した。

その後、竜馬は首都高横羽線《よこはね》の直下を走る産業道路に出て一キロほど北に歩いた。朝倉が徒歩で背後を追う。竜馬は信号で立ち止まると、産業道路の横断歩道を渡った。

〈絢音ちゃん、お客さん、そっち行くよ。頼むね〉

「了解です」

朝倉が脱尾し、産業道路の反対側を歩く絢音が尾行を引き継ぐ。

閑散とした工場街を歩いた竜馬は、高い塀で囲まれた敷地の入り口に立ち、インターホンを押した。扉が開き、竜馬は中に消えた。

絢音は前を通過しながら横目で中を覗《うかが》った。錆付《さびつ》いた鉄格子の門、その隣に竜馬が入った通用口、奥に古い事務所と廃車の山がある。自動車解体工場のようだ。

やがて、陽は沈んだ。鉛色の空からちらつく粉雪は幾分勢いを増している。路肩に止めた視察車両の荷室で、絢音はダウンジャケットにくるまっていた。竜馬が入った工場まで百五十メートル。後ろのガラス越しに直線で見通すことができる。

絢音は、朝倉の提案通りに動いた。駄菓子屋の店先で、竜馬に声をかけながら、黄緑のポシェットの蓋を開けた。中には千円札が一枚だけ。指先で抜き取った。ジュースを買いに店に入ったとき、携帯電話で紙幣を撮影した。そして別れ際にポシェットに紙幣を戻した。

朝倉が睨んだとおりだ。

〈¥6775$65・55HND　G－5〉

夏目漱石の下に刻印された紙幣記番号。その下に、ボールペンで豆粒のような文字が書かれていた。またこの暗号だ。円とドルの金額に、四つのアルファベット。そして「－5」だ。

デッドドロップに代わる新たな連絡手段は、生身の竜馬そのものだったのだ。無垢な子供まで利用するのか。絢音は腸《はらわた》が煮えくりかえるとともに、虎松と千夏の執念に背筋が寒くなった。

運転席の朝倉は、タブレットに千円札の画像を映し出し、指先で拡大縮小を繰り返している。太股にスナック菓子の袋を挟み、口を動かすのも忘れていない。

た。


「食べる？　キャラメルコーン、懐かしいでしょ？」

振り返った朝倉の口の周りに食べかすがついている。

「ひとつもらいます。子供の頃によく食べましたよね、これ」

差し出された袋から一粒とって口に放り込むと、懐かしい甘さがじわっと広がった。

「絢音ちゃん……余計なお世話かもしれないけどさ」

朝倉は空になった菓子袋を捻りながら言った。

「はい？」

「あのこと、筒見さんには聞いたのかい？」

「何をですか？」

「スズラン作業のことだよ……」

思わぬ質問に、絢音の胸がどきりと音を立てた。

「あのとき、朝倉さんも作業報告書を読んだのですか……？」

「吉良に読まされたようなものじゃないか」朝倉は鼻先を掻いた。

資料整理を命じられて会議室にいたとき、朝倉は深い眠りについていたはずなのに。

「スズラン作業は極秘扱いです。たとえ父のことでも筒見さんに聞くわけにはいきません」

「固いこと言わないで、ちゃんと、聞いてごらん。絢音ちゃんにとってもそのほうがいいよ」

朝倉は邪気のない顔で、絢音を見つめている。

「私のことは、ほっといてください。いまは視察に集中しましょう」

絢音は少し強く言って、体ごと後ろに向け、工場の方角を睨んだ。


それから十分後、鼠色のコートに身を包んだ平田が車に乗り込んできて、慌しく大きな図面を広げた。

「県警と県の廃棄物指導課から聴取してきた。やはり、あの敷地は自動車解体ヤードだ。半年前に韓国人経営者が夜逃げしたあと、そのまま放置されている。敷地面積は約二千平方メートル。周囲は高さ三メートルのトタンの塀で囲まれ、裏側は多摩川の堤防に面している。構造物はプレハブの二階建て事務所と解体ガレージのみ。敷地の半分は廃車置場だ。入口はトラック用のゲートと、通用口のみ。防犯カメラは四台設置されている」

「僕が開発したロボットがあれば侵入させるんだけどなあ」朝倉がぼやいた。

「なるほどロボットか……。公総《こうそう》の機材班に相談してみよう」

すぐさま平田が電話をとった。

公安総務課機材班。公安部の秘撮、秘聴の機材には、世間に公開できない非合法なものも存在する。こうした特殊機材を一元管理し、開発、設置、運用まで手がけるのが機材班だ。

平田があちこちに連絡を入れている間、朝倉はぶつぶつ言いながら、千円札の暗号と格闘し始めた。手帳をめくり、これまでの視察状況と比較しているようだ。

午後十一時頃、上下作業服を着た工員風の男が、車の窓ガラスを叩いた。自動スライドドアを開けると、男は大きなアルミのトランクとともに乗り込んできた。

「どうも、機材担当の技官です」

絢音と同じくらいの年であろう技官は、名前を言わなかった。公安部では名乗らない者に、名前を聞いてはならない。秘匿の作業に従事する者だからだ。

技官がトランクを開くと、プロペラが四つついた奇妙な黒い物体が現れた。

「ドローンですか?」

「消音ドローンです。特殊なモーターとプロペラなので音を出さずに飛行できます」

技官は抑揚のない声で言い、雪降る夜空を見上げた。

ドローンの機体には赤外線カラー暗視カメラが装着されている。飛行中、手元のタブレット端末に画像を送信してくる仕組みだ。

技官がリモコンのレバーを操作すると、草むらに置かれたドローンは音もなく一気に冬空に舞い上がった。

「さあ、行ってくれ……」技官がつぶやく。

全員がタブレットの画像を凝視した。

「まずは上空を通過します……」

技官が慎重にリモコンを操作する。

赤外線カメラが山積みになった廃車を映し出した。続いてプレハブ事務所。電気が点灯しているのが分かる。人影はない。大型トラックが一台、事務所の前に停まっている。

「角度を変えますか？」技官が画面を凝視したまま言った。

「いや、そのままゆっくり高度を下げましょう。事務所の窓を狙える着地点があるか探れますか？」

朝倉が目をしょぼつかせながら言った。

「やってみます」

事務所を映しながら、ドローンがゆっくり高度を下げていく。時折、風で大きく揺れている。

「……ん？」

高さ三メートルほどまで下降したときだった。画面がぐるりと反転し、黒くなった。

「落ちた……」技官が呟いた。

「落下地点は？」

「工場の反対側。堤防あたりでしょうか。障害物はなかったはずですが……。回収してきます」

焦った様子の技官が車のドアを開けた。

「待ってください。落ちる直前、画面に人影があったような気がします。私が行ってきます」

技官を危険に晒すわけにはいかない。絢音はダウンジャケットのジッパーを首まで上げ、視察車を降りた。

「待って、僕も行くよ」朝倉に手首をつかまれた。

「朝倉さんは、ここにいてください。大勢で行くと気付《ヅ》かれますから一人で行きます。それに無線を持っていきますから大丈夫ですよ」

絢音は左耳のイヤホンを指した。

「あの機体には秘密の技術が詰まっています。お願いします」

技官の切迫した声が、心にのしかかった。

足早に歩いた。視界を遮るほど、雪が強くなっている。頭を下げて、工場の裏側にある河川敷を駆け上がった。川をどす黒い水がぬめり、暗闇の彼方の東京湾に注いでいる。

村上の海と同じだな——。

余計なことを考えた、そのとき、固いものが後頭部に当たった。

東京・狛江の児童養護施設「若草園」の園庭は雪化粧をしていた。午前八時、ランドセルを背負った十人近い子供たちが出てきた。雪玉を投げ合う男の子たちのはしゃぐ声が聞こえた。職員の若い男性に見送られ、子供たちが手を振る。

筒見は距離を置いて、あとをついていく。子供たちは住宅街を抜け、多摩川の堤防沿いの歩道を歩いていった。男の子たちは前を歩く女の子のグループに雪を投げ、逆襲にあって悲鳴を上げている。

歩道を見下ろす堤防に、自転車にまたがった老人がいた。筒見は子供たちの背後から離れ、堤防の坂をのぼった。

禿げ上がった老人は、ジャンパーを重ね着し、首にはマフラー代わりのタオルを巻いている。錆付いた自転車の荷台には、ビニール袋に入った空き缶の山が縛り付けられ、ハンドルに取り付けられた古いラジオから朝のニュースが流れている。

「あの子たちですか？」

筒見が子供たちに視線を送ると、老人は深く頷いた。

「ああ、そうだ。ヤツはあの子供たちを見ていた。毎日、登下校の時間にここに立って眺めていたよ」

「この男に間違いないですね？」

筒見は一枚の写真を老人に見せた。

「間違いない。……ヤツがどうかしたのか？　死んだのか？」

「なぜ、そう思うのですか？」

「頭が狂ってたんだ」老人は気味悪そうに顔を歪めた。

「狂っていた？」

「ヤツは俺の隣の小屋に住んでいた。夜中に肉が焦げる臭いがして俺が外に出たんだ。そしたらヤツが自分の体を焼いていたんだ。焚き火で熱した鉄の棒を体に押し当てて……。何度も何度も……そのあと、のたうち回って苦しんでた」

「自分の体を……」筒見の唇に微かな笑いが浮かんだ。

筒見は「ありがとう」と礼を言い、老人のジャンパーのポケットに一万円札をねじ込んだ。

「悪いね。兄さん」

老人が自転車にまたがったとき、ラジオから流れるアナウンサーの声が突如、緊張を帯びた。

〈いま、新しいニュースが入ってきました。今朝早く川崎市川崎区の工場街で、警視庁のワゴン車が大破して横転しているのが見つかりました。車内から、警察官ら三人が意識不明の状態で見つかり、救急搬送されたということです。三人の所属などは明らかになっていませんが、全員男性だということです。警視庁は三人が捜査

中に大型トラックに当て逃げされた可能性もあると見て調べています。また詳しい情報が入り次第お伝えします……〉

ロックの大音響が壁を震わせていた。叩きつけるようなビートが絢音の頭蓋内を暴れまわっている。

暗闇だ。何も見えない——。

頬に触れる冷たいざらつきで、コンクリの床にうつ伏せに寝ていることが分かった。

ここはどこ——?

後ろに回された腕は固定されている。手首に何かが強く食い込んで、両手指の感覚はまるでない。脚をばたつかせようとしたが、足首も縛られており、体が海老のようにのたくっただけだった。

ただならぬ状況にあることだけは理解できる。ドローンを回収するため、堤防に向かった。黒い川の流れに気を取られたとき、後頭部に固いものを突き付けられた。首筋に強い衝撃を受けて……。

「誰か……」その声は大音響に空しくかき消された。

現実感が薄れてゆく。

そうか。私は死んだのだ――。

全身の力みを解き、冷たい床に身をゆだねた。

やっと、父と母に会える。もう苦しまなくて済む。温かい涙がコンクリを濡らしていった。

ずいぶん長い時間が過ぎた。

ガタン。大きな音。眩しい明かりに眼を細めた。

「誰？　お父さん？」絢音は思わず口走った。

柔らかな明かりの中に、小さな人影が浮かぶ。ロックの音響が止み、静寂に包まれた。

小さな掌が頬に触れた。

「竜馬君……」

「どうしたの？　お姉ちゃん」竜馬の声が震えている。

「近くに誰かいる？」

「いないよ。夜、千夏先生が出かけちゃった……僕一人だよ。おうちに帰らなきゃ」

竜馬は目に涙をためて、いまにも泣き出しそうな顔をしている。

「どこに行ったか分かる?」

「分からない。大きなトラックで出ていった。朝になったらおうちに帰りなさいって」

竜馬は絢音の手を縛ったものを、懸命に引っ張っている。

「心配しなくていいわ、竜馬君。外に行って誰かを呼んできてくれる?」

「外に……」

「大丈夫。竜馬君ならできる。いつも一人で留守番しているのでしょう? あなたは一人で何でもできるわ」

「うん」竜馬は強く頷いて、駆けていった。

再びドアが閉まり、暗闇に包まれた。

三十分くらい経っただろうか。竜馬の叫ぶ声が聞こえたあと、重い靴音が響いた。

ドアが荒々しく開き、足音が耳元で止まった。

眼を開けたとき、十七年前に戻ったかのような錯覚を覚えた。

冷たい光を湛えた、澄みきった瞳が、絢音を見下ろしている。

男が脱いだトレンチコートで体が包まれた。体がふわりと浮き、絢音は小さな悲鳴を上げた。

たくましい腕に抱きかかえられていた。

「強くなったな……」

筒見慶太郎は低い声で呟いた。

終章

自動車解体工場を出るとき、時計を見ると午後六時だった。十八時間も監禁されていたのか。視察車両が大破し、朝倉たち三人が意識不明だと聞かされ、絢音《あやね》は胸の奥を掻《か》き毟《むし》られる思いだった。

夕闇は西の空にわずかな白味を残している。雪はあがり、路肩にうっすらと残っているだけだった。竜馬をミニクーパーの後部座席に乗せ、絢音は助手席に深く座って、顔をマフラーで覆った。

工場の門から百五十メートル先、昨夜、ワゴン車を止めていた場所で車を降りた。路肩の固まった雪に血痕が滲んでいる。散乱するガラス片が街灯の光に煌《きら》めいている。

別れ際の光景が蘇る。「僕も行く」といった朝倉を押し留めてしまった。恐怖か、怒りか、後悔かは分からないが、全身が小刻みに震えた。残る謎は自分で解くしかないと、腹を決め、車に戻った。

心を鎮《しず》めて、竜馬に尋ねた。

「竜馬君、そのポシェットの中を見せてもらっていい？」

「うん、いいよ」

絢音は手を伸ばして黄緑色のポシェットを開いた。

ない——。

暗号が書かれた千円札が消えていた。虎松から千夏への暗号は届けられたのだ。

「お月謝ならちゃんと渡したよ」竜馬が言った。

「千夏先生への月謝が入ってたの？」

「うん、お父さんが渡すようにって」

竜馬のあどけない笑顔を正視できなかった。

「なあ、竜馬……」ハンドルを握る筒見が、思わぬ質問をした。「君が『若草園』で友達と暮らしていたころ、お父さんが会いに来たことはあったか？」

「うん」後部座席で膝を抱えた竜馬はこくりと頷いた。

「それは朝、学校に行く途中だったね？」

「うん。毎日、黙って見ているだけだったよ。何度も呼んだんだけど、そのたびにどこかへ行っちゃって……。またいつかお父さんがいなくなるんじゃないかと思うと僕は……」

竜馬は涙を浮かべた。

二人のやりとりは絢音の理解を超えていた。竜馬が児童養護施設にいたのは虎松が北朝鮮に拘束されていたときのことだ。会いに来るのは物理的にあり得ないことではないか。

ミニクーパーはコンビニの駐車場に入った。

「竜馬、腹減ったろ。食べ物を買ってきてやるから待ってろ」

筒見はこう言いながら、絢音に「降りろ」と目で合図した。

「いまの話、どういうことですか？」

外に出るなり、絢音は小声で聞いた。

「虎松は狙撃事件の一年前から、狛江の多摩川河川敷で路上生活をしていた」

想像を超えた筒見の答えに、絢音は愕然とした。

「玄界灘で保護されたのは……」

「すべて偽装だ。ヤツは密かに帰国していたんだ。体に刻まれた傷は拷問の痕じゃない。自分でつけたものだ」

虎松が玄界灘で救助されたのは、河野官房副長官が狙撃されてから一ヵ月後のことだ。絢音たちは端《はな》から、虎松に騙されていたのだ。

「狙撃事件に虎松さんが……」

朝倉も「虎松には動機がある」と言っていた。その推理を懐疑的に見ていた自分を恥じ、絢音は下唇をかんだ。

「事件前日、虎松と人着《ニンチャク》（人相着衣）が似た男が新宿のカプセルホテルに片桐治夫名義で宿泊している。狙撃犯の赤い帽子の男は虎松だった可能性が高い。事件後、虎松は自転車で世田谷通りを南下して、路上生活をしていた狛江の多摩川河川敷に戻った。捜査の手が及んだときには治夫が名乗り出ることは最初から決まっていたんだ」

筒見は押し殺すような声で言った。

「なぜ、虎松さんは赤くて目立つレンジャーズの野球帽をかぶったのでしょうか？」

「テキサス・レンジャーズの名前の由来を知ってるか？」

「いえ……」絢音は首を振った。

「二百年前に創設された、北米で最も古い伝説の治安部隊だ。無法地帯となったテキサスを守った勇猛な男たちだ」

「治安部隊の名前が球団名に……？」

絢音は記憶するように呟いた。だが、筒見の言わんとするところが理解できなかった。

「ファンなんだよ……。河野昇は警察官僚だ。伝説的な治安部隊の名前を受け継いだテキサス・レンジャーズの大ファンなんだ。だからアメリカに出張すると、限られた部下にレンジャーズの帽子を土産に渡していた。そのとき『勇猛なレンジャーに倣《なら》え』という言葉を添えるんだ。虎松も貰ったことがあったんだろう。だからこそ、あの派手な帽子を狙撃現場にかぶっていった。自らの存在を知らせるために……」

絢音は愕然とした。背中を追っていたはずの筒見は、遥か先を走っていた。しかもパズルはとうの昔に完成していたのだ。

「その帽子の話、筒見さんは最初から気づいていたのですか？」

「俺も昔、公安部長時代の河野から帽子を貰った。最近それを思い出しただけだ」

筒見ははぐらかした。

このとき、絢音は重大なことに、はたと気づいた。

「だとすると、河野副長官は虎松に撃たれたことを知っているのでは……？」

捜査会議での朝倉と吉良の応酬を思い出した。だから、あのとき朝倉は河野の事情聴取に拘り、吉良はそれを潰そうとしたのか。

「そうだ。河野には、虎松が犯人だと名指しできない事情があるんだ」

筒見の目が妖しく光った。


車内で弁当を食べさせたあと、川崎警察署の近くで竜馬を車から降ろした。絢音は立番の警官に「迷子になった」と伝えるよう言い聞かせ、背中をそっと押した。

「じゃあね、お姉ちゃん」

竜馬は心細そうな顔を見せたが、決心したように口を結ぶと、とぼとぼ歩いていった。

「待って、竜馬君」絢音は小さな背中を引き留めた。「……絶対にお父さんを連れてきてあげるから」

「ほんと？　約束だよ」

差し出された竜馬の小指に、絢音はしっかりと小指を絡めた。

午前一時、西川課長は憔悴しきった様子で、川崎中央病院の救急病棟の椅子に座っていた。

「絢音……生きていたんだな。よかった」

西川の眼は真っ赤で、涙が滲んでいた。

「三人は……？」

「集中治療室だ。頑張ってるよ。生きるために必死で闘ってる……」

「申し訳ありませんでした。フウさんの特命だったのに、こんなことに……。ノンキャリの意地だ、なんてつまらない考えで……。私だけ助かって……」

涙が止めどなくこぼれた。絢音の手首を摑んだ朝倉を車に押し留めた時の光景がよぎる。

「絢音、自分を責めるな。あんな少人数で視察をさせたのが悪かった。すべては俺の力不足が招いたことだ」

ガラスの向こうにモニタリング機器がついた十数台のベッドが並んでいる。朝倉は一番右端のベッドで、医師や看護師に取り囲まれており、姿は見えなかった。

「朝倉さんの所持品はどこにありますか？」

西川が袋に入った朝倉の私物を持ってきた。

黒い手帳を手に取る。ぎりぎりまで開いていたのだろうか。どす黒い血が滲んでいた。

手帳の一番後ろの余白欄には、几帳面な筆跡が並んでいる。

¥810$06・04PK+1　↓921　17・15PARK

¥6775$65・55HND　G－5　↓1220　10・00?

暗号を解読しようとした痕跡だ。朝倉は答えを導き出す直前、敵の攻撃に倒れたのだ。

「片桐千夏を探します」

絢音は手帳を握り締めて踵《きびす》を返した。

「ダメだ」西川は予期していたように即答した。

「フウさん……なぜ」

「課長命令だ。お前は捜査から外す。本部に戻れ」

「行かせてください。狙撃事件の答えがあるんです」絢音は焦りをぶつけた。

「従えないなら、辞表を出せ。私人として勝手にやれ！」

西川の表情は一変した。般若《はんにゃ》のような恐ろしい形相を前に、絢音は一歩も引かなかった。

「外二《ソトニ》は狙撃事件の捜査から撤退するつもりですか！」

西川は全身に殺気を漂わせ、吊り上がった目で絢音を見つめた。

「狙撃事件は解決だ。片桐治夫に殺人未遂容疑で逮捕状が出た」

「な、なんですって？」

「ただちに指名手配をする」

「片桐治夫は撃っていません。冤罪《えんざい》になります！」

絢音は歯を食いしばって睨みつけた。

西川は鼻を鳴らし、口角に残忍な笑みを浮かべながら言った。

「もうひとつ、いい知らせがある。筒見慶太郎にも逮捕状が出た」

「えっ」背筋に冷たい戦慄が走った。

「刑法百三条、片桐治夫を匿った犯人蔵匿罪。ヤツに関われば、お前の警察官生命は終わりだ……」

「関係ありません。私は行きます」

西川は黄色い歯を見せて笑った。

「じゃあ、いま、ここで辞表を書け！」

猛烈な力で二の腕を摑まれた。

「フウさん……いえ、西川課長も真相を隠蔽しようというのですね。信じていたのに残念です」

「真相だと？　そんなものはこの世に存在しない。公安警察にとって、国益こそがすべてだ。国益を損ねる害虫は駆除するだけだ」

「離して！」

絢音は腕を振りほどいて救急病棟を飛び出した。

〈親愛なるケイへ。

東京旅行を楽しんでいますか？　先週、依頼のあった、あなたの車の修理が終わりました。おっしゃる通り、後部座席のヘッドレストに小さな宝物が隠れていました。お宝の鑑定結果は添付ファイルを見てください。

あなたの友人・エリックより〉

英文のメールを読み終わると、筒見は二重にかかったパスワードを打ち込んで添付ファイルを開いた。

〈鑑定結果：8mm×12mm Nanbu 102gr FMJ〉

読んだ瞬間、筒見は目元を左手で押さえ、大きく息を吐いた。

ＦＢＩの友人が送ってきた、たった一行の鑑定報告書。そこには筒見の車から発見された弾頭の名称と重量、被覆の種類が書かれていた。

真夏のマンハッタン、未明の光景が蘇った。

隣に並んだ黒いジープ・チェロキー。窓から突き出た銃口の輝き、フィデルの唸り声、乾いた銃声——。

頭の中で画像を反復再生するうちに、心に引っかかっていた大きな謎が氷解していった。

午前八時十五分。絢音が品川駅中央改札を出てくるのを、筒見は券売機前の柱の陰から見ていた。視線がすれ違ったとき、筒見は右の耳に手をやった。尾行者がいないことを知らせる合図だ。だが、絢音は軽く頷き、人波に乗って高輪口の方角に消えた。

二十分後、絢音は品川駅港南口に出てきた。階段を降り、駅前のビル街を徒歩で回る。駅前に戻ってくると、コンビニに入った。品川駅港南口バス停は、絢音が伝えてきた合流場所だ。だが、絢音は全身に警戒の棘を張り巡らしながら、激しく点検を繰り返すばかりで筒見に近づいてこない。その動きは、訓練されたスパイハンターそのもので、筒見に異常事態を知らせている。

午前八時五十二分、バスがやってきた。絢音が指定した羽田空港国際線ターミナル行きの京浜バスだった。

公園のベンチに座る筒見は、道路の反対側にあるコンビニで雑誌の立ち読みをしている絢音に向けて親指を立て、バスに乗り込んだ。

「運転手さん。もう一人乗るから待って」

閉じかかったドアが開くと、絢音が駆け込んできた。

バスの座席は三割程度埋まっていた。筒見は最後部の座席に座り、後方を確認した。尾行はない。目で合図を送ると、ようやく絢音は隣に座り、スポーツ新聞を広げて口許を隠した。

「公安部が片桐治夫さんを河野副長官狙撃事件の実行犯と断定しました。氏名不詳者として殺人未遂容疑で逮捕状が出ています」

気持ちが高ぶっていることは、絢音の口調で分かった。

「口を塞ぎたいだけだ。でも、そんな簡単に逮捕させない」

「筒見さんにも逮捕状が出ています……逃亡中の治夫さんを匿った犯人蔵匿だそうです」

絢音は悔しげに言った。

筒見にはこれといった驚きはない。なにがなんでも真相を隠蔽する。これが公安部の明確な意志なのだ。

「それが公安《ハム》のやり方だ。そんなことを伝えるために、俺をこのバスに乗せたのか？」

「いえ……お見せしたいものがあります」

絢音はバッグから手帳を取り出すと、頁《ページ》を捲《めく》った。赤黒い血痕が広がり、その中に数字とアルファベットが並んでいる。

「これは？」

「朝倉さんの手帳です。事件直前までに、虎松と千夏が交わした暗号の謎を解いていました」

¥810$06・04PK+1　↓921　17・15PARK
¥6775$65・55HND　G-5　↓1220　10・00?

「右は、北朝鮮製煙草の巻紙に書かれた千夏から虎松への暗号、左は竜馬君が運んだ千円札に書かれた虎松から千夏への暗号です。¥マークは日付、$マークは時刻を意味しています。最初の暗号は末尾に表示されたとおり、すべての数字に1を足します。すると、九月二十一日、十七時十五分。PKはPARK、つまり公園です。つまり、虎松の自宅前の公園でのデッドドロップの日時を指定しています。実際にこの日時に千夏は公園に姿を現しました」

「シーザー暗号の応用か……」

身を乗り出した筒見が穴の開くほど手帳を睨みつける。

シーザー暗号とは原文の文字を特定の文字数だけシフトして解読する単一換字式暗号だ。

絢音は続けた。

「一つ目の煙草に仕込まれた暗号は、私が回収してしまったので、それ以降、二人は連絡手段を変え、竜馬君を伝令役にしました。竜馬君が運んだ二つ目の暗号をご覧ください。同じやり方で五を引くと……十二月二十日、今日です。時刻は十時。HNDは……」

筒見と絢音は、同時に、車内前方の電光掲示板を見上げた。

〈このバスは羽田空港国際線ターミナル行きです〉

「今日午前十時、羽田空港……」筒見が低く唸った。

「そうです。HNDは羽田空港のコードです。……Gはカウンターの名前ではないでしょうか」

絢音の言葉に、筒見の奥歯がぎりっと音を立てた。

「今日は能島総理夫妻が政府専用機で北京に出発する。国際線のGカウンターは外交団と同行記者団の集合場所だ」

腕時計は午前九時十五分を指している。四十五分後には、虎松と千夏が何らかの行動を起こすのだ。

「このバスを降りましょう。六係の後輩が次の停留所で、車で待機しています。緊急走行で飛ばせば間に合いますし、空港周辺の検問で止められることもありません」

絢音が力強く言った。

赤色灯を回す捜査車両は、首都高の車間を縫いながら疾走した。

「昨夜、虎松は自宅に戻らず、首相官邸の補佐官室で一晩過ごしました。今日は、十時五分官邸発の総理車列で羽田空港の政府専用機に直行する予定です」

ハンドルを握る関根は、助手席の絢音にこう説明した。

「関根君、私たちを乗せたことは、誰にも言わないで。あなたを巻き込みたくないの」

「はい、分かりました」

関根は虎松の行確《コウカク》を担当していたおかげで一昨夜の事件に巻き込まれずに済んだ。絢音の行方を捜し続けていたとのことで、一時間前に絢音が電話した時には、声が震えていた。涙もろい熱血漢。絢音にとって最後の心強い味方だ。

ところが筒見は「羽田空港に行け」と言ったきり、押し黙ったままだ。後部座席からミラー越しに、関根の表情を覗《うかが》っている。その姿は心を閉ざした野犬のようだった。

車が首都高速の羽田出口を降りて、環状八号線を左折した時だった。

「止まれ」窓の外を見ていた筒見が突然言った。

「えっ？」

関根は戸惑ったように、ミラーに映る筒見を見た。

「ここに、止まれ」

関根の喉元にボールペンの先端が食い込んでいた。車は路肩に急停止した。

「どうしたのですか！」助手席の絢音は叫んだ。

「尾行がついた……」

「えっ、どこに？」

並走していたワゴン車が前に止まっている。後ろはバイクが止まり、挟まれた形になっている。

「そこにマイクだ」筒見は運転席のサンバイザーを指差した。

黒い小型マイクの先端が覗いている。

小さく舌打ちした関根が横目で絢音を見た。

「島本さん、この男についていく道を選んだあなたは終わりです。こんなことで過去の心の傷を癒すつもりだったのですか？」

侮蔑を含む冷たい言い振りだった。

「関根君……」

そのとき、筒見の手が関根の髪を鷲掴みにし、後部座席に上半身を引《ひ》き摺《ず》り込んだ。

絢音が振り向く間もなく、ごつっという骨を打つ音が二回響いた。

すぐに関根の体は押し戻されて、運転席に戻った。ハンドルに突っ伏し、ぐったりとなった顔が鮮血に染まっている。

一瞬の出来事だった。

「ひとつ教えてやる。公安《ハム》では同僚に心を許すな……」

筒見はこう言い残して、ゆっくり車を降りた。

観念するつもりか……。絢音がそう思った刹那《せつな》、筒見は脱兎のごとく、車が激しく行き交う環状八号線に駆け出した。

同時に前方のワゴン車からも二人の男が飛び出し、あとを追う。

急ブレーキ、クラクション……。

筒見は急停止した車のボンネットの上を飛び越えて渡り切り、対岸の路地に消えていった。

国際線ターミナル前にタクシーが到着したのは、政府専用機搭乗者の出発時刻、午前十時ちょうどだった。筒見はタクシーを降りると、エスカレーターを三階まで駆け上がった。

出発ロビーには搭乗手続きのカウンターが並んでいる。

どこかに片桐千夏がいるはずだ。

Gカウンター前には背広姿の男女の一団が見えた。

首相官邸の職員や同行記者、外務省職員ら政府専用機の搭乗者には、ここで目印となるリボンが渡される。手荷物には航空自衛隊を示す「JASDF」のタグがつけられるだけで、X線や金属探知機などの検査は一切ない。

その後、外務省の事務官が名前を確認するだけでバスに乗せられ、政府専用機にノーチェックで乗り込むのだ。長年の信頼関係はセキュリティに風穴《かざあな》を開けたのだ。

千夏はどこだ――。

筒見は出発ロビーの隅々に視線を走らせ、三百六十度、視界内の人の動きを静止画にして切り取っていった。特異行動を示すものは、鮮明に浮かび上がるはずだ。

いない。人々はゆっくりと自然に行き交っている。

Gカウンター前に飯島外務審議官が二人の御付《おつき》を従えて到着した。待っていた外交官たちが一斉に立ち上がって頭を下げている。

「四号バスの皆さん、飯島外審がいらっしゃいました。バス乗り場に移動してください」

若い事務官が手を挙げた。

政府専用機に搭乗する各々が荷物をまとめ、移動を開始した。

「待ってくれ」筒見が案内役の事務官の前に立った。

「あなた誰？」

「ニューヨーク総領事館の筒見だ」

警視庁警察官と言えば、反応は違ったかもしれない。だが、そう名乗るのを体が拒絶した。

「は？　何です？」

「バスに乗る前に、全員の身分証を確認させてくれ」

「政府専用機の搭乗時刻が迫っているんだ。邪魔しないで」

押しのけようとした事務官の手首を強く掴んだ。

そのとき、出発ロビーに非常ベルが鳴り響いた。警備員と警官数人がロビーを走っている。トイレの前に人だかりができているのが見えた。

「みなさん、急ぎましょう」

事務官がざわつき始めた外務省の幹部たちに声をかけた。一団が再び移動を開始した。

筒見はトイレに向かって走った。

担架に乗せられた下着姿の若い女が運び出されてきた。

「彼女はどうした?」筒見は警備員に聞いた。

「強盗のようです。女子トイレの個室で倒れていました。鍵がかかっていて発見が遅れました」

担架に寝た女は意識が朦朧としている。警備員が大きなタオルで女の体を覆った。

「おい、誰にやられたんだ」

「……後ろから首を絞められて……。よく覚えていなくて……」

薄目を開けた女は途切れがちに言った。

「君は誰だ」

「毎朝新聞政治部の記者です。政府専用機で北京に行く予定で……」

こう言って女は両手で頭を抱えた。

「服や持ち物は？」

「……ない。服もバッグも盗られたわ……。パスポートが入ってたのに……」

「盗られたのはどんな服だ？」

「紺色のパンツスーツです……」

筒見は野次馬を掻き分け、弾かれたようにロビーを駆けだした。

「筒見さん！」絢音の声が聞こえた。

「政府専用機に向かうチャーターバスを止めろ。全員のパスポートを確認するんだ。千夏が女性記者になりすましているはずだ。紺色のパンツスーツを着用している可能性が高い」

絢音と一緒にエスカレーターを駆け下りる。

乗り場からは最後のバスが出発しようとしていた。

「そこのバス、動かないで！」

警察手帳をかざした絢音が、バスの前に立ちはだかった。運転手にドアを開けさせ、二人でなだれ込む。

「警視庁です！　全員、席に座ったまま、パスポートを出しなさい！」

絢音が怒鳴ると、車内は凍りついた。

二人がかりでパスポートと顔写真を照合していく。全員が外交旅券だった。

「このバスにはいません！」絢音が叫ぶ。

「筒見さん、何をやっているのですか！　総理の出発時刻が迫っているのですよ！」

中ほどの席で、飯島が立ち上がり、金切り声を上げた。

「飯島さん、バスは全部で何台ですか！」

「え、あの……確か、全部で四台です。ほかのバスはすでに特別駐機場に向かいました」

「すぐに停車を命じてください」

「ええ！　そんなムチャな！　無理ですよ！」

筒見は悲鳴を上げる飯島の襟首を摑んだ。

「約束だ。言うとおりにしろ。我々が行くまで、先行のバスを路肩に待機させるだけでいい。これはあなたが招いたことだ」

「わ、分かりました……ロジ担に伝えます」

飯島は慌てふためいて携帯電話を手に取った。

「バスを出してください！　早く特別駐機場に向かって！」

絢音が鋭く叫ぶと、運転手がバスを発進させた。

「……で、出ない……電話に出ません」

飯島は携帯を操作しながら脂汗を浮かべている。

「そのロジ担当の名前は？」

「辰巳君です。私の秘書だった辰巳仁君です」

儀典外国訪問室に異動になりました——。

あの晩、六本木通りで、辰巳は折り目正しく人事異動の挨拶をした。儀典外国訪問室は総理外遊のロジスティクスを担当する部署だ。まさに、政府専用機搭乗者の案内役、この能島総理の北京訪問の段取りを緻密に取り仕切るのが任務だ。

「辰巳が乗るバスを追え。政府専用機に乗せるな！」

筒見の怒声に、運転手がアクセルを踏み込んだ。

政府専用機に向かうチャーターバスは直線道路を疾走した。車内は異様な緊張に包まれた。

絢音は隣の筒見に話しかけるべきか迷っていた。だが、これを逃せばチャンスは二度とないような気がした。

「筒見さん。聞いていいですか」

「なんだ」筒見は覚悟を決めた顔で絢音を見つめた。

「十七年前のスズラン作業の報告書を読みました。あの作業は成功だったのでしょうか？」

あえて父の名は出さなかった。絢音の問いに、筒見は眉間に皺を寄せ、答えに逡《しゅん》巡《じゅん》したように見えた。

「もちろん成功だ」自分に言い聞かせるかのように言った。

絢音はすかさずバッグから三枚の写真を出した。

「父が……、島本直幸が大事にしていたカメラに、未現像のフィルムが残されていました。吉田を名乗る男が村上市内の神社にいる写真です。話している相手の女……見覚えがありませんか？」

鳥居が見える森の中で、「吉田」が、ひとりの女と話をしている。木々の間から漏れる橙の夕陽に照らされた女は、国民の誰もが知る顔だった。

筒見は写真に突き抜けるような強い視線を落とし、

「これが真相だ……」

と喉の奥からふり絞るように言った。万事承知していたかのような、落ち着いた表情だった。

絢音は自分の体が深い闇の淵にあることを思い知った。

「これから何が起きるのですか」

「虎松と千夏の任務は、金王朝転覆を目論む反体制派の暗殺だ。同時に、藤崎美代子の無念も晴らそうとしている。最後の標的が、その写真で張哲《チャンチョル》と一緒に写っている女だ」

「張哲……」思わず絢音は唾を飲み込んだ。

「吉田の正体は、張哲という北朝鮮工作員だ。チヨダの登録コードネームはスズラン。日本警察の最重要特別協力者で、北の工作機関に関する多くの有力情報をもたらした。だが、今年七月、反体制派の幹部としてメキシコのティファナで暗殺された」

「吉田が……張哲が死んだ……？」

絢音は目を閉じた。父の死の真相は闇に葬り去られたのだ。

朝鮮中央通信が報じた「国外で処刑した逆賊」とは、白元弘《ペクウォンホン》と張哲のことだったのか。

「君のお父さんは、この写真を撮影し、俺に渡そうとしていた。しかし、その直前に亡くなった……。でも十七年後のいま、こうして真相を伝えている」

こういって、筒見はバスの進行方向を見た。その表情は運命と格闘するかのような引き締まった顔つきだった。

——自殺なの？　それとも殺されたの？

絢音は喉元まで出かかった言葉を飲んだ。

聞いても無意味だ。筒見は公安捜査員として、父の死の真相解明よりも、特別協力者の獲得運用を選択したのだから。その行動原理は今の絢音には理解できた。

絢音はもう一度、父が撮った写真を見つめ、壮大な闇に立ち向かう決意を固めた。

バスは特別駐機場に入った。セキュリティゲートを通過すると、政府専用機「ボーイング747-400型機」の巨体が二つ並んでいるのが見えた。純白の機体に、尾翼の日の丸が映える。ここで最終点検が行われ、調子の良いほうの機体に、総理大臣をはじめとする外交団が乗り込む。もう一機は万が一に備えた予備機としてあとを追って飛行するのが慣例だ。

先行する三台のバスからは、既に記者やカメラマンが降りて、政府専用機のタラップを上り始めていた。

「筒見さん、これを……」

絢音は小型無線機を筒見に渡してバスから飛び降りると、能島総理の到着を待つSPに警察手帳を掲げて駆け寄った。

「公安部外事二課の島本です。搭乗を中止して、全員を滑走路に降ろしてください」

「何故です？　スケジュールがかなり遅れているんですよ」

若いSPは時計を見ながら、得心のいかない顔をした。

「至急、SP全員に伝えてください。搭乗者の中に無関係の人物が紛れ込んでいる可能性があります」

絢音が言うと、SPは目を丸くした。

「そんな馬鹿な……」

そのとき、パトカーに先導された能島総理の車列が特別駐機場に滑り込んできた。

絢音がSPたちと問答する隙を見て、筒見は機体最後尾のタラップを駆け上がった。機内では記者とカメラマン、さらにロジや報道担当の若い事務官が座席に着き始めていた。

「記者証とパスポートを確認する。手元に用意してくれ！」

筒見の指示に、皆、口々に不満を言った。

手当たり次第に顔を確認していく。

いない。どこだ――。

〈総理の車が到着しました〉

無線のイヤホンから絢音の声が聞こえた。

「まだ機内を検索中だ……」

〈こちらはもう限界です〉

「もう少しだ。待たせろ」

〈飯島審議官が頑張ってくれていますが、出発時刻が迫っています。総理夫妻と……

虎松補佐官も到着して車内で待機中です〉

すべての役者が揃いつつあった。

前方の幹部席にも、外交官たちが搭乗してきた。そのとき、トイレからマスクで顔を覆った背の高い男が出てきた。

筒見は乗客を掻き分け、男の前に立ちはだかった。

「筒見さん、その節は……」

辰巳はマスクを外し、笑顔で頭を下げた。その態度は落ち着いており、狼狽はなかった。

「いったん降りてくれ。君に聞きたいことがある」

筒見は親指で出口を指した。

「はい。貴重品が入っているので、鞄を取らせてください」

辰巳は素直に同意し、席に戻ろうとした。

「荷物はそのままでいい。すぐに出ろ」筒見は辰巳の左腕を摑んだ。

「そうですか……」

さも、残念そうに呟いた瞬間、辰巳の右手が筒見の顔に伸びた。

咄嗟に右手で受け止めると、掌に針を刺したような痛みが走った。

辰巳が血の付いたナイフを持っていた。狂気も、興奮もない。冷たいガラス玉のような目だった。

「こちらSP6。公安部・島本巡査部長の要請により、五分間、搭乗を見合わせる。マル対は車内待機」

直近警護のSPが無線のマイクに小声で言った。

警護課の管理官はしきりに、左腕のデジタル腕時計を見ている。

「公安部さん、本庁から何の指示も来ていない。離陸時刻が迫っているから、五分以上は待てないぞ」

「分かってます。でも、緊急事態なんです。搭乗者を確認するまで待ってください」

絢音は機体を見上げたまま、管理官に言った。

「いったい何が起きたんだ？」

「捜査に関わることです。ここで申し上げることはできません」

絢音はこう応じながら、視界の隅では、車から出てきた虎松の姿を捉えていた。

虎松は携帯電話を耳に当て、小声で何かを話している。絢音が背後に近寄ったが、機体の空調タービンが発する金属音に遮られて、会話内容を聞き取ることはできない。

能島総理夫妻が到着してから五分が経過するのはあっという間だった。駐機場にじりじりとした苛立ちが広がっている。

「もう、待てない。限界だ」

SPが総理専用車のドアハンドルに手をかけたとき、救いの手が差し伸べられた。

「もう少し待ってください。カメラの調子が悪くなって……」

総理の搭乗を撮影するテレビカメラマンが準備に手間取っていた。それを見た虎松がカメラマンに駆け寄った。

「時間だ。早くしろ！」

虎松の見開かれた眼が血走っている。

異様な激昂ぶりに恐《おそ》れ慄《おのの》いたカメラマンは慌ててカメラを担いだ。

「こちらSP7。マル対の搭乗を開始する。ドアオープンします」

SPは周囲を警戒しながら、総理専用車のドアを開けた。

滑走路がぴりっとした緊張に包まれる。

能島総理夫妻が降り立つと、フラッシュが焚《た》かれた。総理の傍らで、薄いピンクのスーツに身を包んだ歌織夫人がテレビカメラに向かって、あでやかな微笑みを振りまいた。

そこに制服姿の空港警察署長が進み出ると、王侯貴族に対するような慇懃な物腰で夫妻をタラップに誘導した。

こうした慣例通りの儀式が始まると、もはや絢音には抵抗の術はなかった。

〈見つけたぞ。刃物を持っている。総理を乗せるな！〉

筒見の声がイヤホンに飛び込んできた。

機体後方のタラップから、数人の記者が血相を変えて降りてきた。

まずい――。

能島総理夫妻は手をつなぎ、機体前方のタラップを昇り始めている。撮影の邪魔にならぬようSPは警護態勢を解いていた。

そのとき、絢音の視線がタラップの上に立つ虎松の表情を捉えた。歪んだ笑みを浮かべながら総理夫妻を睥睨している。

「待ってください、総理！」絢音は叫びながら走った。

能島総理を追ってタラップを駆け上がろうとして、SPの分厚い体に弾き飛ばされた。

「みんな離れろ！　降りるんだ」筒見は鋭く怒鳴った。

ナイフを左手に持ち替えた辰巳が腰を落として構える。

傍にいた女性記者が悲鳴を上げ、カメラマンたちがフラッシュを焚いた。

〈……総理夫妻が前方搭乗口から入ります！〉

絢音の切迫した声がイヤホンに届いた。

そのとき、辰巳の後ろ、客室前方の席から色白の背の高い女が立ち上がるのが見えた。紺色のパンツスーツ。栗色の長い髪をなびかせながら、前方に早足で歩いていく。

片桐千夏――。

視線がわずかにそれた瞬間、飛び込んできた辰巳が左手のナイフを突き出した。

筒見は後ろへの体重移動だけで、ぎりぎりで見切り、素早く踏み込んで右の拳を突こうとした。だが辰巳の右手が外角から迫っていた。

上体を逸《そ》らしてこれをかわすと、鼻を刃先が掠《かす》めた。辰巳は右手にもう一本ナイフを隠し持っていたのだ。明らかに白兵戦訓練を受けた者の動きだった。

「よく私のことが分かりましたね」辰巳は無感情に言った。

瞬きひとつせずに、筒見を見つめている。

「狙撃現場の写真だ。運動会で父兄が撮影した写真の片隅に君の姿が写っていた。どの写真でも赤い帽子の男の隣に監視役のように付き添っていた。君は事件後、同じ帽子を被って、成城学園前駅の方に走り、わざと通行人の女性に衝突した。捜査攪乱《かくらん》のために……」

「素晴らしい推理です」辰巳が満足げに頷いた。

「俺が飯島さんに送った経過報告書を盗み見たようだな。白元弘の安全家屋《セーフハウス》の場所を突き止めることができるのは君しかいない。そして、君は北京の大使館で派遣員だった頃、北朝鮮国家安全保衛部の要員と七回も接触し、平壌に五回渡航している。外務省は、北が送り込んだ休眠工作員《スリーパー》を採用してしまったんだ」

「筒見さんは中国当局にも協力者がいるのか。さすがだ……」

いい終わらぬうちに、辰巳は素早く距離を詰めた。

飛んできた左のナイフに合わせて、筒見は渾身《こんしん》の右前蹴りを相手の鳩尾《みぞおち》に突き刺した。

爪先に低い呻《うめ》き声が伝わった。しかし辰巳は前のめりに倒れながら、猛烈な力で両脚を刈込みにきた。筒見は背中から落ち、辰巳の下になった。

白刃《はくじん》が閃《ひらめ》く。筒見の右手はこれを辛うじて受け止めた。鋭い痛みとともに、掌を貫通したナイフの先端が眼前に迫る。刃先から滴《したた》る鮮血が顔を濡らした。

「やめなさい！」女の叫び声。

骨を打つ鈍い音。辰巳の頭が衝撃でぶれた。残忍な光を帯びていた目の焦点が飛び、ナイフが力を失った。

その隙に、筒見は体を回転させて、辰巳の左腕をとった。両脚を首に絡めて締め上げた。やがて辰巳がゴム人形のように崩れ落ちた。

「筒見さん……十七年前のお返しです」

カメラの三脚を抱えた絢音が、力強く言った。

二人のSPが辰巳を引き起こそうとした、そのとき、意識がなかったはずの辰巳が白いものを口に運ぶのを見た。

「待て！」

飛びかかった筒見が手を辰巳の口に突っ込もうとしたが、嚙みしめた歯に遮られた。

辰巳はびくっと大きく震えたあと、白目を剝き、大きく体を仰《の》け反らせた。涎を流し、二、三回、足をばたつかせたかと思うと、全身を棒のように突っ張らせて動かなくなった。

シアン化合物特有の症状。任務が失敗に終わった時には、自らの口を封じるために命を絶つ。北の工作員はその掟《おきて》に従い、一瞬にして憐れな骸《むくろ》となった。

「筒見さん！　か、歌織夫人が……じ、銃、拳銃です……早く……」

飯島の巨体が地響きを立てながら、狭い機内を走ってきた。

機体最前方には総理専用の執務室がある。その部屋の扉の前に黒服のSPたちが集結していた。

「総理は無事か？」筒見は手前にいる若いSPに聞いた。

「はい。SPが外にお連れしました」

「部屋の中にいるのは誰だ？」

「拳銃を所持した女が歌織夫人を人質にして立て籠《たこ》もっています。虎松補佐官もご一緒です」

「女の人着《ニンチャク》は？」

「色白、茶髪の背の高い女です。年は三十代半ばで、どちらかというと……白人みたいな……」

「犯行時の状況を説明してくれ。傍で見た者はいるか？」

「はい」扉の前にいる年長のＳＰが筒見を見た。

「……総理がタラップを昇り終えた時、虎松補佐官から我々直近警護のＳＰに下がるよう指示があったんです。我々が引いた瞬間、後ろから胸に国会記者章をつけた女が割り込んできて、銃を向けてきました。取り押さえる間もなく、女が歌織夫人と虎松補佐官を中に押し込んでしまって……」

総理の外国訪問に同行するＳＰは拳銃を所持しない。この場で拳銃を持っているのは日本に残るＳＰだけだ。千夏は武装したＳＰの目が届かなくなった搭乗直後を狙ったのだ。

「誰か拳銃を見たか？」

筒見はＳＰたちを見回した。

「銃身が細い、見たことのない銃です。弾倉が見えなかったので、自動式かと……」

先ほどの若いＳＰが言った。

「総理執務室の中の構造が分かるものは？」

後ろで年輩の客室乗務員が「はい」と手を上げた。航空自衛隊三等空佐を名乗るその女は図面を広げた。

場所は操縦室の直下に位置する。十五畳ほどのスペースに会議用のテーブルがひとつ。据付の椅子が四つ、奥に大きなベッド。衛星電話やFAX、テレビ、インターネット設備も備えた、まさに空飛ぶ首相官邸だ。

「中に電話をつないでくれ」

客室乗務員が、電話を操作して受話器を筒見に渡した。

呼び出し音が三回鳴った。

〈はい……〉紛《まぎ》れもない、虎松の声だった。

「筒見だ。俺を中に入れてくれ。武器は持っていない。あんたと話がしたいだけだ」

〈やはり君が来たか。全員、ドアから五メートル以上離れてくれ〉

筒見の合図でSPたちが下がった。

解錠する音とともに、執務室の扉がわずかに開き、虎松の顔が半分見えた。

「筒見さん……カメラマンを用意してくれ。撮影してもらいたいものがある。三分以内に準備して欲しい」

虎松は低い声で言うと、扉を静かに閉めた。

SPたちは一瞬狐につままれたような顔をしたが、すぐに驚愕の表情に変わった。

虎松首相補佐官は人質ではなく、歌織夫人を人質に取った立て籠もり犯であることに、ようやく気づいたからだ。

「飯島さん。カメラマンを連れてきてください」

筒見の指示に、飯島は血相を変えて飛び出していった。絢音に視線を送ると、小さく頷いた。

空港警察署長が筒見に耳打ちした。

「捜査一課がこちらに向かっている。到着まで犯人と交渉するなと指示が来ている。勝手に動かないでくれ」

「歌織夫人が撃たれたら、責任はあんたがとるのか？」

「それは……」空港署長の視線が床に落ちた。

「どけ！」

筒見は署長を押しのけ、飯島が連れてきたカメラマンを通した。

再び執務室のドアが五センチほど開いた。

「三分経過だ。カメラマンは用意できたか？」虎松の低い声が響いた。

「ああ、準備万端だ」

「すべてのハッチを閉めて、ロックしろ」

虎松はこう指示してドアを閉じた。

筒見が目で合図すると、客室乗務員がハッチを閉じた。大きな操作音が聞こえると、虎松が再びドアを開けた。

「さて、筒見さん、カメラマンを連れて入りなさい。ゆっくり後ろ向きで入ってくれ」

筒見を先頭に、カメラマン、助手の順であとずさるように入った。

「撮影機材を床に置いて……ゆっくりこちらを向いてください」

虎松の指示に従って、少しずつ体を回転させる。

濃紺の背広姿の虎松が石像のように立っていた。

床には、猿轡《さるぐつわ》を嚙まされた歌織が、後ろ手に手錠をかけられて転がされている。

筒見を見つめる歌織の瞳に安堵の色が滲んだ。

しかしその脇では女が片膝を立て、「南部式自動拳銃」を歌織の頭に向けている。

美しい碧眼《へきがん》。肌は透《す》き通るように白く、亜麻色の髪。スラブ系の特徴を備えた彫りの深い顔立ちだった。

「あなたが片桐千夏か？」

筒見が言うと、強くかぶりを振った。

「いえ……私は藤崎涼子です」

わずかに朝鮮の訛りがあった。

「筒見さんはもうご存知ですね。なぜ私たちがこんなことをするかを……」

虎松の話しぶりに興奮の色はない。冷たい表情には厳粛ささえ漂っていた。

「ああ」筒見は頷いた。

「撮影してくれないか……。カメラをセットして録画ボタンを押すだけでいい」

虎松がカメラマンを見た。

若いカメラマンが震える手で、三脚の台座にENGカメラを載せた。助手が差し出した白い紙でホワイトバランスを調整し、ファインダーを覗いてピントを合わせた。

「回します」

テープが回る音がした。

虎松はカメラに正対して、姿勢を正した。愁《うれ》いを帯びた、穏やかな目をしていた。

〈日本国民の皆さん。虎松健介です。まず、これまで嘘をついていたことをお詫びしたい。私はこれから、日本政府の悪辣な企てから共和国の偉大なる指導者同志を守るため、そして、日本人の正義のために、この計画を実行する。誰かに指示されたわけではない。一人の革命戦士として、そして日本人としての決断である。

私は五年前の六月、内閣情報調査室を退職した。だがそれは偽装退職で、当時の河野昇内閣情報官の特命を受けて中国・延吉《えんきつ》で任務を遂行するためだった。目的は戦後、共和国に残された朝鮮総督府のモナザイト鉱床の探査資料を入手すること。日朝国交樹立後、共和国内の採掘権を獲得するための特命だった。資源のない日本にとって、地下資源が巨大な国益を生む。私はそう信じて突き進んだ。

朝鮮総督府の秘密資料を所持していたのは、戦後、平安北道雲山郡《ピョンアンプクトウンサン》に取り残された日本人・藤崎美代子だった。美代子は日本人婦女子の貞操をロシア人兵士から守るために身を捧げた人物だ。

私は二人の年老いた同志の協力を得て作戦を遂行し、藤崎美代子、ロシア兵との間にできた娘のかおり、孫の涼子を脱北させることに成功した。そして、予定通り、在瀋陽日本総領事館に藤崎一家を連れていき、指定された担当官に秘密資料を渡した。

すべては日本国民の税金で賄われた作戦行動で、その計画は河野の了承を得ていた。しかし、日本総領事館は藤崎一家の身柄の保護及び、総領事館への立ち入りを拒否した。

河野は私に電話一本で「三人を中国公安部に引き渡せ」と指示した。「藤崎一家が日本人に成り済ますことを計画した朝鮮人であることが判明した」とのことだった。しかし、それは明らかに嘘だ。当初の情報どおり、藤崎美代子は秘密資料を持っており、日本語を喋った。右足首の傷痕、左肩の痣といった身体的特徴も一致した。

情けないことに私は、この時になって初めて気づいた。河野は秘密資料を入手するために、私を騙していたのだ。私はおぞましいシナリオを演じる間抜けな役者だったのだ。

私は命令を無視して、藤崎一家をカンボジアに逃がそうとした。しかし、山中の隠れ家に潜伏しているとき、中国公安部に身柄を拘束され、共和国に引き渡された。あの場所を知っていたのは河野ただ一人。私は口封じされたことを悟った。

私は三ヵ月間、国家安全保衛部の厳しい尋問を受け、すべてを明らかにした。藤崎美代子は労働強化所に収容され、祖国の土を踏むことなく死亡した。

日本政府は重大な事実を隠蔽するために、かくも残酷な判断を下した。敗戦直後、そしてこの脱北した時と、藤崎美代子は二度にわたって、日本人に裏切られたのである。

ここでさらなる重大な事実を明らかにする。

その一。ここで私とともに作戦を決行する同志の名は藤崎涼子。藤崎美代子の孫だ。共和国で暮らす母を助け、日本に連れてくるために、平壌で厳しい特殊工作員の訓練を受け、日本に潜入した。祖母の無念を晴らすためにここにいる。

その二。日本国内で私の同志として、藤崎美代子の脱北に尽力した、朴尚美《パクサンミ》は日本の国家権力によって抹殺された。もう一人の同志、片桐治夫も口を封じられる危機に瀕している。

その三。私の妻・幸恵は、私が共和国に拘束された直後、火災によって死亡した。失火ではなく放火が原因だ。幸恵は私が残した書類を保管していた。そこには私が河野の指示を受け、秘密任務に従事していたことが時系列で詳細に記載されていた。その真実を隠蔽するために国家によって抹殺されたのだ。

そして最後の真実だ。ここにいる総理夫人・能島歌織の旧姓は藤崎だ。藤崎かおり……その正体は、美代子の娘「かおり」の戸籍を乗っ取った共和国人民である。

かつての朝鮮労働党対外情報調査部、現在の朝鮮人民軍偵察総局所属の在日秘密工作員「マンリョン」。これが能島歌織のコードネームだ。

マンリョンは東京の音楽大学卒業直後、北朝鮮に密航した。龍村《ヨンソン》招待所にて工作員訓練を受けて以来、日本政府の外交政策を誘導し、祖国に繁栄をもたらす任務を負う革命戦士となった。にもかかわらず、共和国の体制転覆を企てるための集団を組織、扇動した。その裏切りは万死に値する。

私と涼子は一年前に日本に潜入して、計画を練り、実行に移した。

すでに河野昇に対しては、私自身の手で正義の銃弾を撃ち込んだ。これは藤崎美代子と私の妻の無念を晴らすための報復である。

そして本日、ここに永遠の逆賊マンリョンへの刑を執行する。これは、指導者同志と藤崎美代子、二人の怒りの発露である。

国民の皆さんにお願いだ。

先の大戦で国策の犠牲になり、外国に捨て置かれ、いまなお、苦しむ人々は数多く存在する。国家が彼らを救出せずして、この国の戦後は終わらない。自国民を救う努力を放棄する国は、もはや主権国家ではない。国民の皆さんが声を上げて祖国に戻してほしい。

共和国に残っている本物の「かおり」は、偉大なる指導者の計らいで、第三国に出国することになっている。国民の皆さんは、どうか「日本人・藤崎かおり」として彼女を暖かく迎えてほしい。

私は祖国を見ぬまま亡くなった藤崎美代子の墓を掘り返し、遺骨を連れ帰った。

現在、福岡県警に保管されている。どうか日本人の盾となって死んだ彼女を供養してやってくれ。そして彼女の遺骨はいま、私が話した事実の証拠となる。

最後にわが息子、竜馬。わずかな時しか一緒に過ごすことができなかった。しかし、父のやったことを、理解するときがくると信じている。国家とは何か、人間の生命とは何なのか、考えることができる大人になれ。今後の人生、辛いことが待ち受けているかもしれない。だが父さんは君を見守っている。以上だ〉

録画を終えると、虎松は一仕事を終えたように大きく息を吐いた。

「つまらん猿芝居だ……」

筒見が呟くと、虎松は憑き物《つもの》が落ちたようにすっきりした笑顔を作った。

「笑ってくれ……。私は北の独裁者を礼賛するつもりなど毛頭ない。人質になった藤崎かおりを助けるには、猿芝居をするしかなかった。約束どおり事が進むなら、これで構わないんだ」

虎松は左手を胸元に入れ、銀のネックレスを引きちぎった。ぶら下がっていた小指の先ほどの筒型の塊を捻《ひね》り、中から白いカプセルを取り出した。辰巳が口にしたものと同じだった。

「シアン化カリウムか……」

筒見の脳裏に、ハーレムの安全家屋《セーフハウス》での光景が遠い夢のように浮かぶ。虎松の記者会見をテレビで見た時、白元弘は激しく動揺した。このネックレスで、虎松が密命を帯びた破壊工作員であることに気づいたのだ。

「何がお前を突き動かしているんだ」筒見はカプセルを見つめながら聞いた。

「罪滅ぼしだ。私がこの国の権力の手先にならなければ、美代子は死なずに済んだ。妻も死ぬことはなかった。残念ながらこの国に正義はなかった。誰も裁かない者は、私が裁くしかない」

虎松は自らを嘲笑するように頬を引き攣《つ》らせた。そして藤崎涼子の手から南部式自動拳銃を取り、銃口をゆっくりと歌織の頭に向けた。

「このニセモノには美代子の拳銃で死んでもらう……。これですべて終わる」

引き金に指がかかり、銃身が鈍く光った。目を剝いた歌織が身を捩《よじ》ると、涼子が上から押さえつけた。

「やめろ……」筒見は声を振り絞った。

「筒見さんと私はよく似ている。ゆっくり話がしたかった。残念だ」

虎松は初めて穏やかな笑顔を浮かべた。

「竜馬を一人で残すつもりか。お前の帰りを待っている。あの子を一人にするな」

「筒見さんに頼みがある。竜馬を、以前いた狛江の児童養護施設に預けてほしい」

虎松は遠くを見るような眼をして言った。

「お前が竜馬を迎えにいってやれ」筒見は半歩踏み出した。

「竜馬は強い男になる。こんな父親は必要ない。大丈夫だ……」

「馬鹿をいうな。子供は強くない」

「筒見さん……君には子供はいるのか？」

「男と女の双子だった。……息子は九年前に死んだ」

「死んだ？」虎松の声が僅かに高くなった。

「殺された……いや、俺が……殺したようなものだ」

筒見は苦しいものを吐き出すように続けた。

「……妻から行方不明になったと連絡を受けた時、俺は我が子の命より捜査を優先した。夜中、探したときには遅かった。息子は公園の池に浮いていたよ。真っ暗な公園で……死んで間もない遺体だった。俺がすぐに帰っていれば生きていたんだ。……息子は自分を殺した犯人ではなく、きっと俺を許していないはずだ……」

筒見の告白を聞きながら、虎松はゆっくり頷いた。

「君は自分自身をどう納得させたのだ？　なぜ生きているんだ？」

「自分を許すことは永久にない。ただ、俺は必ず息子を殺した犯人を探し出す。そして復讐する。……そのために生きているだけだ」

筒見の言葉を嚙み締めたのだろうか。虎松は静かに目を閉じ、息を吐いた。

「そうか、私と同じだ。筒見さん、最期に教えてくれ。君は死んだ息子に日本は素晴らしい国だと誇れるのか？　民主主義を名乗りながら、国のために尽くした国民を裏切る、この偽装国家を……」

虎松はこう言うと、銃口を歌織に向けたままカプセルを咥えた。

「そんなこと、竜馬君に関係ない！」

突然、カメラマンの後ろに控えていた女が声をあげた。眼鏡をかけ、カメラ助手を偽装していた絢音だった。

「虎松さん……あなたがどんなに崇高な国家観をお持ちか知りませんが、残された竜馬君は、父親に捨てられたと思うはずです。そして将来、父親がなぜ死んだか知ろうとします。でも、父の死の理由を理解できないと、子供は苦しみながら、生き続けることになります。自分を責め、心が壊れるかもしれない。竜馬君の人生がそんなものになっていいのですか」

それは竜馬の行く末を確信した口調だった。

虎松は唇にカプセルを咥えたまま目を閉じた。震える瞼が、心の揺れを映した。

絢音は涙を流しながら続けた。

「……父親として伝えたいことがあるなら、自分の口で竜馬君に伝えてください。逃げちゃだめです。竜馬君があなたの考えを理解できるまで、何度も話してやってください。竜馬君としっかり向き合いましょうよ。それが父親の責任じゃないですか。このまま死んだら、虎松健介は北朝鮮に洗脳されたテロリストで終わります」

絢音の言葉は正鵠《せいこく》を射たものだった。歌織に向けられた銃口がゆっくり下がっていく。

筒見が一歩前に出て血まみれの右手を差し出した。飛びかかれば銃を奪える距離だったが、筒見はそうしなかった。

「銃はそのままでいい。まず、カプセルをよこせ」

茫然自失の虎松の唇から、白いカプセルが零れ落ちた。

歌織の脇に膝をついた涼子は、床を転がるカプセルをただ見つめるだけだった。

筒見は涼子の前に立った。

「涼子さん……。張哲と白元弘を処刑し、この能島歌織をニューヨークで狙撃したのは君だね？」

「はい……革命戦士としての任務を遂行しました」

涼子がきっぱりと言うと、筒見は即座に首を振った。

「辰巳は死んだ。もう君たちを監視する者はいない。呪縛は解けたんだ」

「指導員が……死んだ……？」

憑き物が落ちたように、涼子の表情が緩んでいく。

絢音は前に進み出ると、涼子の首筋に手を入れ、銀のネックレスを引きちぎった。

「あなたは革命戦士なんかじゃないわ。日本人よ。だから死ぬ必要はないの」

絢音はこう言いながら、奪ったネックレスをハンカチに包み、パンツのポケットに入れた。

「にほんじん……私が……」涼子は筒見を見上げる。

「そうだ。君はお母さん、かおりさんを救い出して、一緒に暮らすことだけを考えなさい。日本で美代子さんの分まで幸せになるんだ」

「お、お母さんを助けて……」

青い瞳から、大粒の涙が流れた。

そのとき、ゴツンと音がして通風孔から黒い塊が落ちた。

「伏せて！　閃光弾《せんこうだん》です」

絢音の叫び声が途中まで聞こえた。

視界の隅で、虎松が拳銃を持ち上げた。

耳を劈《つんざ》く破裂音。視界が眩《まばゆ》い光に遮られた。


南部式自動拳銃が重い音とともに床に落ちた。

生温かい液体が筒見の顔に降り注いでいる。

なんだこれは――。

赤い。血だ……。虎松の頸動脈《けいどうみゃく》から噴きだす鮮血が、筒見の顔を赤く染めている。

どうした！　虎松――。

立ち尽くす虎松の首の傷口を右手で強く押さえた。それは用をなさず、指の隙間から血飛沫《しぶき》が飛ぶ。

やがて、虎松は口を動かしながら、筒見にもたれかかった。

腕の中で何度か呻くような息をしたあと、自分の血だまりの上に鈍い音を立てて仰向けに倒れた。

「制圧完了。男一名、首を負傷です」

声のする方には短機関銃MP5を構えた黒ずくめの二人の男。特殊閃光弾の炸裂《さくれつ》とともに強行突入したSAT隊員だった。

筒見は蹲《うずくま》って震えている涼子に手を差し伸べた。

「行こう……」と言いかけて異変に気づいた。

涼子が白目を剝き、硬直している。虎松が落としたカプセルが消えていた。

筒見が口の中にハンカチを突っ込むと、涼子はそれをぎりぎりと嚙み締めた。体を海老反らせ、口から泡を吹き始める。

「死んじゃダメ。生きて！」絢音が叫び、涼子の体にすがりついた。

見開かれた碧眼が白く濁っていく。そして、短い呼吸を二十回ほど繰り返したあと、涼子は息絶えた。

時が止まったかのように、機内は静まり返った。

絢音がふらふらと立ち上がり、歌織の猿轡をはずした。

「筒見さん……。あなた、よくやったわ。完璧よ」

歌織の言葉は勝利宣言に聞こえた。

床に転がる二つの亡骸を一瞥すると、歌織は満足げに微笑んだ。捕食者のようなぎらついた眼と大きく開いた赤い唇が、残酷で醜悪な表情を作った。

筒見は何も反応せず、ただ呆然と立ち尽くした。

夏以降の出来事がすべて繋がった。

八月の国連での絵画展で、マンリョンは白元弘次席大使と名刺を交換した。マンリョンが渡した名刺の裏には、日本総領事館の筒見を訪ねるよう書いてあったのだろう。

一方、二人が国連で見たあの絵の作者は、北朝鮮の工作機関が送り込んだ暗殺者・藤崎涼子だった。あの日、涼子は二人の様子をギャラリーのどこかから見ていたに違いない。

涼子は翌日未明、まず、筒見の車に乗っていたマンリョンを狙撃したが、暗殺に失敗した。その後、涼子は白の安全家屋《セーフハウス》の場所を辰巳からの連絡で知り、白を拷問にかけて反体制派二十八人の名前を聞き出したうえで処刑した。

この二つの事件で、同じ「八ミリ南部弾」が使われていたことがもっと早く判っていれば、筒見は今日のこの事態を防ぐことが出来ただろう。

結局はこの半年間、筒見は北朝鮮のクーデター勢力と日本政府の謀略に翻弄されていただけで、誰一人救うことは出来なかったのだ。

筒見は沸き起こる敗北感に唇を噛んだ。

やがて外に待機していたSPと刑事たちが、室内に我先にと入ってきて、筒見と絢音を部屋の隅に押しのけた。SPたちは歌織の無事を確認すると、取り囲んで外に連れていった。刑事たちは虎松健介と藤崎涼子の死亡を確認した。

絢音がそっと近づいて、筒見の耳元で囁いた。

「このまま姿を消してください。あとは私に任せて」

筒見は我に返って絢音を見た。

彼女の力のある眼差しは、折れかかった心を辛うじて奮い立たせているように見えた。

「君の親父さんは……」

筒見は言いかけたが、背中を強く押された。

「早く行って！　父の死は無駄ではなかった……。それだけで十分です。筒見さんには、まだやることがあるはずです」

絢音が一枚の紙片を筒見のワイシャツの胸ポケットに入れた。

駆けあがってくる刑事たちにもみくちゃにされながら、筒見はタラップを降りた。

サングラスをかけた男が病院の廊下を大股で歩いていた。無精髭に、古びたトレンチコート、傷だらけのワークブーツ。東京築地の最新設備を整えた巨大病院には、あまりに場違いな出で立ちだった。

男は、杖を突いてリハビリ室から出てきた白髪の紳士にまっすぐ進むと、行く手に立ちはだかった。

「お久しぶりです……」

「誰だ、君は？」

男は包帯を巻いた右手でサングラスをはずした。

「筒見慶太郎です」

河野昇官房副長官の鋭い目が、幽霊でも見たかのように驚愕に引き攣った。

「お元気そうですね。容態を隠し続けていたのは、虎松に狙われるのを防ぐためでしたか……」

「……な、何をしにきた。まだ娑婆《シャバ》にいたのか」

「あなたの手足となって動いている吉良管理官からすべて報告を受けているでしょう」

「知らんな」河野はせせら笑った。

「呆《ぼ》けるのはまだ早いのではありませんか？　必要なら吉良の携帯からあなたへの発信日時をすべて言いましょうか？」

筒見は胸のポケットから、ちらりと白い紙を見せた。ここには、絢音が盗み見た吉良の携帯の発信履歴がある。

「ずいぶん面白いことを言いに来たものだ……」

河野は背を向け、反対方向に歩き始めた。

「今日は通告に来ました。すべての真実を明らかにします」

筒見が言い放つと、河野が立ち止った。

政府専用機での立て籠もり事件から三週間、日本政府は真相を完璧に隠蔽した。

まず、虎松の死因については〈左頸部の貫通銃創は、八ミリ南部弾によるもので、SAT隊員の銃撃によるものではない〉と事件直後に発表された。つまり、「自殺」と結論付けたのだ。

事件三日後に明らかにされた虎松の犯行動機は秀逸な創作だった。自殺願望が事件
〈虎松補佐官は、北朝鮮での拷問により精神に破綻をきたしており、
の発端であった〉

この他にも様々な欺瞞情報が非公式に流布され、連日報道された。

「藤崎涼子」の存在は一切伏せられ、〈片桐千夏なる画家の女性が、虎松の恋人として無理心中した〉と結論付けられた。

首相官邸と警察庁の厳重な情報統制のもとで、すでにマスコミ各社の報道も縮小し始めている。

振り返った河野は下卑《げび》た笑顔を作った。

「何を言うか。証拠もなしに……」

確かにその通りだ。政府専用機内でカメラマンが撮影した虎松の証言は、警視庁公安部がテープを押収し、世間には公表されていない。真相を知る人物は次々と死んだ。美代子の頭蓋骨は福岡県警によって火葬に回されており、身元不明の無縁仏として北九州の納骨堂に納められていた。鑑定には使えない状態だ。

「残念ながら証拠はあるのですよ……」

筒見はポケットからＳＤカードを取り出した。

「虎松の最後の証言は、私も携帯電話で撮影していました。藤崎美代子の頭蓋骨の3DデータとDNAサンプルは火葬前に入手済みです」

「何だと……?」

「それから……。本物の藤崎かおりの身柄は保護しました。片桐治夫とともに某国の安全家屋《セーフハウス》で暮らしています。ニューヨークの国連本部で記者会見を計画しておりますので、楽しみにしてください」

殺人未遂容疑での逮捕を逃れるため、片桐治夫は他人名義の旅券で日本を脱出し、中国東北部の国境地帯、延吉に渡った。そこで北朝鮮から豆満江《とまんこう》を渡ってきた藤崎かおりを保護した。治夫の最後の仕事に付き添ったのは朴尚美の孫・正龍《ジョンヨン》だった。

北朝鮮側は虎松健介と藤崎涼子の死を確認し、取引に応じたのだ。今後、工作機関内では二人を「共和国英雄」として賞賛し、能島歌織への第二第三の暗殺者を放つだろう。

「国連で記者会見だと?　貴様……そんなことが許されると……」

かつて、カミソリと畏れられた実力者は唇を震わせた。

その刹那、筒見は両手で河野の襟首を掴み、そのまま後ろの壁に叩きつけた。首を締め上げられた河野の顔がみるみる赤黒くなる。宙に浮いた状態の両脚を激しくばたつかせた。

看護師の悲鳴が廊下に響く。

筒見が手を離すと、河野は床に崩れ、何度も咳き込んだ。

「刑務所の中で吠えるがいい……」

河野は呼吸を整えながら吐き捨てるように言った。

「これは俺とあんたの戦争だ。国民を売るヤツは地獄の門まで追い詰める。俺は執念深いぜ」

筒見は踵を返した。

廊下の向こうから、吉良管理官を先頭に、公安捜査員の一団が駆けてくる。筒見はまっすぐ彼らに向かって歩いていった。

本書は二〇一五年一〇月小社より刊行された『マルトク特別協力者
警視庁公安部外事二課ソトニ』を改題、加筆・修正したものです。

竹内明―1969年生まれ。神奈川県茅ヶ崎市出身。慶應義塾大学法学部卒業後、1991年にTBS入社。社会部、ニューヨーク特派員、政治部などを経て、報道記者として国際諜報戦や外交問題に関する取材を続けている。2017年３月までニュース番組「Nスタ」のキャスターも務めた。公安警察や検察を取材したノンフィクション作品として、2009年『ドキュメント秘匿捜査 警視庁公安部スパイハンターの344日』、2010年『時効捜査 警察庁長官狙撃事件の深層』（ともに講談社）がある。2014年には初の小説作品となる諜報ミステリー『背乗り 警視庁公安部外事二課 ソトニ』（講談社）を発表。近著は本書の続篇となるシリーズ第３弾『スリーパー 浸透工作員 警視庁公安部外事二課 ソトニ』(講談社)。

講談社＋α文庫 警視庁公安部外事二課《ソトニ》
イリーガル《非公然工作員》
竹内明《たけうちめい》

2017年11月20日第１刷発行

発行者――――鈴木 哲
発行所――――株式会社 講談社
東京都文京区音羽2-12-21 〒112-8001
電話 編集(03)5395-3522
販売(03)5395-4415
業務(03)5395-3615
デザイン―――鈴木成一デザイン室
印刷――――凸版印刷株式会社
製本――――株式会社国宝社

落丁本·乱丁本は購入書店名を明記のうえ、小社業務あてにお送りください。送料は小社負担にてお取り替えします。
なお、この本の内容についてのお問い合わせは
第一事業局企画部「＋α文庫」あてにお願いいたします。
Printed in Japan ISBN978-4-06-281732-5
定価はカバーに表示してあります。